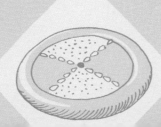

ANITA Y PEPE

1

RESERVOIR ~~BOOKS~~ KIDS

Lucie Lomová

ANITA Y PEPE

**Traducción de
Núria Mirabet i Cucala**

RESERVOIR ~~BOOKS~~ KIDS

IVANA LOMOVÁ Y LUCIE LOMOVÁ

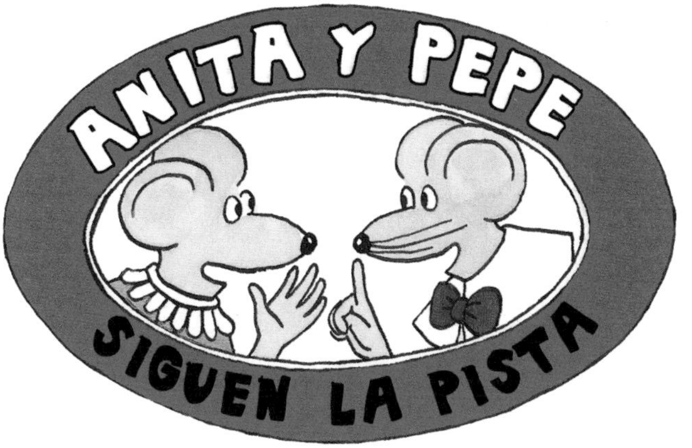
ANITA Y PEPE
SIGUEN LA PISTA

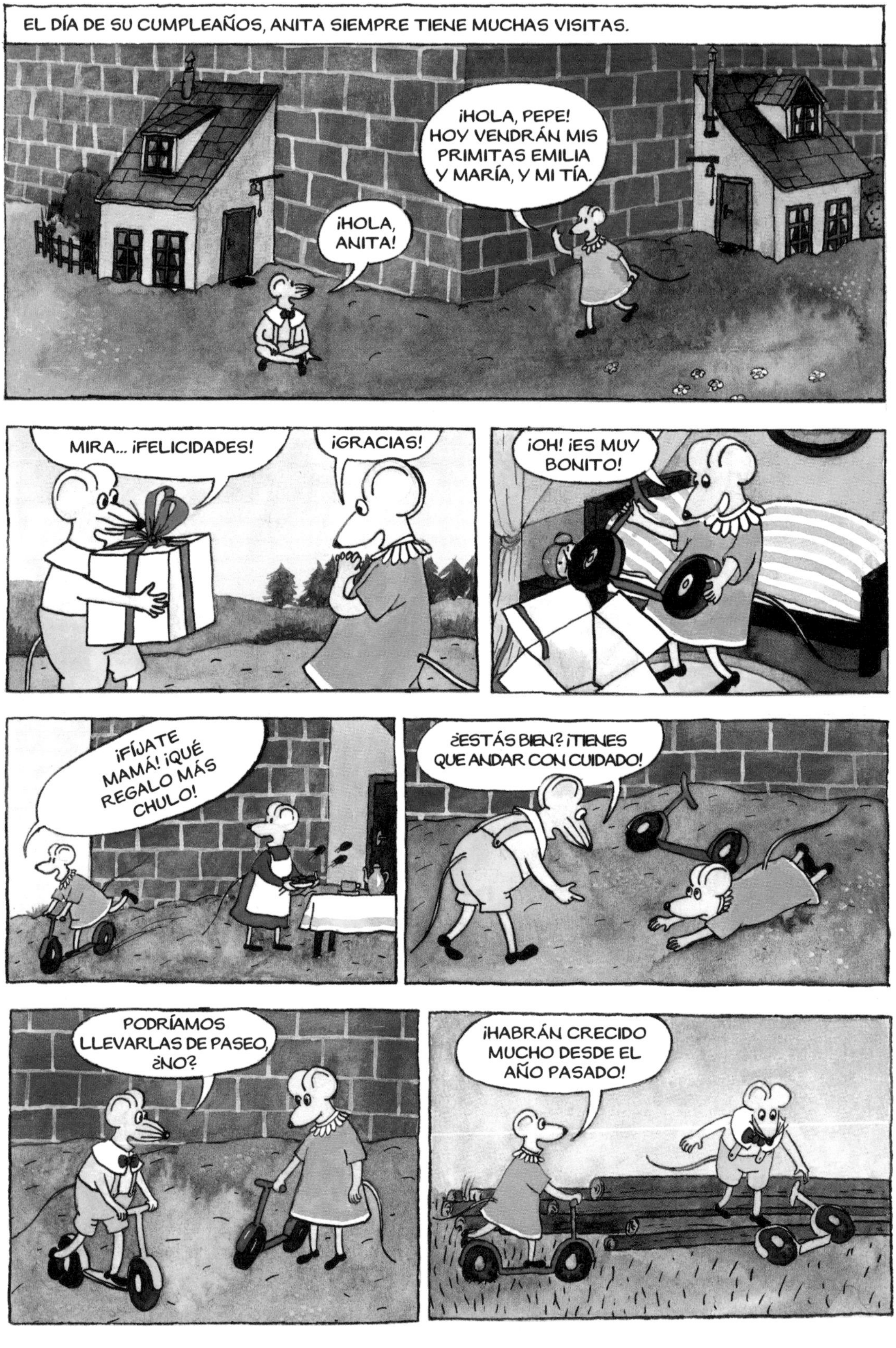
EL DÍA DE SU CUMPLEAÑOS, ANITA SIEMPRE TIENE MUCHAS VISITAS.
¡HOLA, ANITA!
¡HOLA, PEPE! HOY VENDRÁN MIS PRIMITAS EMILIA Y MARÍA, Y MI TÍA.
MIRA... ¡FELICIDADES!
¡GRACIAS!
¡OH! ¡ES MUY BONITO!
¡FÍJATE MAMÁ! ¡QUÉ REGALO MÁS CHULO!
¿ESTÁS BIEN? ¡TIENES QUE ANDAR CON CUIDADO!
PODRÍAMOS LLEVARLAS DE PASEO, ¿NO?
¡HABRÁN CRECIDO MUCHO DESDE EL AÑO PASADO!

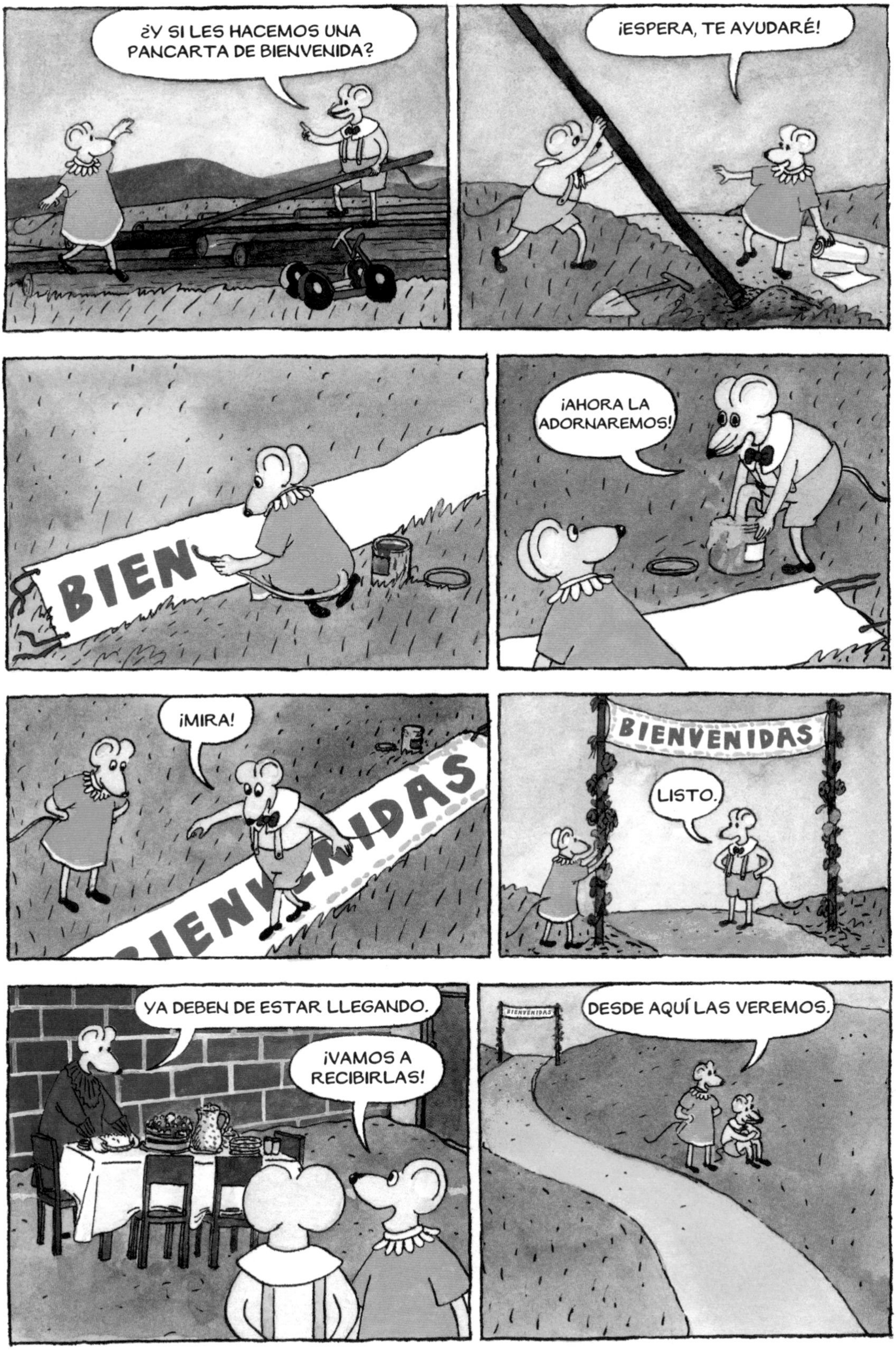
¿Y SI LES HACEMOS UNA PANCARTA DE BIENVENIDA?
¡ESPERA, TE AYUDARÉ!
BIEN
¡AHORA LA ADORNAREMOS!
¡MIRA!
BIENVENIDAS
LISTO.
YA DEBEN DE ESTAR LLEGANDO.
¡VAMOS A RECIBIRLAS!
BIENVENIDAS
DESDE AQUÍ LAS VEREMOS.

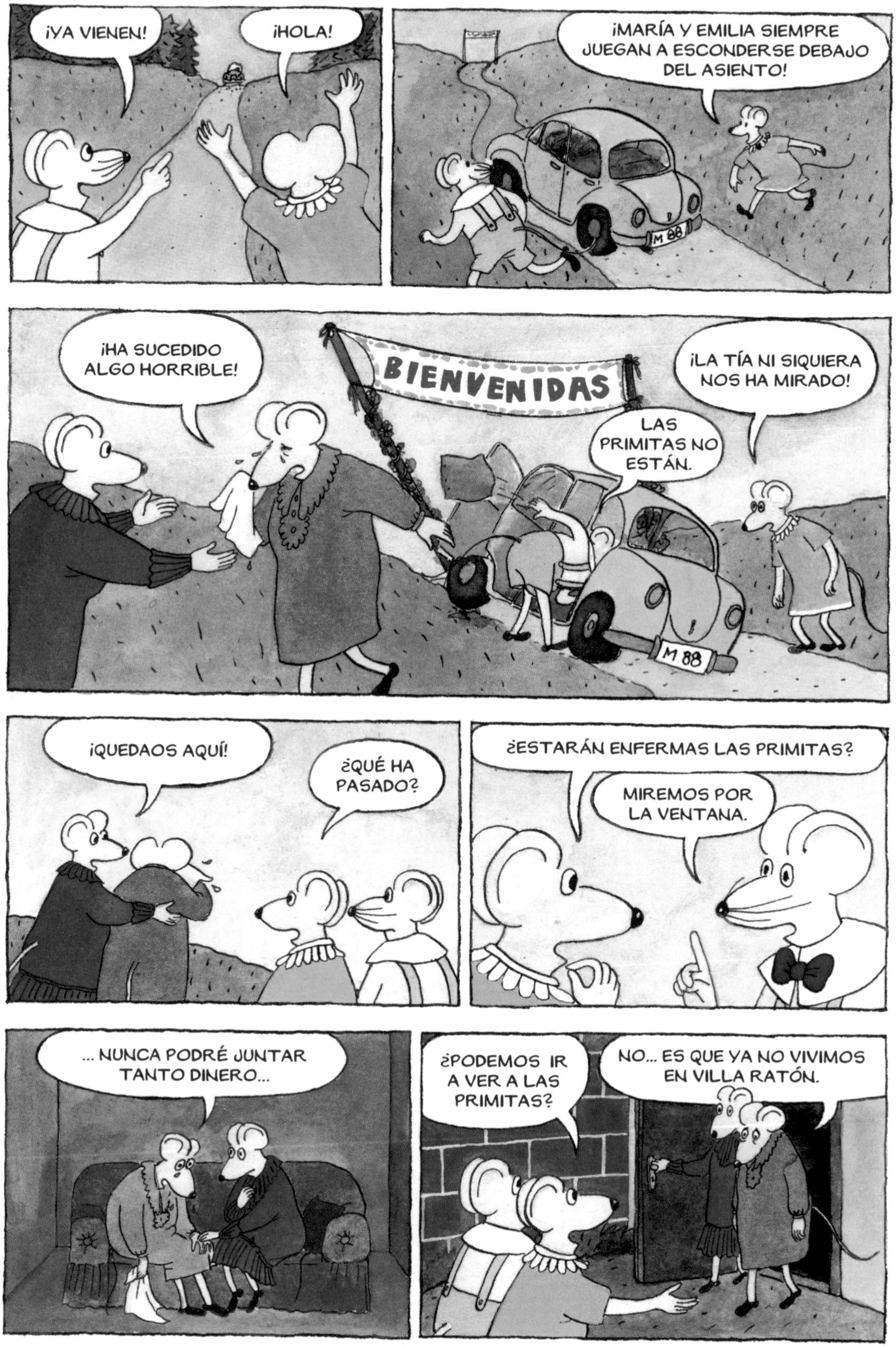
¡YA VIENEN!
¡HOLA!
¡MARÍA Y EMILIA SIEMPRE JUEGAN A ESCONDERSE DEBAJO DEL ASIENTO!
M 88
¡HA SUCEDIDO ALGO HORRIBLE!
BIENVENIDAS
LAS PRIMITAS NO ESTÁN.
¡LA TÍA NI SIQUIERA NOS HA MIRADO!
M 88
¡QUEDAOS AQUÍ!
¿QUÉ HA PASADO?
¿ESTARÁN ENFERMAS LAS PRIMITAS?
MIREMOS POR LA VENTANA.
... NUNCA PODRÉ JUNTAR TANTO DINERO...
¿PODEMOS IR A VER A LAS PRIMITAS?
NO... ES QUE YA NO VIVIMOS EN VILLA RATÓN.

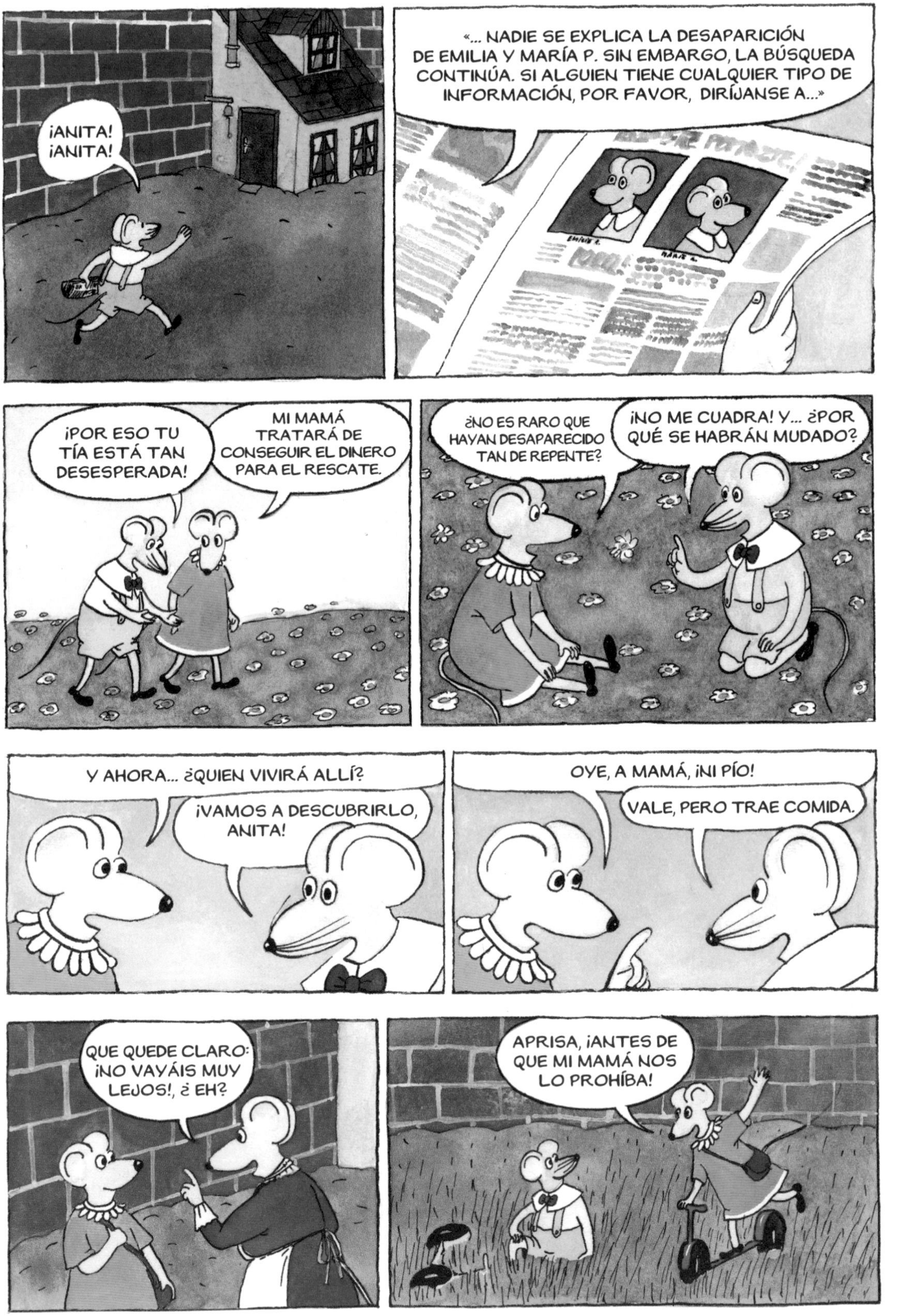
¡ANITA! ¡ANITA!
«... NADIE SE EXPLICA LA DESAPARICIÓN DE EMILIA Y MARÍA P. SIN EMBARGO, LA BÚSQUEDA CONTINÚA. SI ALGUIEN TIENE CUALQUIER TIPO DE INFORMACIÓN, POR FAVOR, DIRÍJANSE A...»
¡POR ESO TU TÍA ESTÁ TAN DESESPERADA!
MI MAMÁ TRATARÁ DE CONSEGUIR EL DINERO PARA EL RESCATE.
¿NO ES RARO QUE HAYAN DESAPARECIDO TAN DE REPENTE?
¡NO ME CUADRA! Y... ¿POR QUÉ SE HABRÁN MUDADO?
Y AHORA... ¿QUIEN VIVIRÁ ALLÍ?
¡VAMOS A DESCUBRIRLO, ANITA!
OYE, A MAMÁ, ¡NI PÍO!
VALE, PERO TRAE COMIDA.
QUE QUEDE CLARO: ¡NO VAYÁIS MUY LEJOS!, ¿ EH?
APRISA, ¡ANTES DE QUE MI MAMÁ NOS LO PROHÍBA!

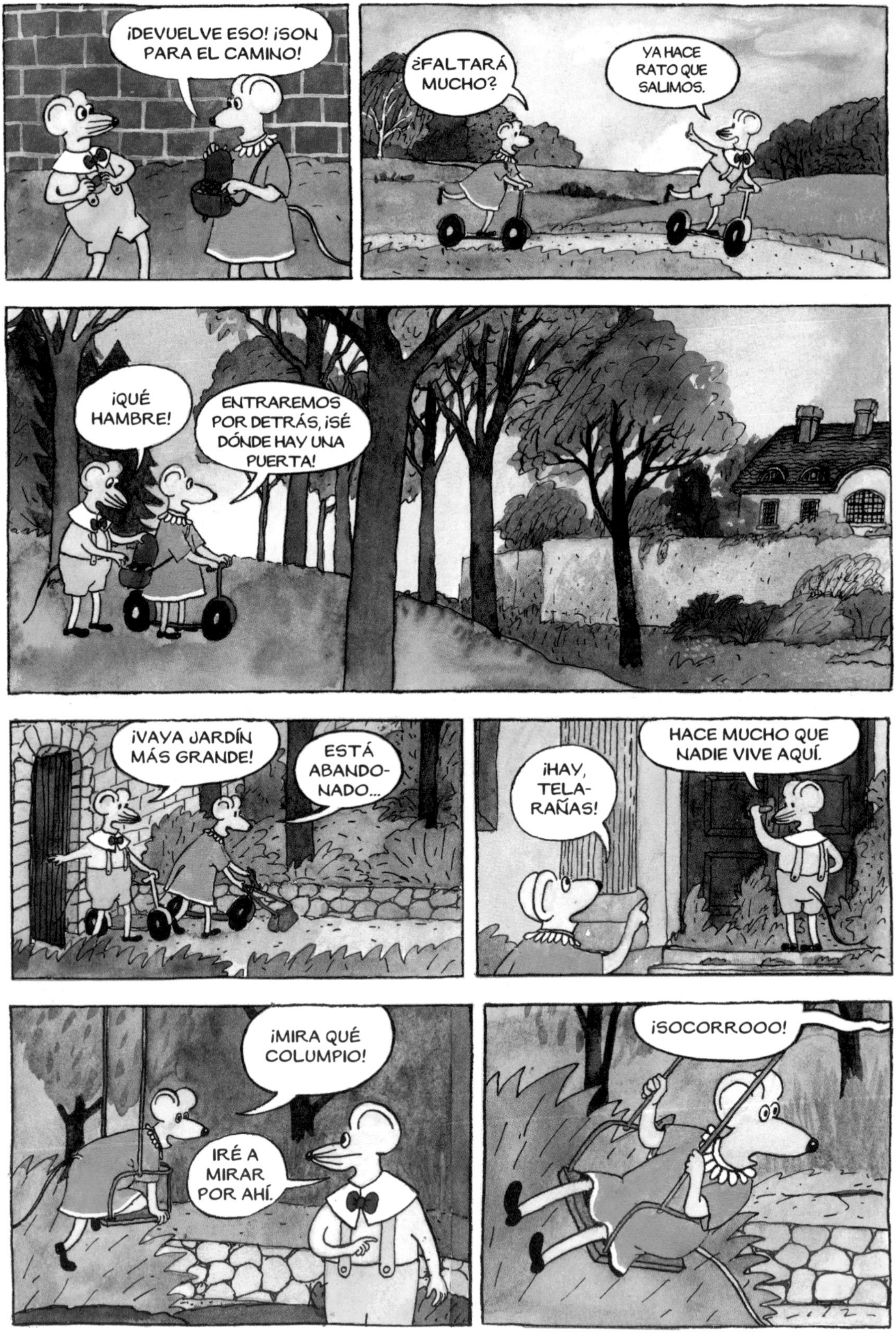

¡DEVUELVE ESO! ¡SON PARA EL CAMINO!
¿FALTARÁ MUCHO?
YA HACE RATO QUE SALIMOS.
¡QUÉ HAMBRE!
ENTRAREMOS POR DETRÁS, ¡SÉ DÓNDE HAY UNA PUERTA!
¡VAYA JARDÍN MÁS GRANDE!
ESTÁ ABANDO-NADO...
¡HAY, TELA-RAÑAS!
HACE MUCHO QUE NADIE VIVE AQUÍ.
¡MIRA QUÉ COLUMPIO!
IRÉ A MIRAR POR AHÍ.
¡SOCORROOO!

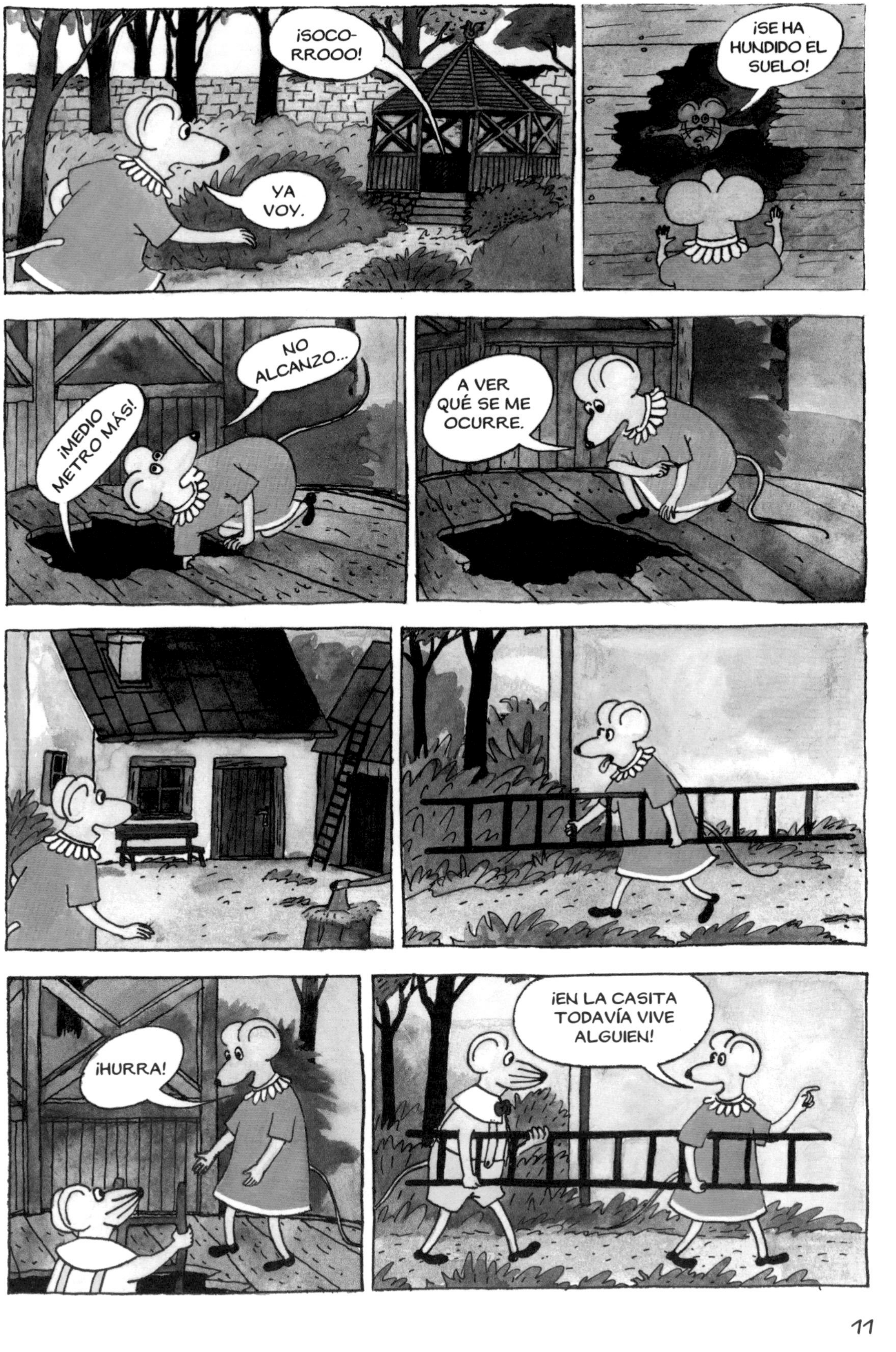
¡SOCO-
RROOO!
YA
VOY.
¡SE HA
HUNDIDO EL
SUELO!
NO
ALCANZO...
¡MEDIO
METRO MÁS!
A VER
QUÉ SE ME
OCURRE.
¡HURRA!
¡EN LA CASITA
TODAVÍA VIVE
ALGUIEN!

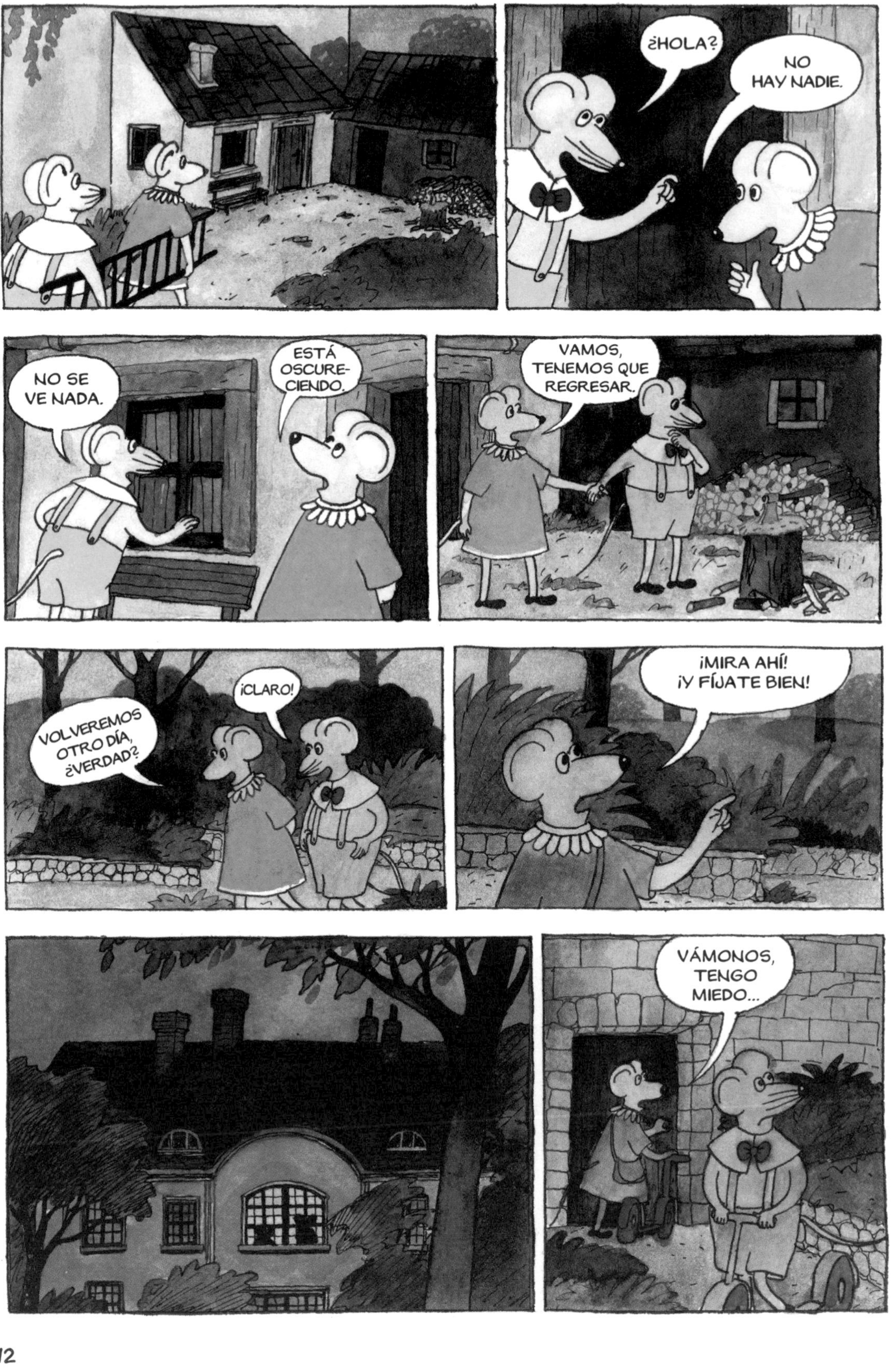

¿HOLA?
NO HAY NADIE.
NO SE VE NADA.
ESTÁ OSCURE-CIENDO.
VAMOS, TENEMOS QUE REGRESAR.
VOLVEREMOS OTRO DÍA, ¿VERDAD?
¡CLARO!
¡MIRA AHÍ! ¡Y FÍJATE BIEN!
VÁMONOS, TENGO MIEDO...

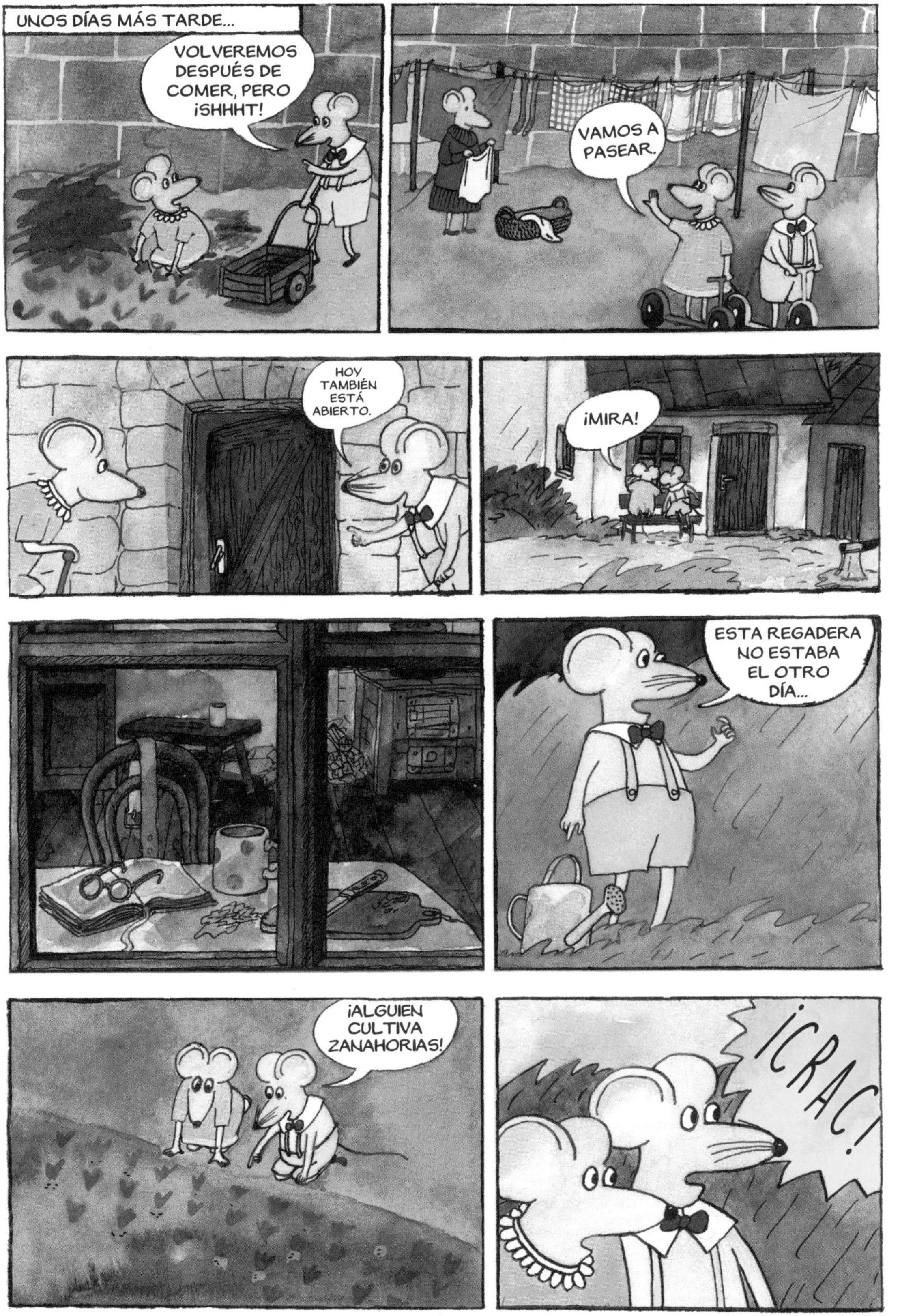
UNOS DÍAS MÁS TARDE...
VOLVEREMOS DESPUÉS DE COMER, PERO ¡SHHHT!
VAMOS A PASEAR.
HOY TAMBIÉN ESTÁ ABIERTO.
¡MIRA!
ESTA REGADERA NO ESTABA EL OTRO DÍA...
¡ALGUIEN CULTIVA ZANAHORIAS!
¡CRAC!

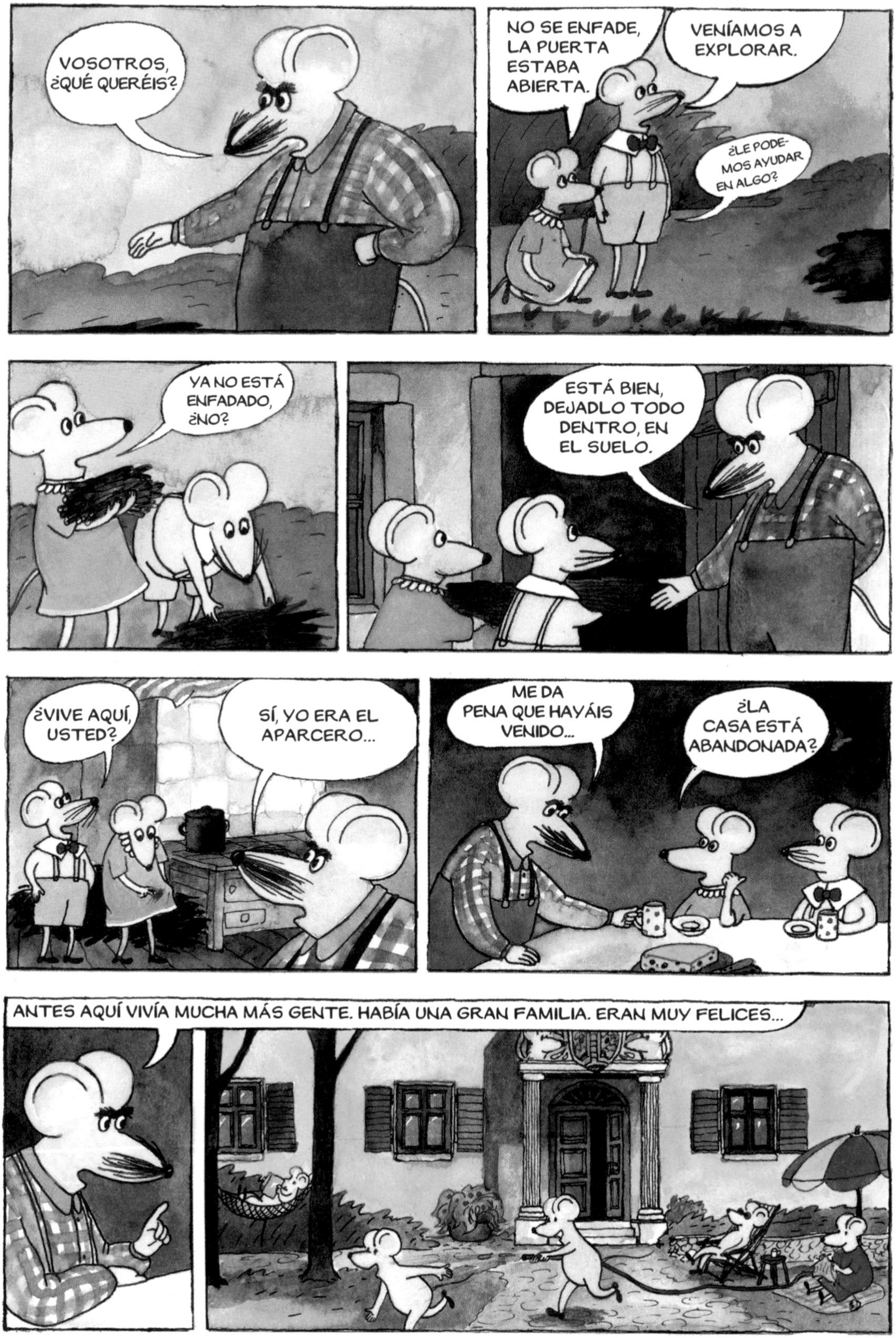
VOSOTROS, ¿QUÉ QUERÉIS?
NO SE ENFADE, LA PUERTA ESTABA ABIERTA.
VENÍAMOS A EXPLORAR.
¿LE PODEMOS AYUDAR EN ALGO?
YA NO ESTÁ ENFADADO, ¿NO?
ESTÁ BIEN, DEJADLO TODO DENTRO, EN EL SUELO.
¿VIVE AQUÍ, USTED?
SÍ, YO ERA EL APARCERO...
ME DA PENA QUE HAYÁIS VENIDO...
¿LA CASA ESTÁ ABANDONADA?
ANTES AQUÍ VIVÍA MUCHA MÁS GENTE. HABÍA UNA GRAN FAMILIA. ERAN MUY FELICES...

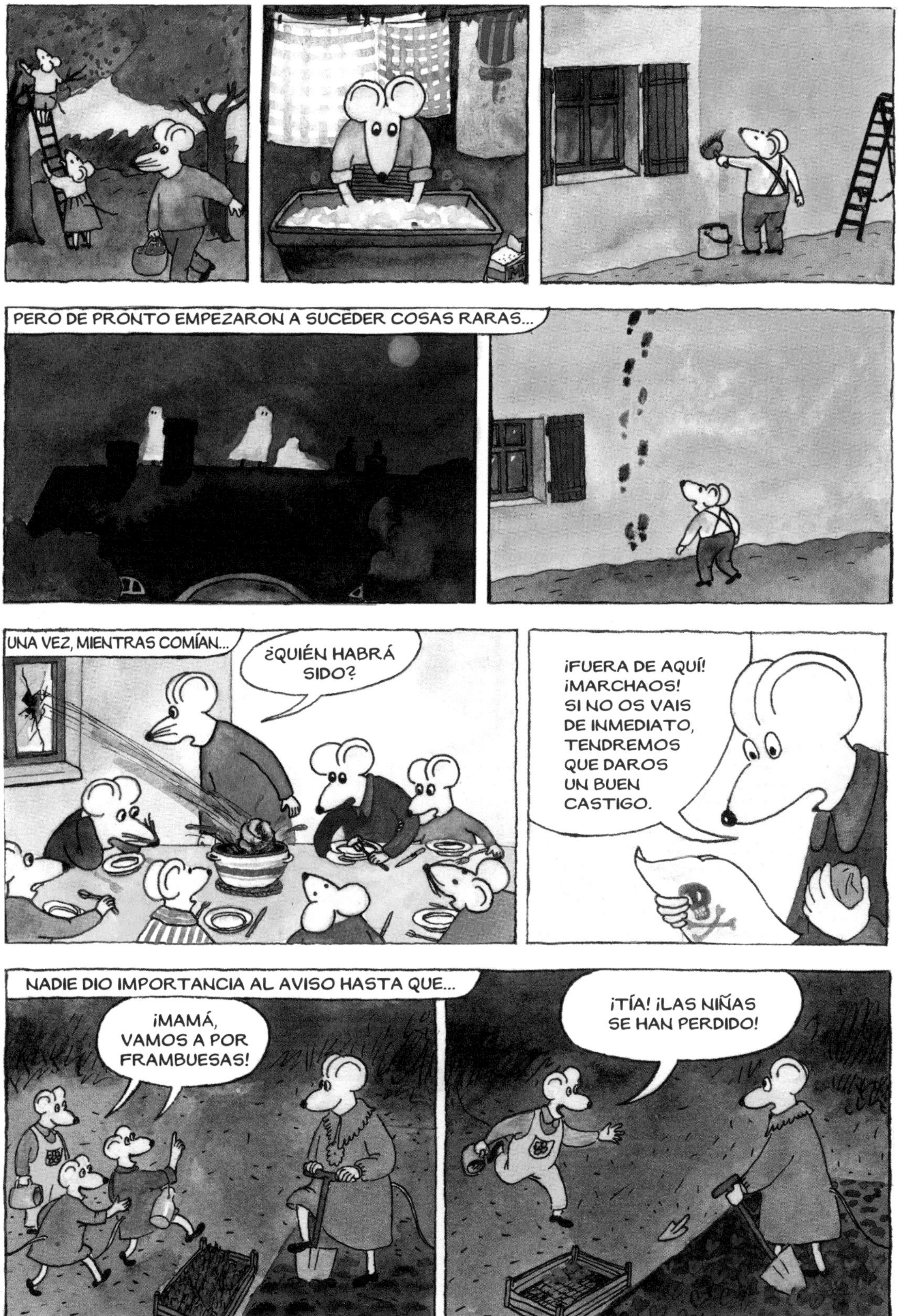
PERO DE PRONTO EMPEZARON A SUCEDER COSAS RARAS...
UNA VEZ, MIENTRAS COMÍAN...
¿QUIÉN HABRÁ SIDO?
¡FUERA DE AQUÍ! ¡MARCHAOS! SI NO OS VAIS DE INMEDIATO, TENDREMOS QUE DAROS UN BUEN CASTIGO.
NADIE DIO IMPORTANCIA AL AVISO HASTA QUE...
¡MAMÁ, VAMOS A POR FRAMBUESAS!
¡TÍA! ¡LAS NIÑAS SE HAN PERDIDO!

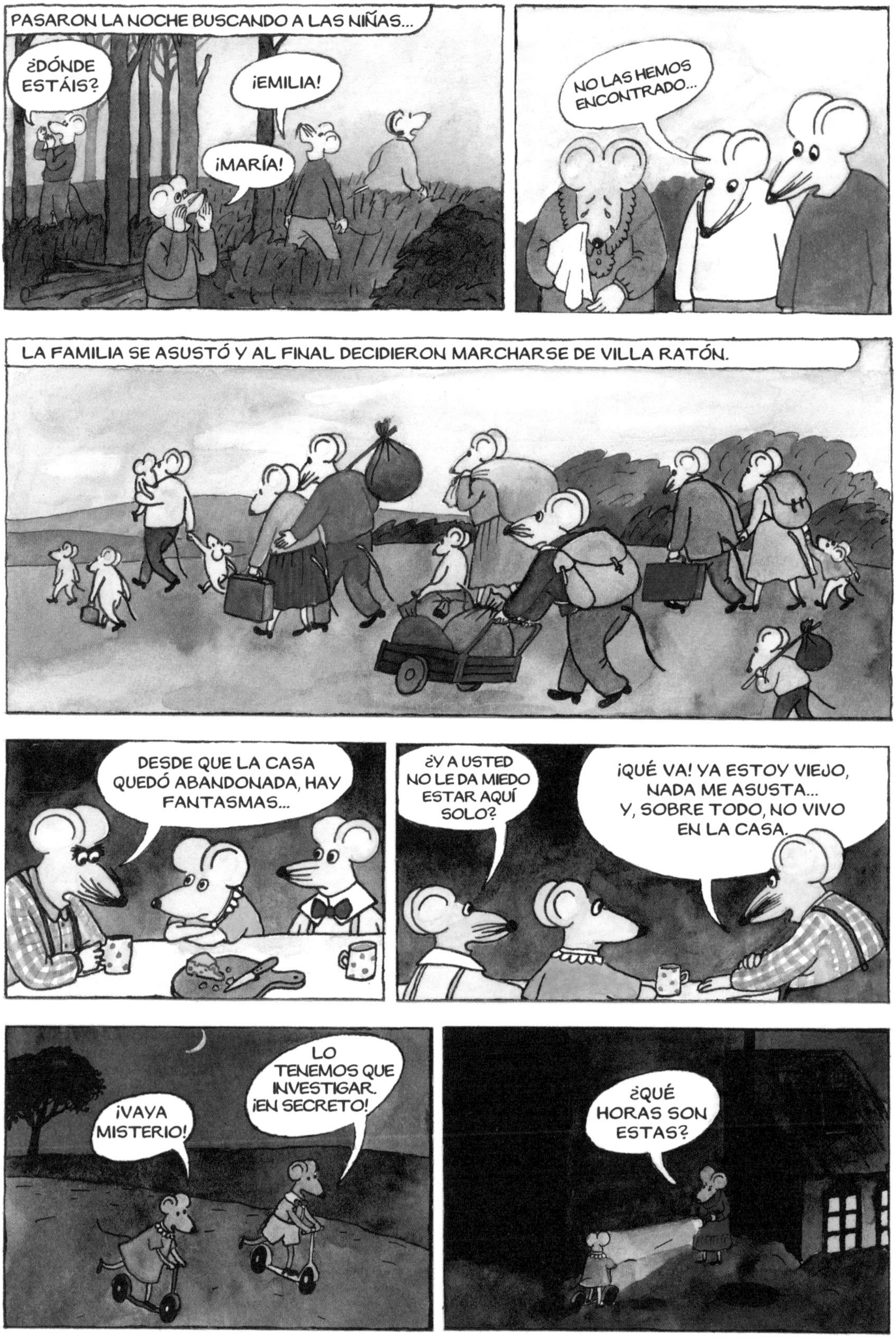
PASARON LA NOCHE BUSCANDO A LAS NIÑAS...
¿DÓNDE ESTÁIS?
¡EMILIA!
¡MARÍA!
NO LAS HEMOS ENCONTRADO...
LA FAMILIA SE ASUSTÓ Y AL FINAL DECIDIERON MARCHARSE DE VILLA RATÓN.
DESDE QUE LA CASA QUEDÓ ABANDONADA, HAY FANTASMAS...
¿Y A USTED NO LE DA MIEDO ESTAR AQUÍ SOLO?
¡QUÉ VA! YA ESTOY VIEJO, NADA ME ASUSTA... Y, SOBRE TODO, NO VIVO EN LA CASA.
¡VAYA MISTERIO!
LO TENEMOS QUE INVESTIGAR. ¡EN SECRETO!
¿QUÉ HORAS SON ESTAS?

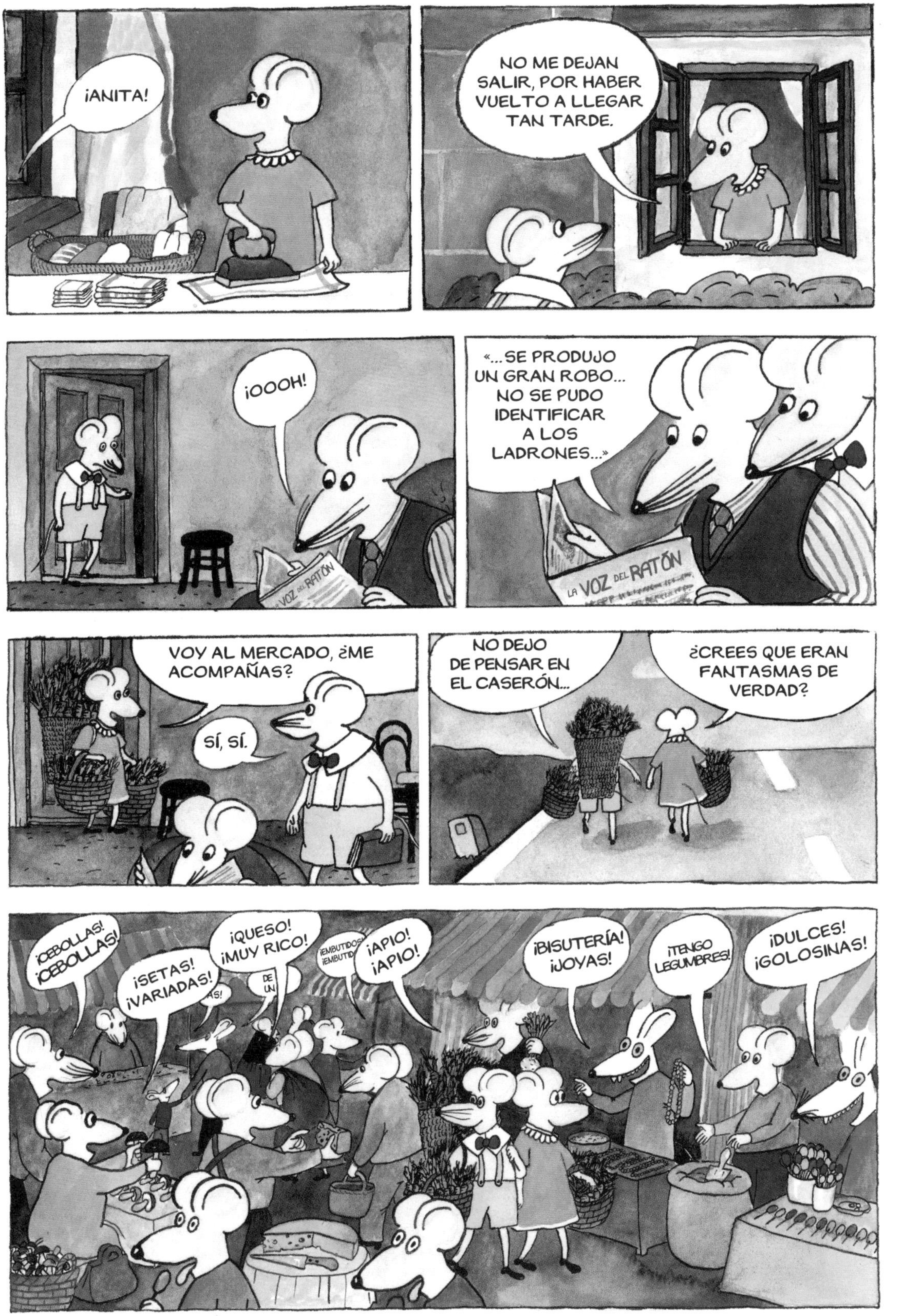
¡ANITA!
NO ME DEJAN SALIR, POR HABER VUELTO A LLEGAR TAN TARDE.
¡OOOH!
LA VOZ DEL RATÓN
«...SE PRODUJO UN GRAN ROBO... NO SE PUDO IDENTIFICAR A LOS LADRONES...»
LA VOZ DEL RATÓN
VOY AL MERCADO, ¿ME ACOMPAÑAS?
SÍ, SÍ.
NO DEJO DE PENSAR EN EL CASERÓN...
¿CREES QUE ERAN FANTASMAS DE VERDAD?
¡CEBOLLAS! ¡CEBOLLAS!
¡SETAS! ¡VARIADAS!
¡QUESO! ¡MUY RICO!
¡EMBUTIDOS!
¡APIO! ¡APIO!
¡BISUTERÍA! ¡JOYAS!
¡TENGO LEGUMBRES!
¡DULCES! ¡GOLOSINAS!

¡GUES?
¡APIS!

¡SEMILLAS!
¡SEMILLAS!

¡TRIGO!
¡VENDO
TRIGO!

¡MENAJE
PARA EL
HOGAR!

ATENCIÓN ATENCIÓN ATENCI

¡¡OTRO GRAN
ROBO!!
RECOMPENSA POR ATRAP
LADRONES
100.000

¡ZANAHORIAS!
¿QUIÉN
QUIERE?

ACABAMOS
DE VENDER
LAS ÚLTIMAS.

ME
GUSTARÍA
PROBAR-
LO...

¡SÍ,
HAZLO!

LEO EL
FUTURO
EN LA OREJA
PRECIO: 2.—

TEN CUIDADO, QUERIDA RATITA. ÁNDATE CON
MUCHÍSIMO OJO, ¡VAS A
CORRER UN PELIGRO
MUY GRANDE! ¡MUCHO
CUIDADO!

¿TE LO
CREES?

NO LO
SÉ.

MAMÁ, LAS
HEMOS VENDIDO
TODAS.

LE DAREMOS TODO
EL DINERO A LA TÍA,
TENEMOS QUE
AYUDAR-
LA.

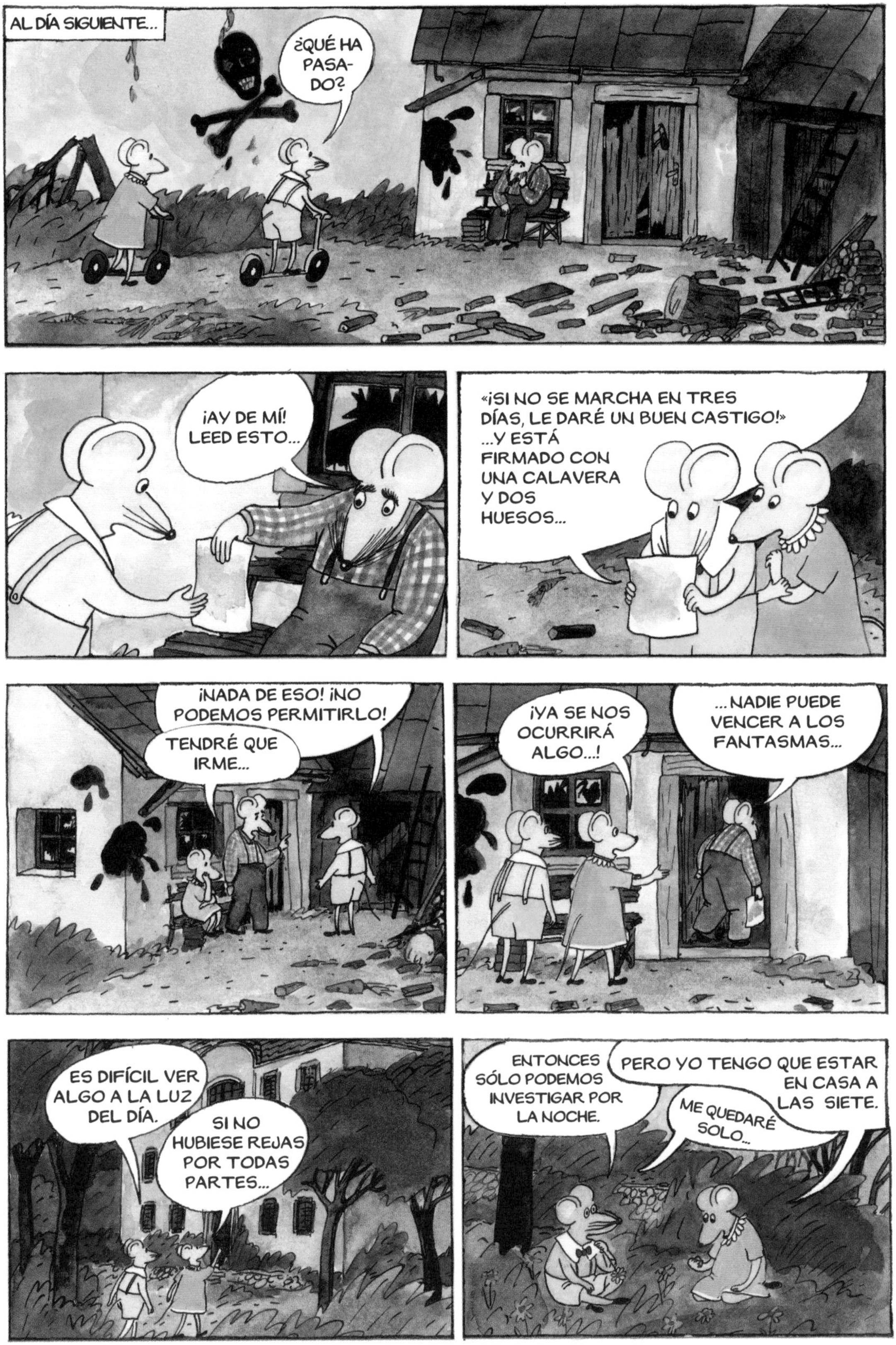
AL DÍA SIGUIENTE...
¿QUÉ HA PASADO?
¡AY DE MÍ! LEED ESTO...
«¡SI NO SE MARCHA EN TRES DÍAS, LE DARÉ UN BUEN CASTIGO!» ...Y ESTÁ FIRMADO CON UNA CALAVERA Y DOS HUESOS...
TENDRÉ QUE IRME...
¡NADA DE ESO! ¡NO PODEMOS PERMITIRLO!
¡YA SE NOS OCURRIRÁ ALGO...!
...NADIE PUEDE VENCER A LOS FANTASMAS...
ES DIFÍCIL VER ALGO A LA LUZ DEL DÍA.
SI NO HUBIESE REJAS POR TODAS PARTES...
ENTONCES SÓLO PODEMOS INVESTIGAR POR LA NOCHE.
PERO YO TENGO QUE ESTAR EN CASA A LAS SIETE.
ME QUEDARÉ SOLO...

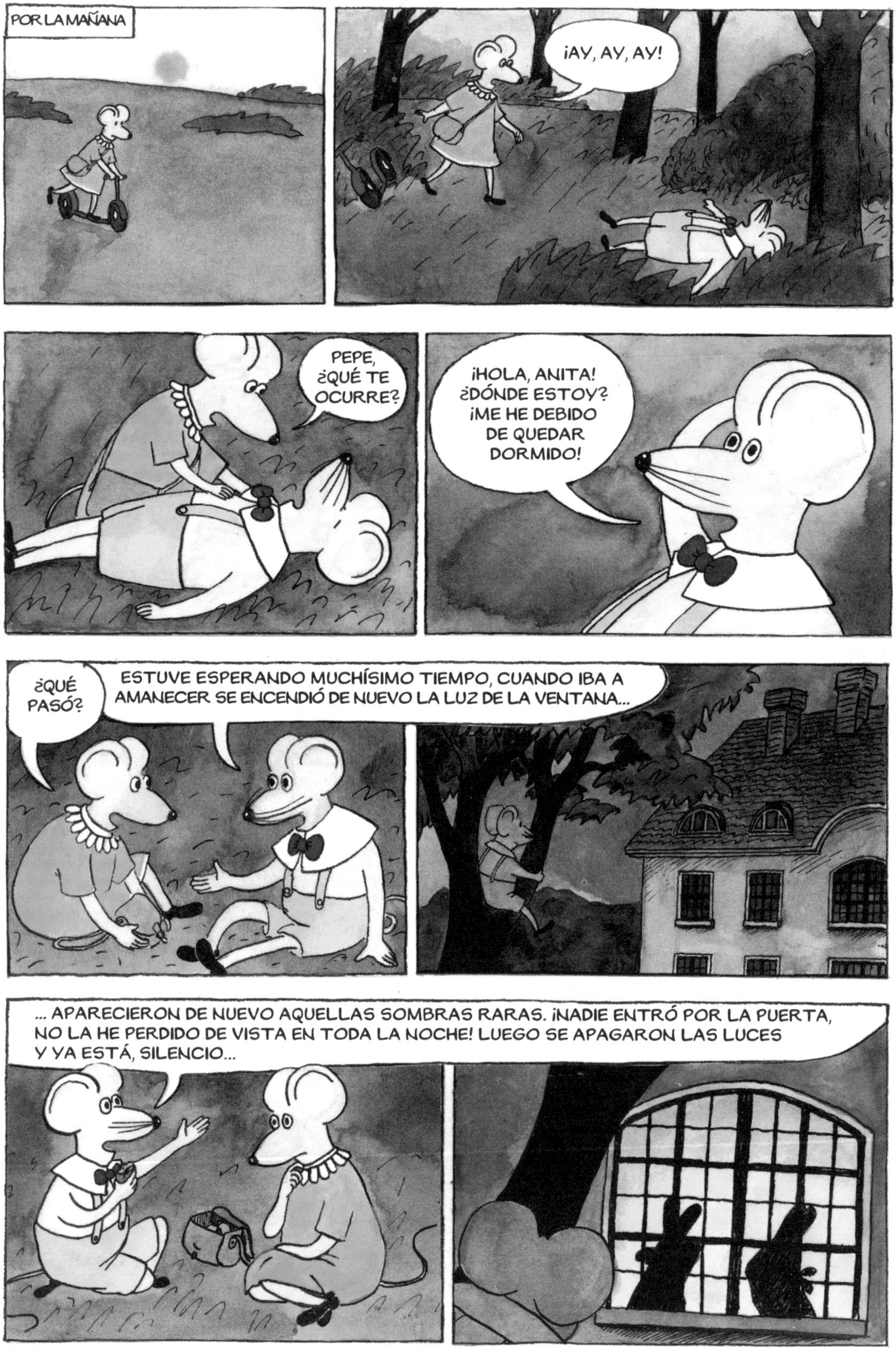
POR LA MAÑANA
¡AY, AY, AY!
PEPE, ¿QUÉ TE OCURRE?
¡HOLA, ANITA! ¿DÓNDE ESTOY? ¡ME HE DEBIDO DE QUEDAR DORMIDO!
¿QUÉ PASÓ?
ESTUVE ESPERANDO MUCHÍSIMO TIEMPO, CUANDO IBA A AMANECER SE ENCENDIÓ DE NUEVO LA LUZ DE LA VENTANA...
... APARECIERON DE NUEVO AQUELLAS SOMBRAS RARAS. ¡NADIE ENTRÓ POR LA PUERTA, NO LA HE PERDIDO DE VISTA EN TODA LA NOCHE! LUEGO SE APAGARON LAS LUCES Y YA ESTÁ, SILENCIO...

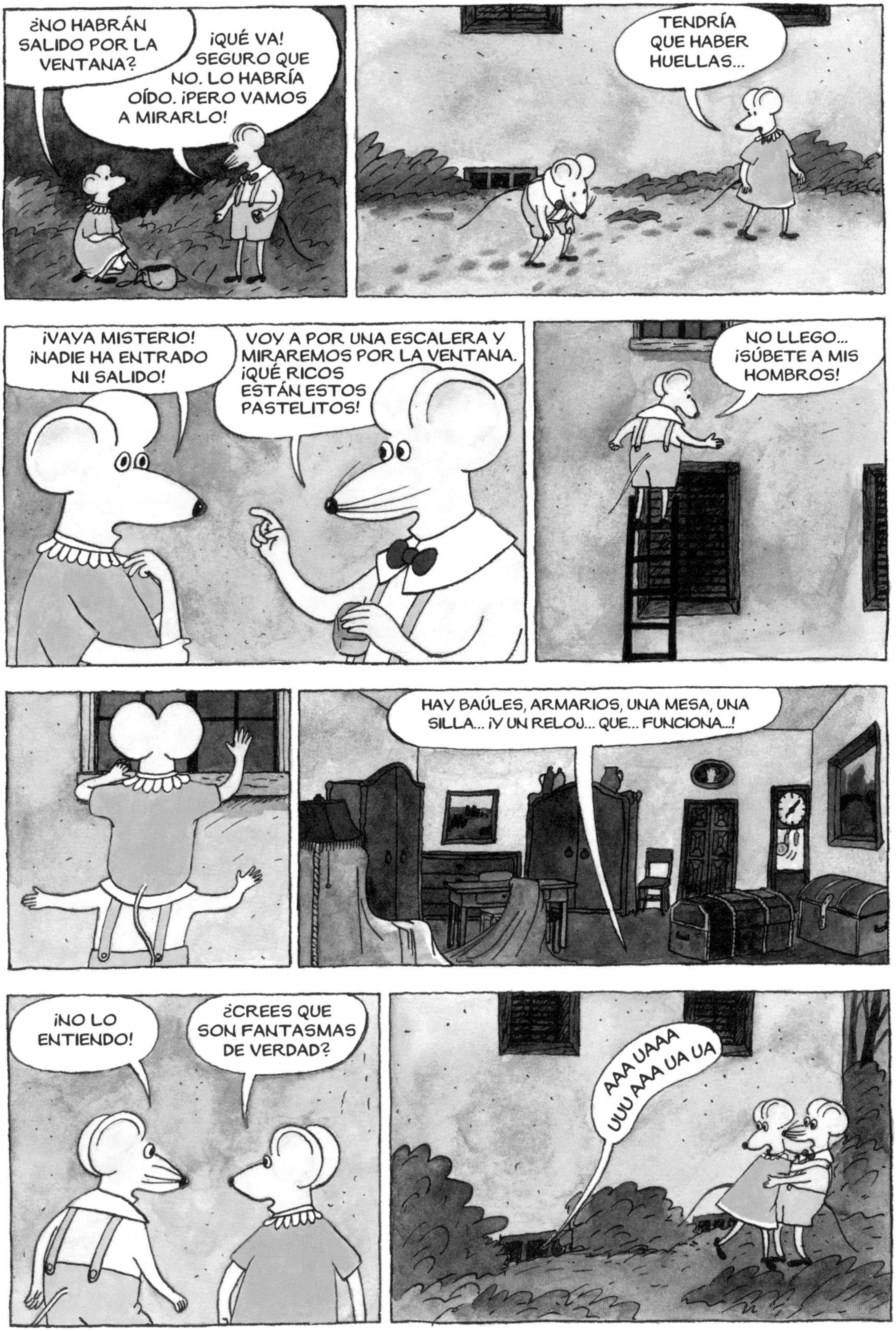
¿NO HABRÁN SALIDO POR LA VENTANA?
¡QUÉ VA! SEGURO QUE NO. LO HABRÍA OÍDO. ¡PERO VAMOS A MIRARLO!
TENDRÍA QUE HABER HUELLAS...
¡VAYA MISTERIO! ¡NADIE HA ENTRADO NI SALIDO!
VOY A POR UNA ESCALERA Y MIRAREMOS POR LA VENTANA. ¡QUÉ RICOS ESTÁN ESTOS PASTELITOS!
NO LLEGO... ¡SÚBETE A MIS HOMBROS!
HAY BAÚLES, ARMARIOS, UNA MESA, UNA SILLA... ¡Y UN RELOJ... QUE... FUNCIONA...!
¡NO LO ENTIENDO!
¿CREES QUE SON FANTASMAS DE VERDAD?
AAA UAAA UUU AAA UA UA

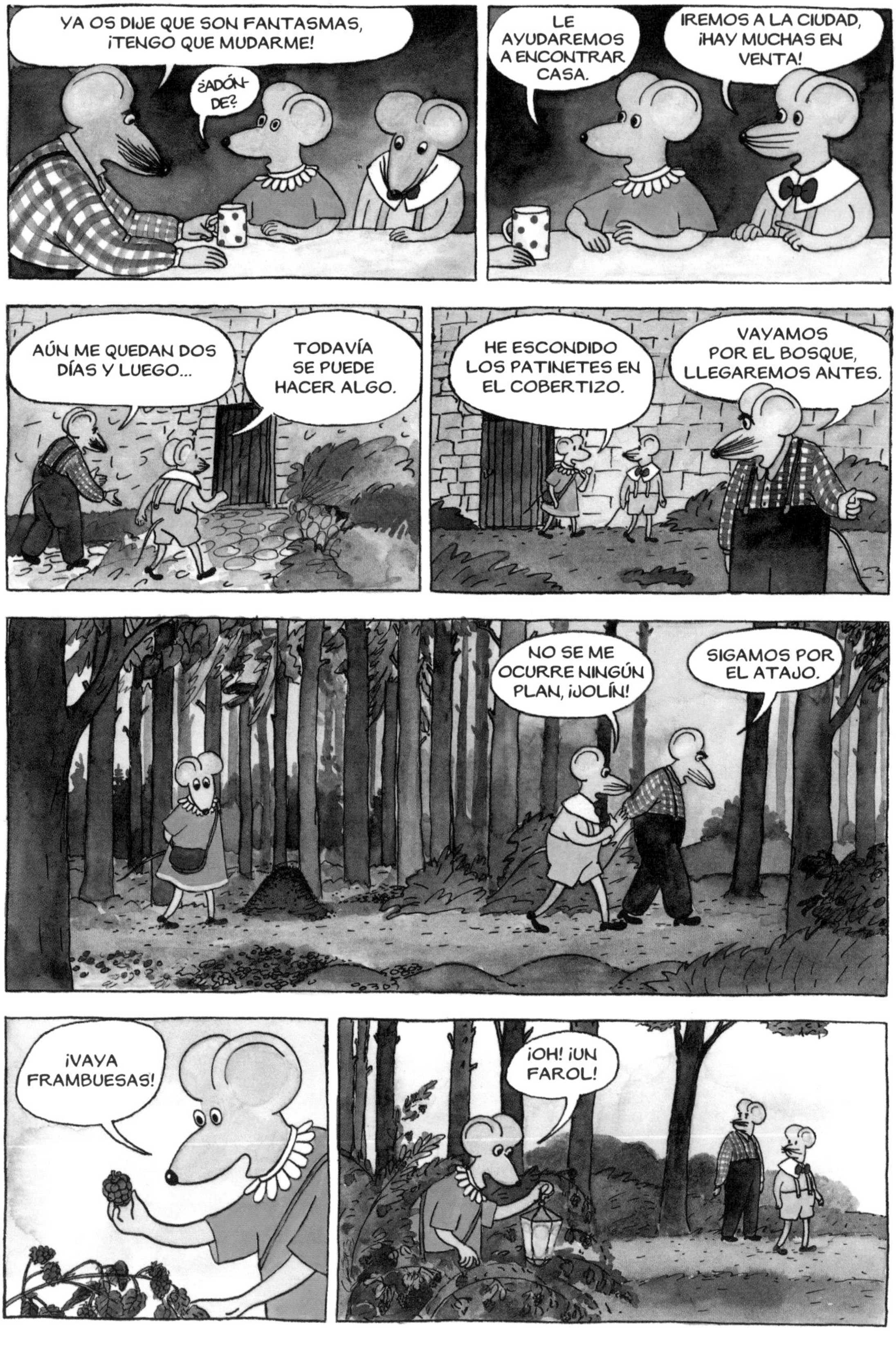
YA OS DIJE QUE SON FANTASMAS, ¡TENGO QUE MUDARME!
¿ADÓNDE?
LE AYUDAREMOS A ENCONTRAR CASA.
IREMOS A LA CIUDAD, ¡HAY MUCHAS EN VENTA!
AÚN ME QUEDAN DOS DÍAS Y LUEGO...
TODAVÍA SE PUEDE HACER ALGO.
HE ESCONDIDO LOS PATINETES EN EL COBERTIZO.
VAYAMOS POR EL BOSQUE, LLEGAREMOS ANTES.
NO SE ME OCURRE NINGÚN PLAN, ¡JOLÍN!
SIGAMOS POR EL ATAJO.
¡VAYA FRAMBUESAS!
¡OH! ¡UN FAROL!

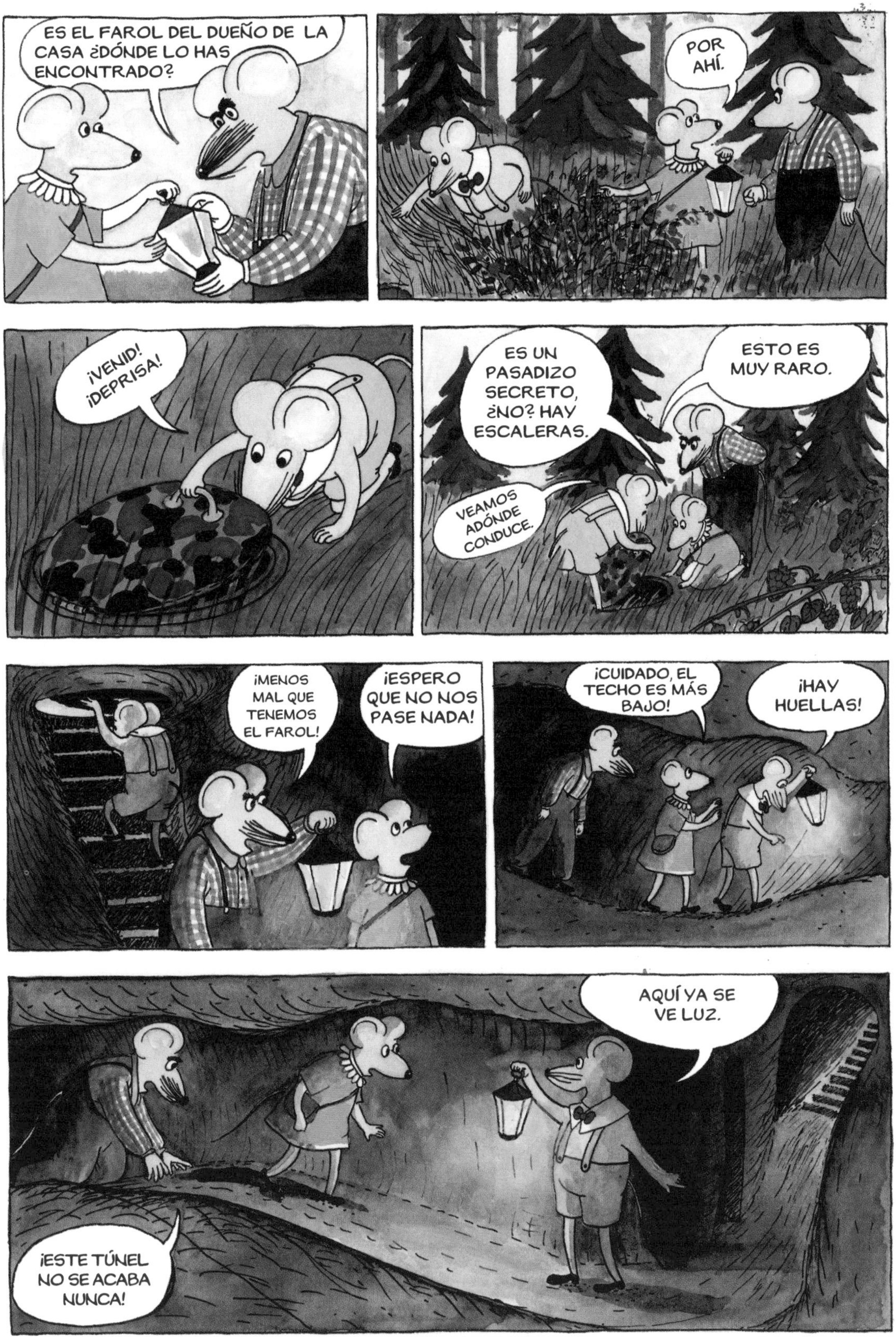
ES EL FAROL DEL DUEÑO DE LA CASA ¿DÓNDE LO HAS ENCONTRADO?
POR AHÍ.
¡VENID! ¡DEPRISA!
ES UN PASADIZO SECRETO, ¿NO? HAY ESCALERAS.
ESTO ES MUY RARO.
VEAMOS ADÓNDE CONDUCE.
¡MENOS MAL QUE TENEMOS EL FAROL!
¡ESPERO QUE NO NOS PASE NADA!
¡CUIDADO, EL TECHO ES MÁS BAJO!
¡HAY HUELLAS!
AQUÍ YA SE VE LUZ.
¡ESTE TÚNEL NO SE ACABA NUNCA!

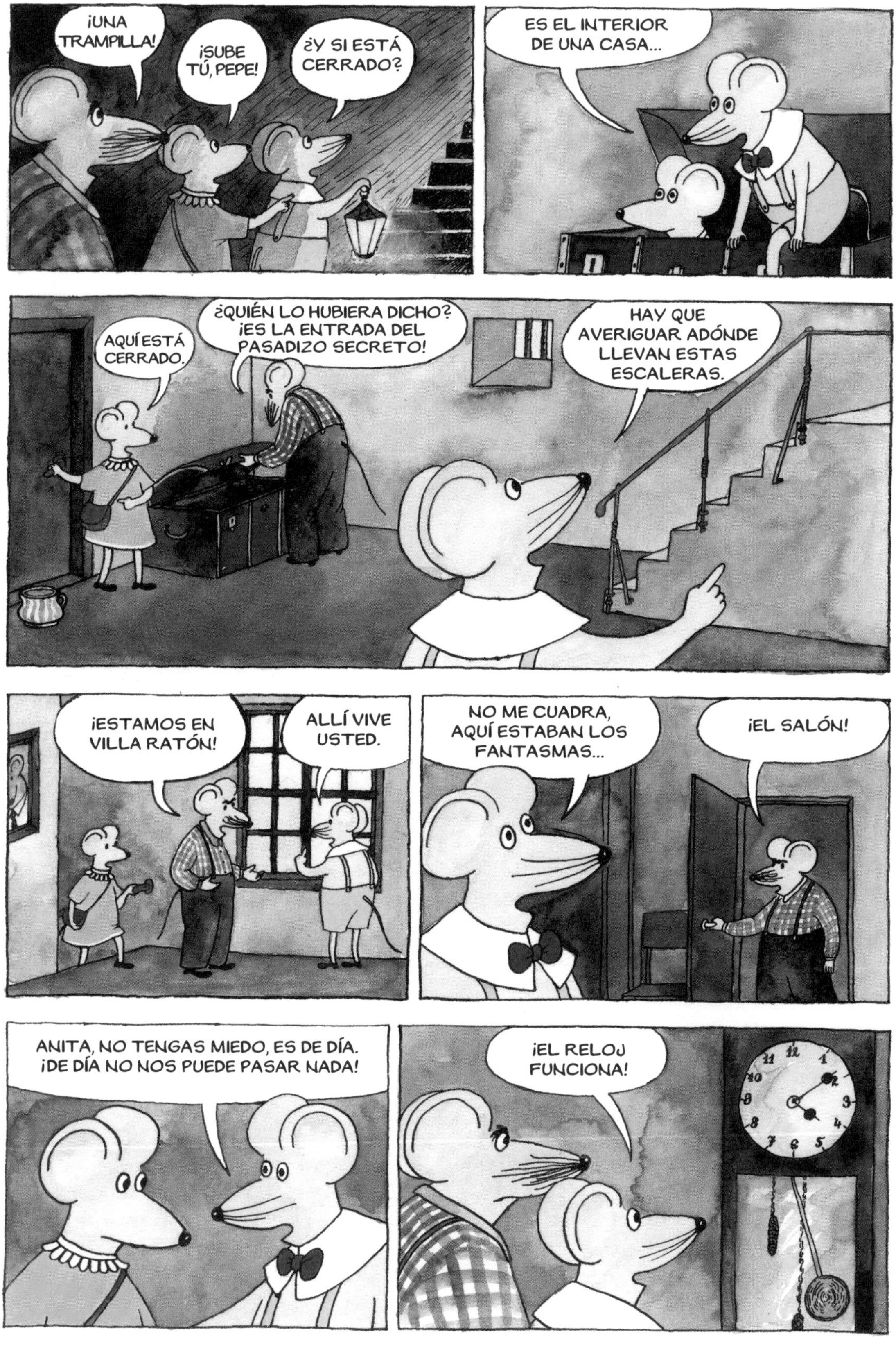
¡UNA TRAMPILLA!
¡SUBE TÚ, PEPE!
¿Y SI ESTÁ CERRADO?
ES EL INTERIOR DE UNA CASA...
AQUÍ ESTÁ CERRADO.
¿QUIÉN LO HUBIERA DICHO? ¡ES LA ENTRADA DEL PASADIZO SECRETO!
HAY QUE AVERIGUAR ADÓNDE LLEVAN ESTAS ESCALERAS.
¡ESTAMOS EN VILLA RATÓN!
ALLÍ VIVE USTED.
NO ME CUADRA, AQUÍ ESTABAN LOS FANTASMAS...
¡EL SALÓN!
ANITA, NO TENGAS MIEDO, ES DE DÍA. ¡DE DÍA NO NOS PUEDE PASAR NADA!
¡EL RELOJ FUNCIONA!

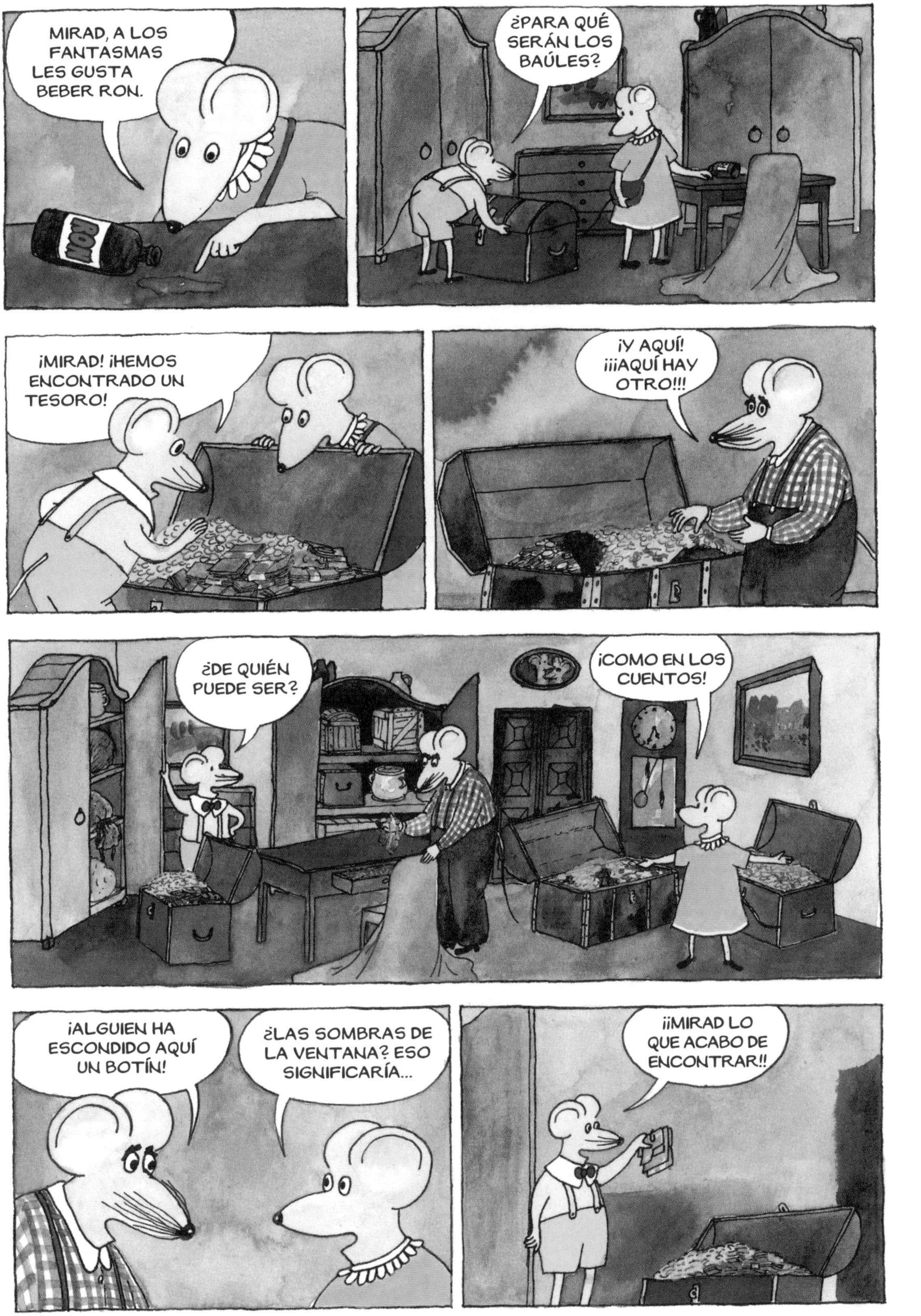
MIRAD, A LOS FANTASMAS LES GUSTA BEBER RON.
RON
¿PARA QUÉ SERÁN LOS BAÚLES?
¡MIRAD! ¡HEMOS ENCONTRADO UN TESORO!
¡Y AQUÍ! ¡¡¡AQUÍ HAY OTRO!!!
¿DE QUIÉN PUEDE SER?
¡COMO EN LOS CUENTOS!
¡ALGUIEN HA ESCONDIDO AQUÍ UN BOTÍN!
¿LAS SOMBRAS DE LA VENTANA? ESO SIGNIFICARÍA...
¡¡MIRAD LO QUE ACABO DE ENCONTRAR!!

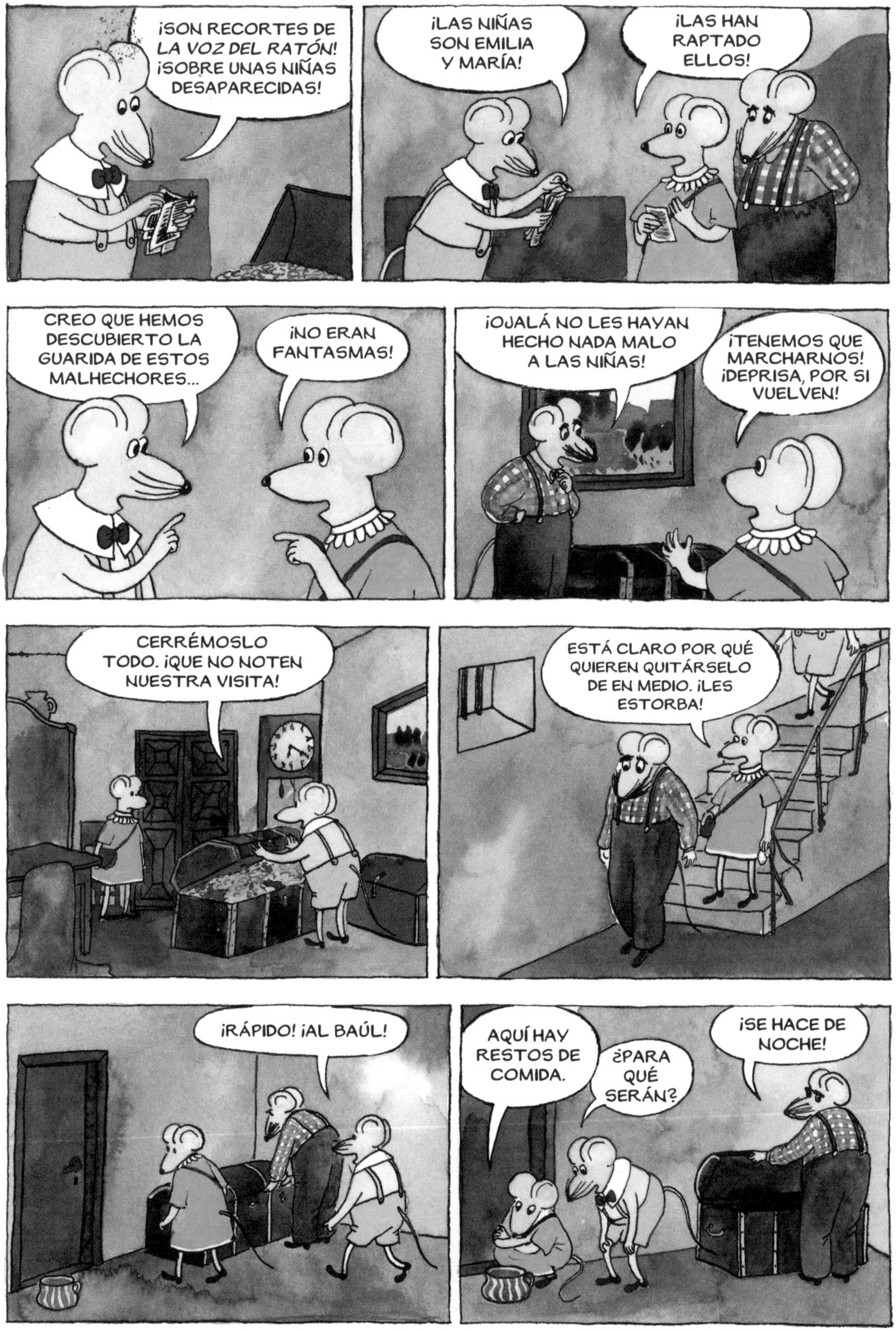
¡SON RECORTES DE LA VOZ DEL RATÓN! ¡SOBRE UNAS NIÑAS DESAPARECIDAS!
¡LAS NIÑAS SON EMILIA Y MARÍA!
¡LAS HAN RAPTADO ELLOS!
CREO QUE HEMOS DESCUBIERTO LA GUARIDA DE ESTOS MALHECHORES...
¡NO ERAN FANTASMAS!
¡OJALÁ NO LES HAYAN HECHO NADA MALO A LAS NIÑAS!
¡TENEMOS QUE MARCHARNOS! ¡DEPRISA, POR SI VUELVEN!
CERRÉMOSLO TODO. ¡QUE NO NOTEN NUESTRA VISITA!
ESTÁ CLARO POR QUÉ QUIEREN QUITÁRSELO DE EN MEDIO. ¡LES ESTORBA!
¡RÁPIDO! ¡AL BAÚL!
AQUÍ HAY RESTOS DE COMIDA.
¿PARA QUÉ SERÁN?
¡SE HACE DE NOCHE!

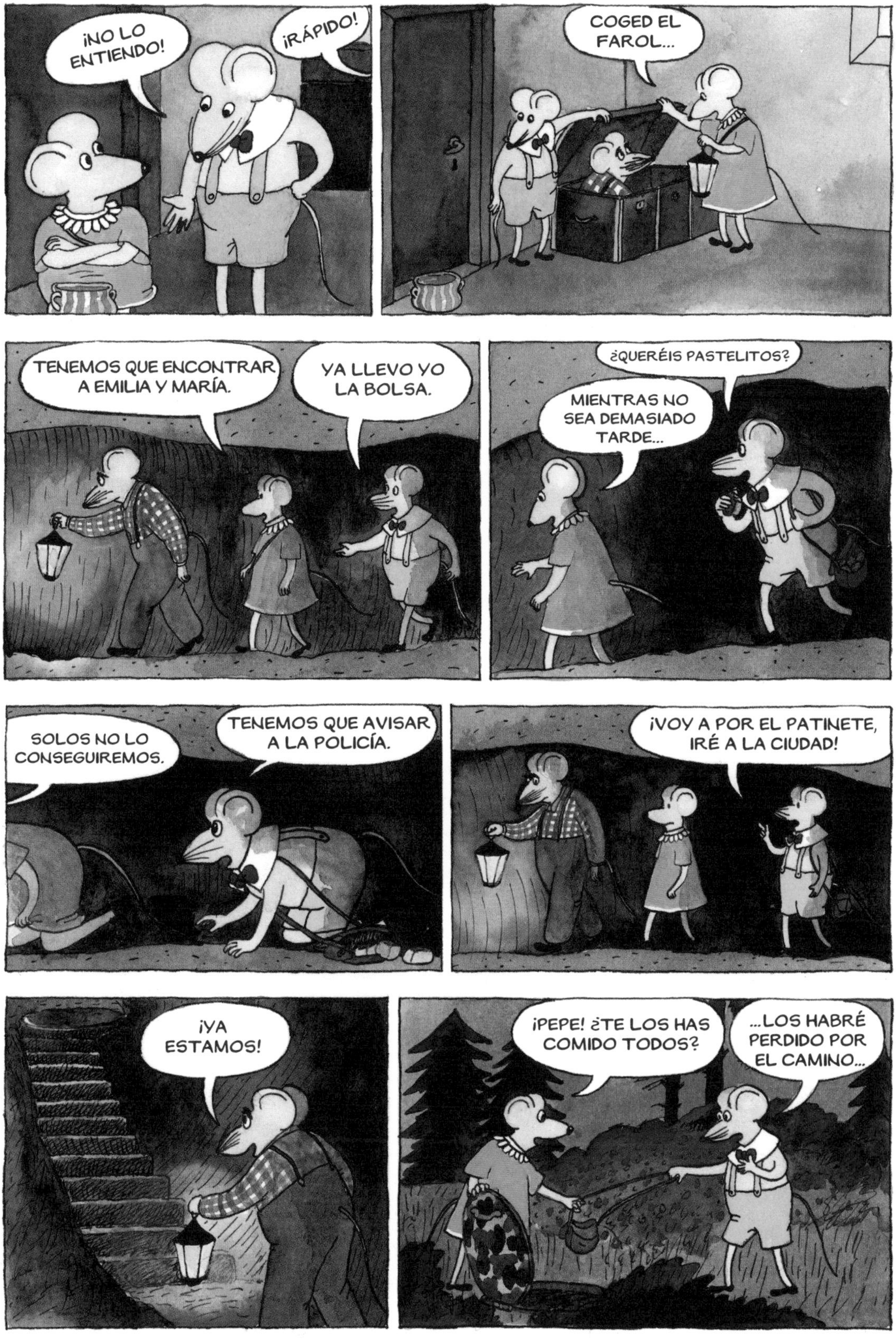
¡NO LO ENTIENDO!
¡RÁPIDO!
COGED EL FAROL...
TENEMOS QUE ENCONTRAR A EMILIA Y MARÍA.
YA LLEVO YO LA BOLSA.
¿QUERÉIS PASTELITOS?
MIENTRAS NO SEA DEMASIADO TARDE...
SOLOS NO LO CONSEGUIREMOS.
TENEMOS QUE AVISAR A LA POLICÍA.
¡VOY A POR EL PATINETE, IRÉ A LA CIUDAD!
¡YA ESTAMOS!
¡PEPE! ¿TE LOS HAS COMIDO TODOS?
...LOS HABRÉ PERDIDO POR EL CAMINO...

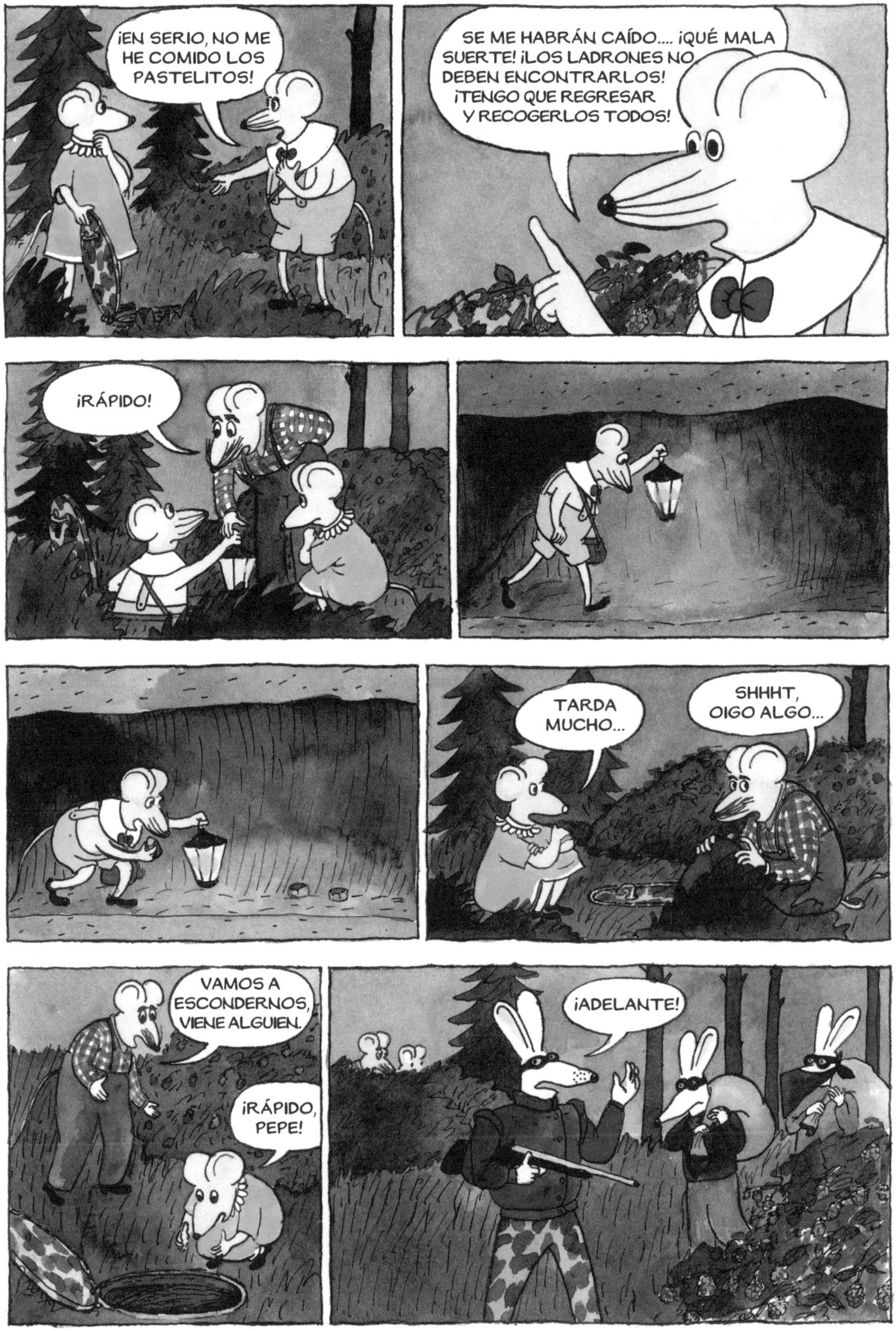
¡EN SERIO, NO ME HE COMIDO LOS PASTELITOS!
SE ME HABRÁN CAÍDO.... ¡QUÉ MALA SUERTE! ¡LOS LADRONES NO DEBEN ENCONTRARLOS! ¡TENGO QUE REGRESAR Y RECOGERLOS TODOS!
¡RÁPIDO!
TARDA MUCHO...
SHHHT, OIGO ALGO...
VAMOS A ESCONDERNOS, VIENE ALGUIEN.
¡RÁPIDO, PEPE!
¡ADELANTE!

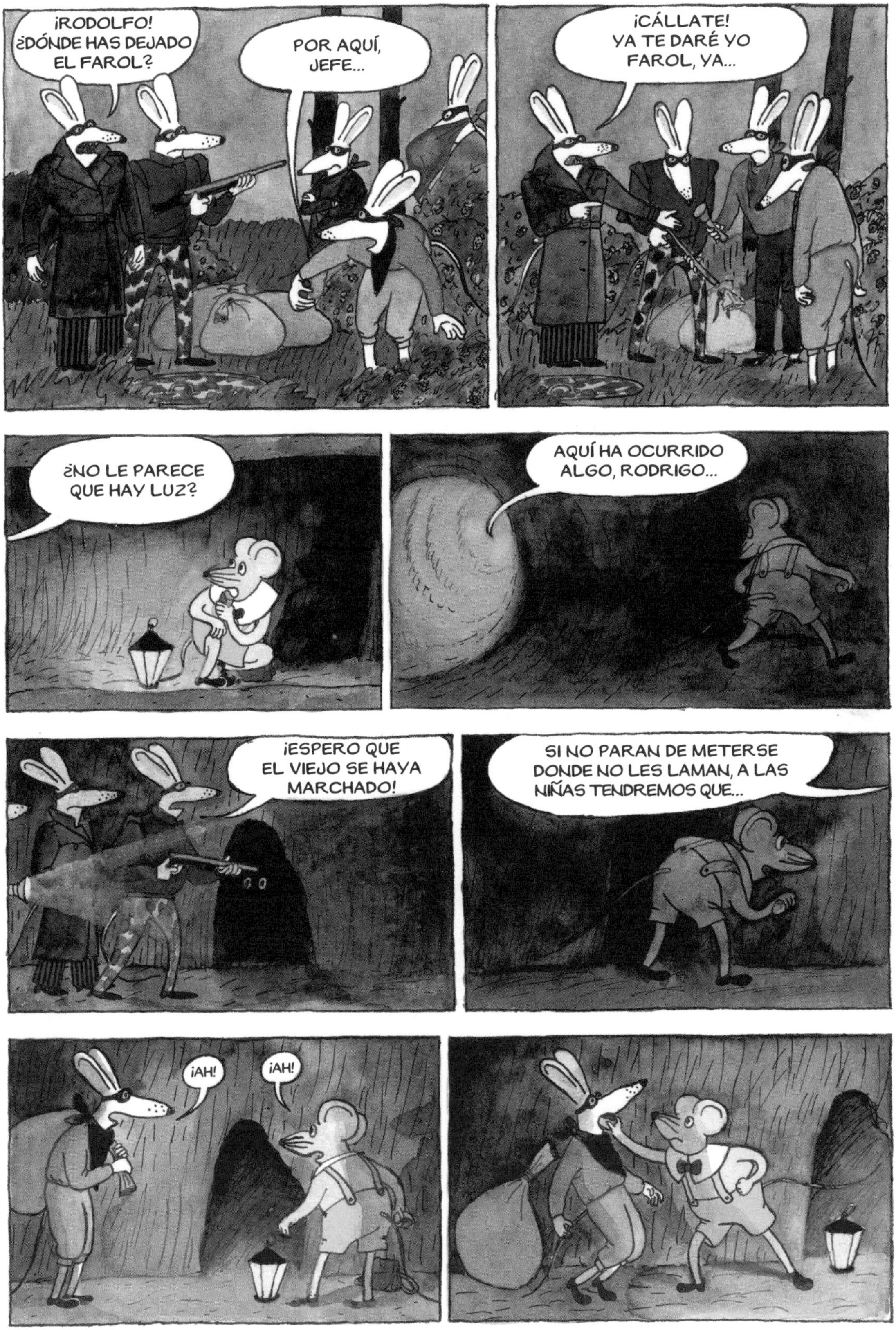
¡RODOLFO! ¿DÓNDE HAS DEJADO EL FAROL?
POR AQUÍ, JEFE...
¡CÁLLATE! YA TE DARÉ YO FAROL, YA...
¿NO LE PARECE QUE HAY LUZ?
AQUÍ HA OCURRIDO ALGO, RODRIGO...
¡ESPERO QUE EL VIEJO SE HAYA MARCHADO!
SI NO PARAN DE METERSE DONDE NO LES LAMAN, A LAS NIÑAS TENDREMOS QUE...
¡AH!
¡AH!

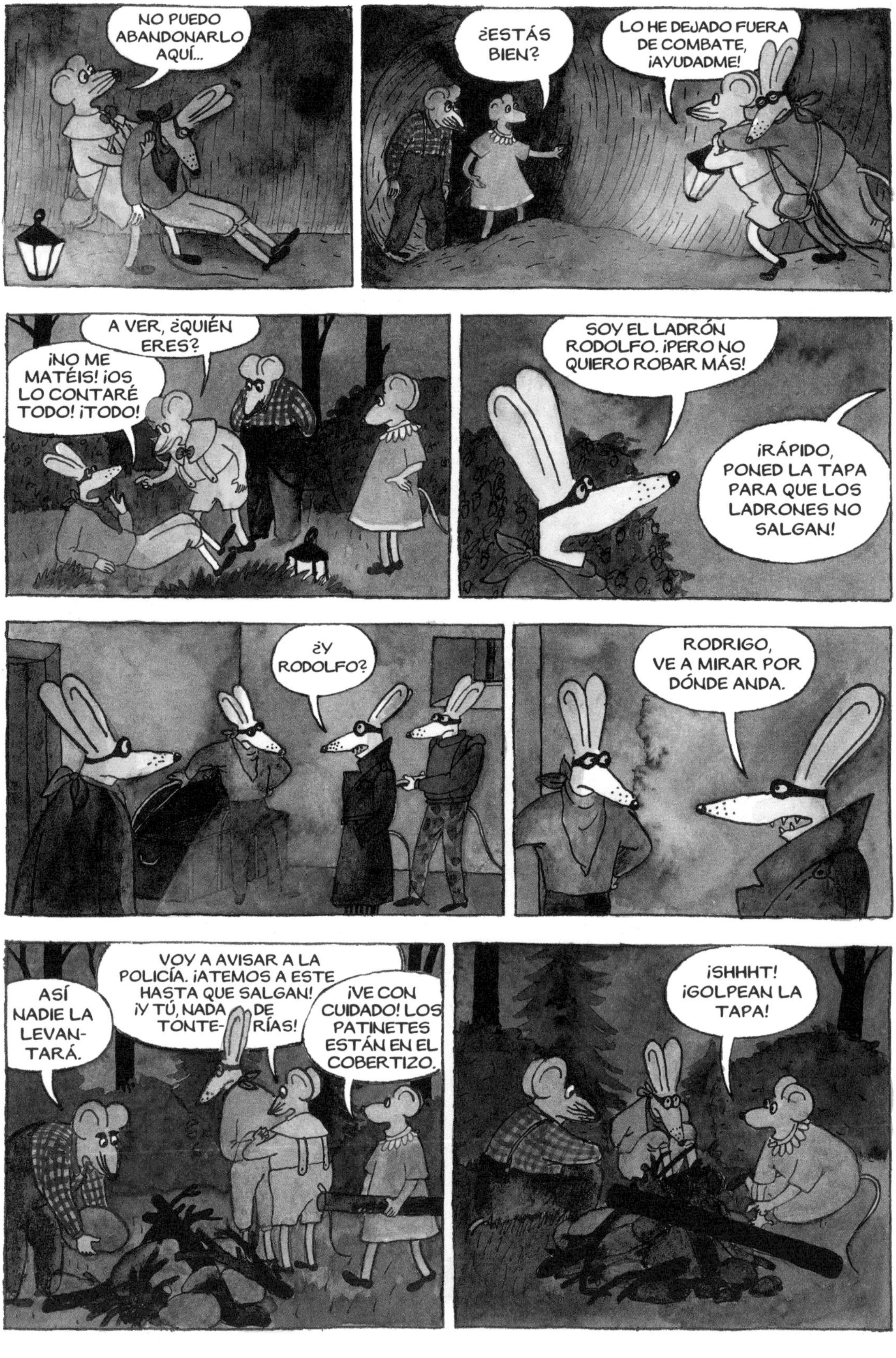
NO PUEDO ABANDONARLO AQUÍ...
¿ESTÁS BIEN?
LO HE DEJADO FUERA DE COMBATE, ¡AYUDADME!
A VER, ¿QUIÉN ERES?
¡NO ME MATÉIS! ¡OS LO CONTARÉ TODO! ¡TODO!
SOY EL LADRÓN RODOLFO. ¡PERO NO QUIERO ROBAR MÁS!
¡RÁPIDO, PONED LA TAPA PARA QUE LOS LADRONES NO SALGAN!
¿Y RODOLFO?
RODRIGO, VE A MIRAR POR DÓNDE ANDA.
ASÍ NADIE LA LEVANTARÁ.
VOY A AVISAR A LA POLICÍA. ¡ATEMOS A ESTE HASTA QUE SALGAN! ¡Y TÚ, NADA DE TONTERÍAS!
¡VE CON CUIDADO! LOS PATINETES ESTÁN EN EL COBERTIZO.
¡SHHHT! ¡GOLPEAN LA TAPA!

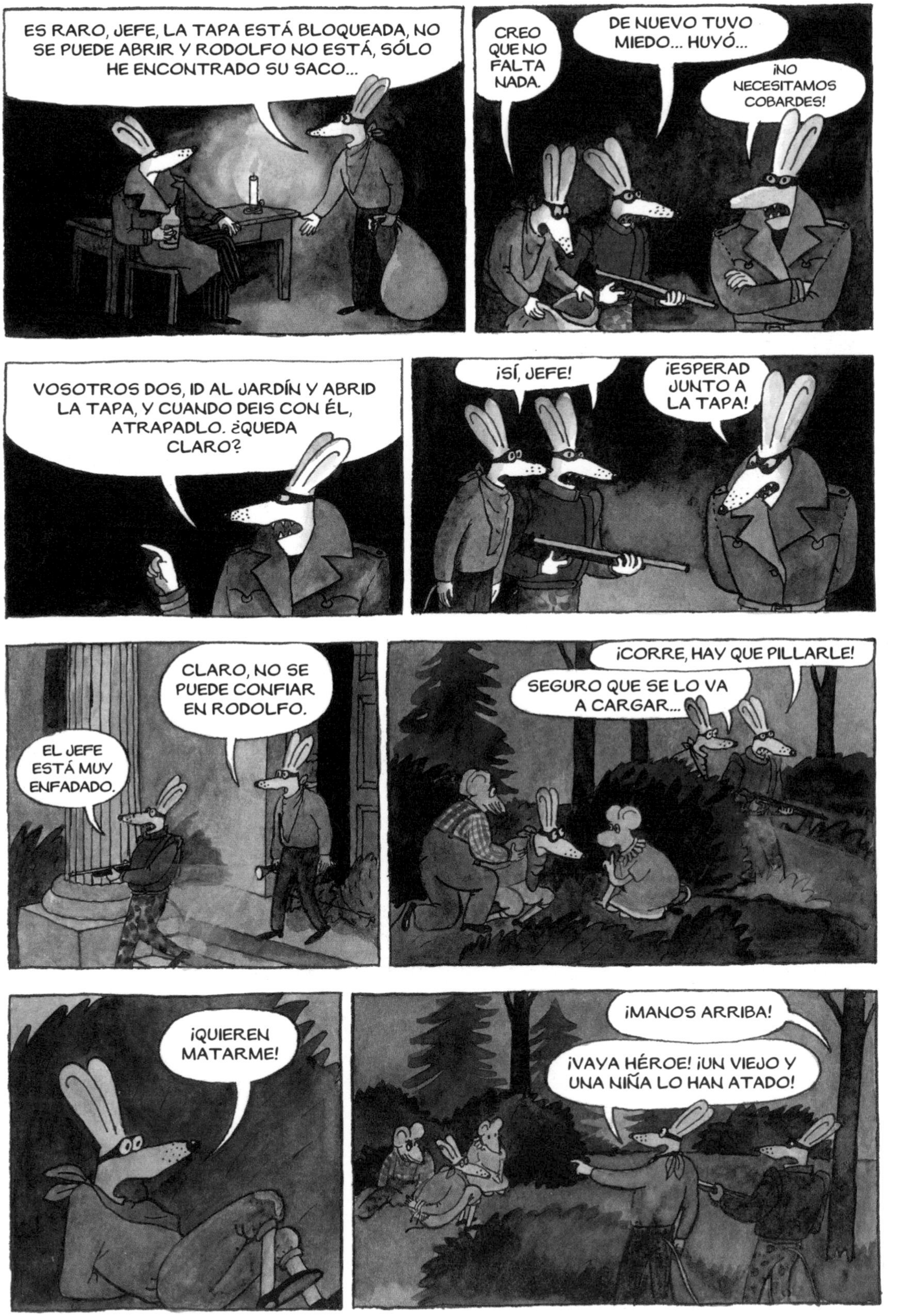
ES RARO, JEFE, LA TAPA ESTÁ BLOQUEADA, NO SE PUEDE ABRIR Y RODOLFO NO ESTÁ, SÓLO HE ENCONTRADO SU SACO...
CREO QUE NO FALTA NADA.
DE NUEVO TUVO MIEDO... HUYÓ...
¡NO NECESITAMOS COBARDES!
VOSOTROS DOS, ID AL JARDÍN Y ABRID LA TAPA, Y CUANDO DEIS CON ÉL, ATRAPADLO. ¿QUEDA CLARO?
¡SÍ, JEFE!
¡ESPERAD JUNTO A LA TAPA!
EL JEFE ESTÁ MUY ENFADADO.
CLARO, NO SE PUEDE CONFIAR EN RODOLFO.
¡CORRE, HAY QUE PILLARLE!
SEGURO QUE SE LO VA A CARGAR...
¡QUIEREN MATARME!
¡MANOS ARRIBA!
¡VAYA HÉROE! ¡UN VIEJO Y UNA NIÑA LO HAN ATADO!

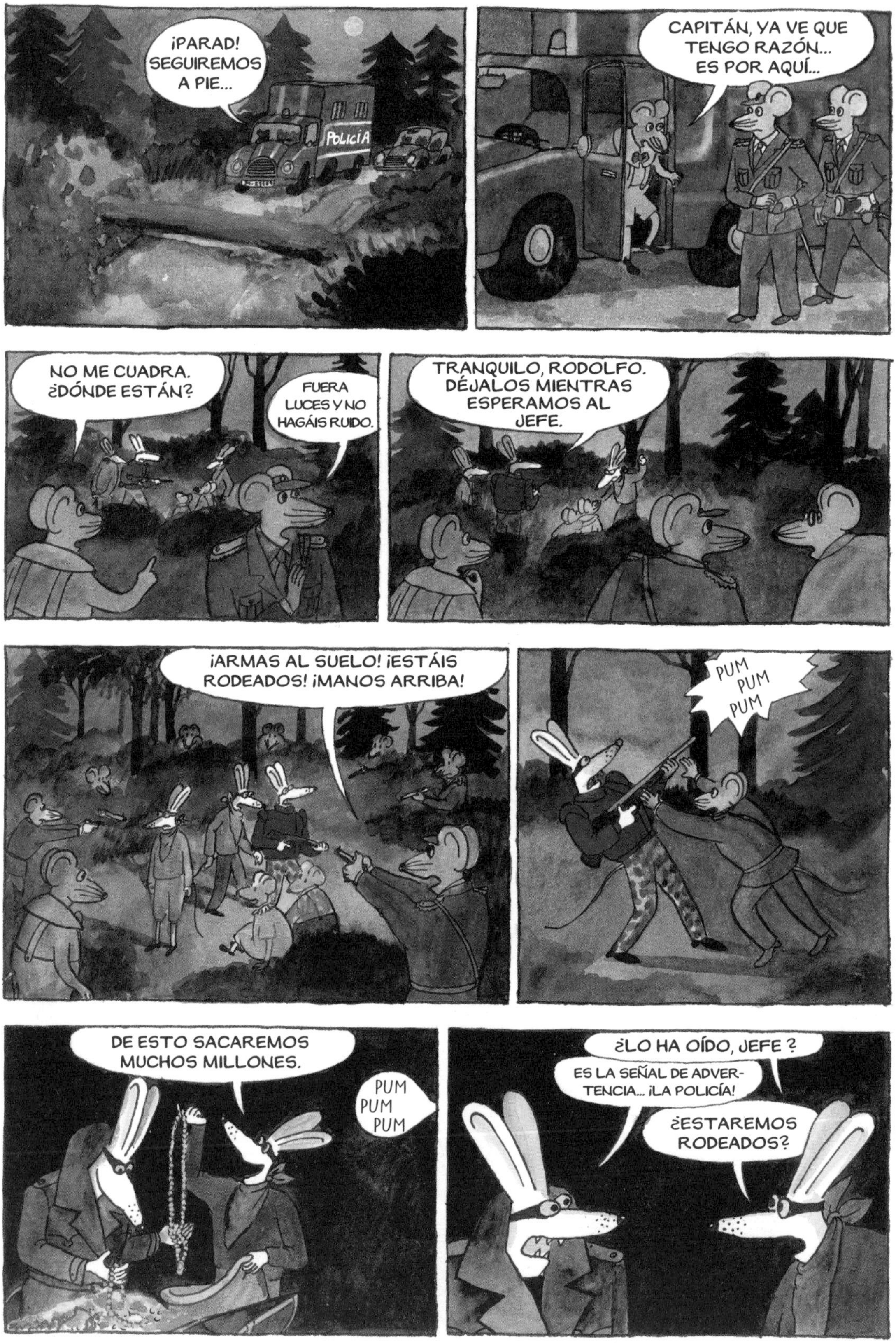
¡PARAD! SEGUIREMOS A PIE...
POLICÍA
CAPITÁN, YA VE QUE TENGO RAZÓN... ES POR AQUÍ...
NO ME CUADRA. ¿DÓNDE ESTÁN?
FUERA LUCES Y NO HAGÁIS RUIDO.
TRANQUILO, RODOLFO. DÉJALOS MIENTRAS ESPERAMOS AL JEFE.
¡ARMAS AL SUELO! ¡ESTÁIS RODEADOS! ¡MANOS ARRIBA!
PUM PUM PUM
DE ESTO SACAREMOS MUCHOS MILLONES.
PUM PUM PUM
¿LO HA OÍDO, JEFE?
ES LA SEÑAL DE ADVERTENCIA... ¡LA POLICÍA!
¿ESTAREMOS RODEADOS?

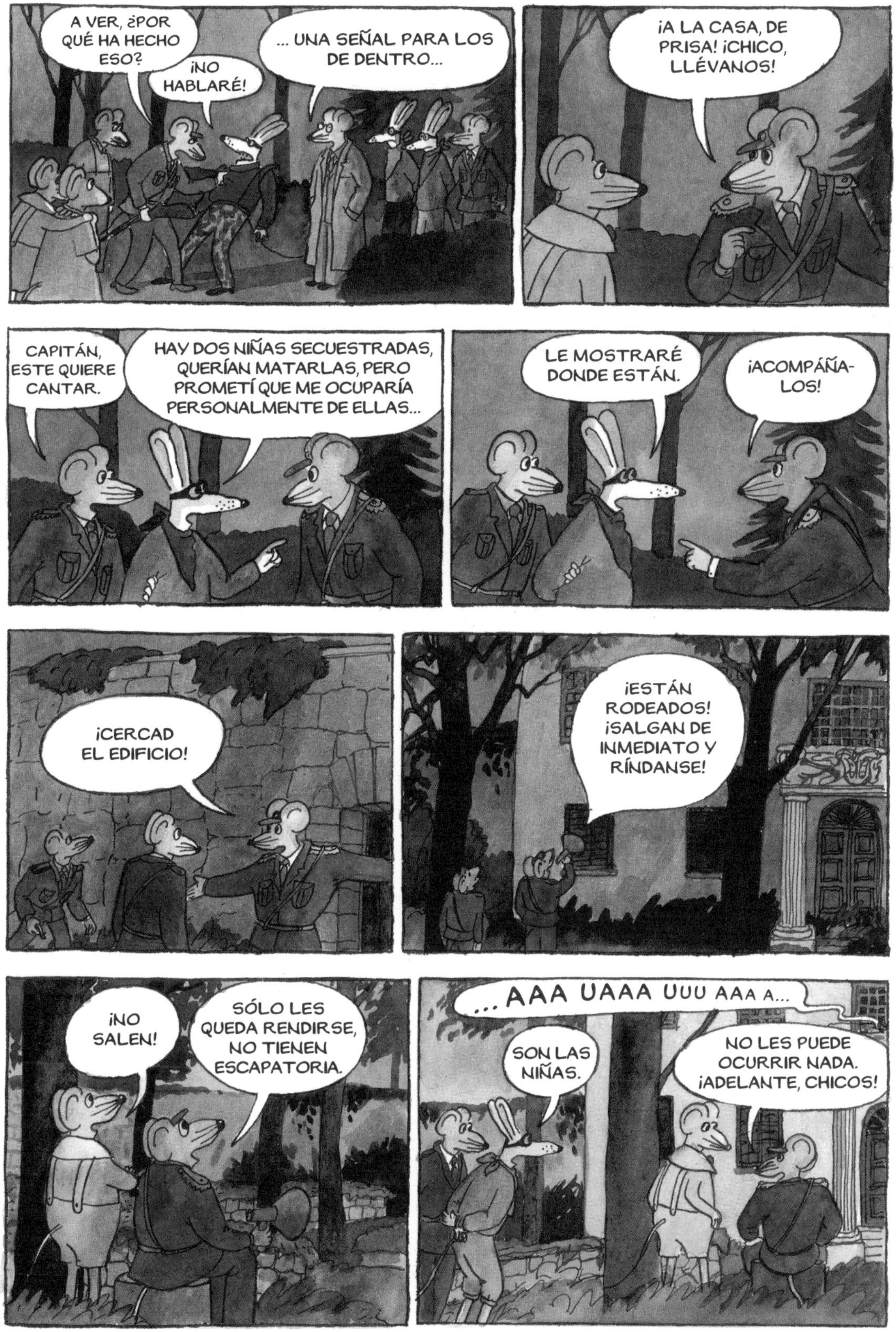
A VER, ¿POR QUÉ HA HECHO ESO?
¡NO HABLARÉ!
... UNA SEÑAL PARA LOS DE DENTRO...
¡A LA CASA, DE PRISA! ¡CHICO, LLÉVANOS!
CAPITÁN, ESTE QUIERE CANTAR.
HAY DOS NIÑAS SECUESTRADAS, QUERÍAN MATARLAS, PERO PROMETÍ QUE ME OCUPARÍA PERSONALMENTE DE ELLAS...
LE MOSTRARÉ DONDE ESTÁN.
¡ACOMPÁÑA-LOS!
¡CERCAD EL EDIFICIO!
¡ESTÁN RODEADOS! ¡SALGAN DE INMEDIATO Y RÍNDANSE!
¡NO SALEN!
SÓLO LES QUEDA RENDIRSE, NO TIENEN ESCAPATORIA.
... AAA UAAA UUU AAA A...
SON LAS NIÑAS.
NO LES PUEDE OCURRIR NADA. ¡ADELANTE, CHICOS!

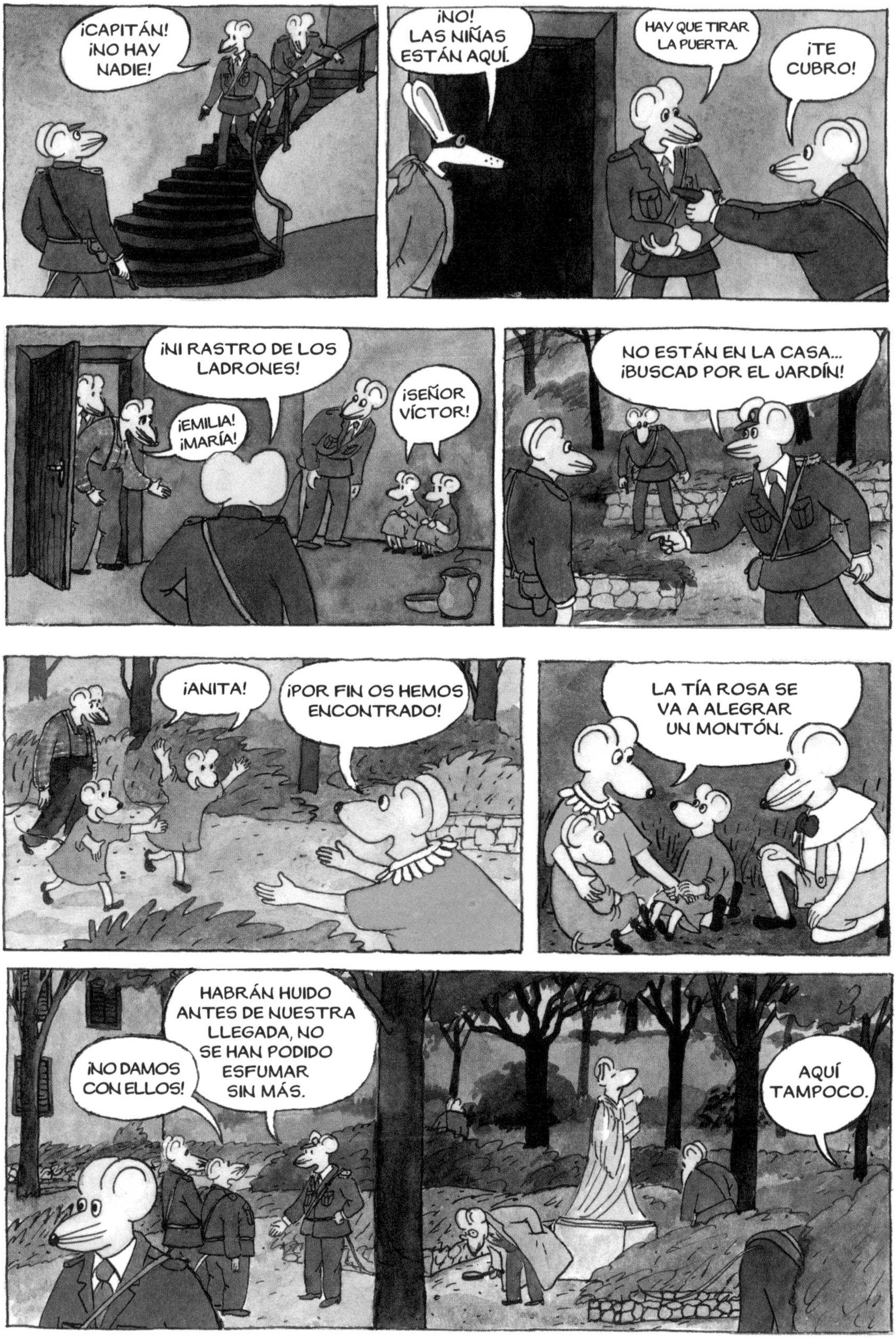
¡CAPITÁN! ¡NO HAY NADIE!
¡NO! LAS NIÑAS ESTÁN AQUÍ.
HAY QUE TIRAR LA PUERTA.
¡TE CUBRO!
¡NI RASTRO DE LOS LADRONES!
¡EMILIA! ¡MARÍA!
¡SEÑOR VÍCTOR!
NO ESTÁN EN LA CASA... ¡BUSCAD POR EL JARDÍN!
¡ANITA!
¡POR FIN OS HEMOS ENCONTRADO!
LA TÍA ROSA SE VA A ALEGRAR UN MONTÓN.
¡NO DAMOS CON ELLOS!
HABRÁN HUIDO ANTES DE NUESTRA LLEGADA, NO SE HAN PODIDO ESFUMAR SIN MÁS.
AQUÍ TAMPOCO.

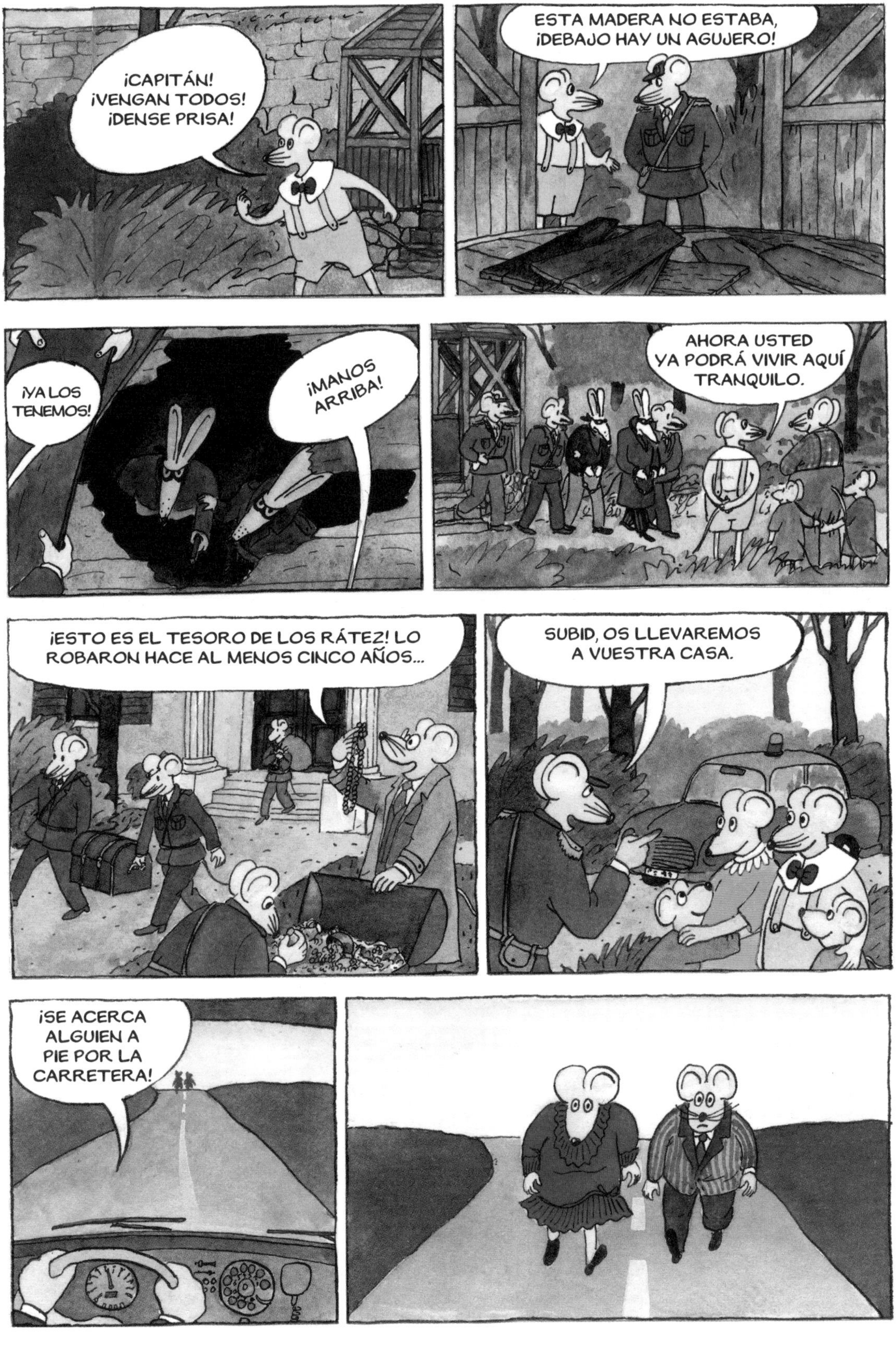
¡CAPITÁN!
¡VENGAN TODOS!
¡DENSE PRISA!
ESTA MADERA NO ESTABA,
¡DEBAJO HAY UN AGUJERO!
¡YA LOS
TENEMOS!
¡MANOS
ARRIBA!
AHORA USTED
YA PODRÁ VIVIR AQUÍ
TRANQUILO.
¡ESTO ES EL TESORO DE LOS RÁTEZ! LO
ROBARON HACE AL MENOS CINCO AÑOS...
SUBID, OS LLEVAREMOS
A VUESTRA CASA.
¡SE ACERCA
ALGUIEN A
PIE POR LA
CARRETERA!

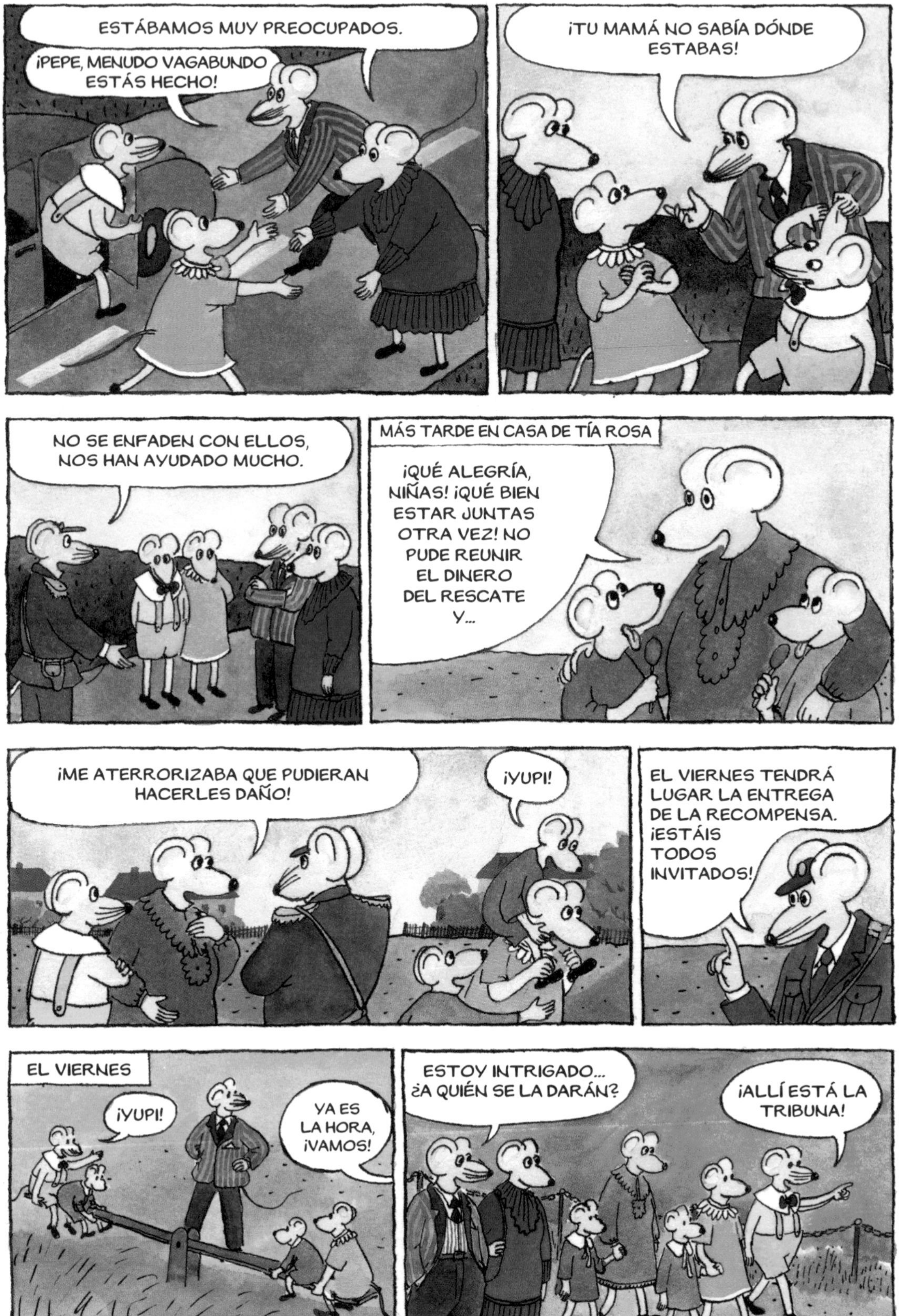

ESTÁBAMOS MUY PREOCUPADOS.
¡PEPE, MENUDO VAGABUNDO ESTÁS HECHO!
¡TU MAMÁ NO SABÍA DÓNDE ESTABAS!
NO SE ENFADEN CON ELLOS, NOS HAN AYUDADO MUCHO.
MÁS TARDE EN CASA DE TÍA ROSA
¡QUÉ ALEGRÍA, NIÑAS! ¡QUÉ BIEN ESTAR JUNTAS OTRA VEZ! NO PUDE REUNIR EL DINERO DEL RESCATE Y...
¡ME ATERRORIZABA QUE PUDIERAN HACERLES DAÑO!
¡YUPI!
EL VIERNES TENDRÁ LUGAR LA ENTREGA DE LA RECOMPENSA. ¡ESTÁIS TODOS INVITADOS!
EL VIERNES
¡YUPI!
YA ES LA HORA, ¡VAMOS!
ESTOY INTRIGADO... ¿A QUIÉN SE LA DARÁN?
¡ALLÍ ESTÁ LA TRIBUNA!

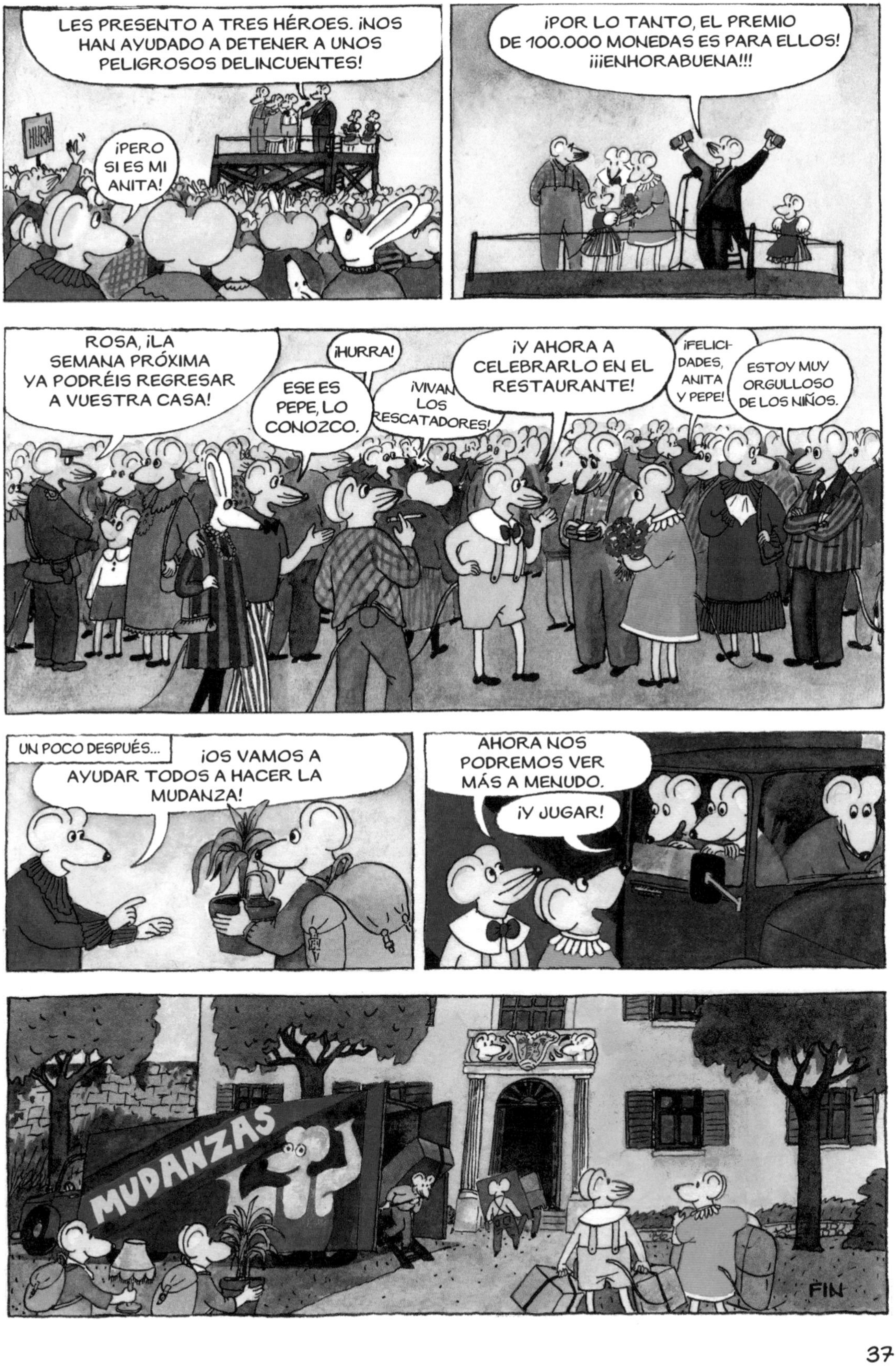
LES PRESENTO A TRES HÉROES. ¡NOS HAN AYUDADO A DETENER A UNOS PELIGROSOS DELINCUENTES!
¡PERO SI ES MI ANITA!
¡POR LO TANTO, EL PREMIO DE 100.000 MONEDAS ES PARA ELLOS! ¡¡¡ENHORABUENA!!!
ROSA, ¡LA SEMANA PRÓXIMA YA PODRÉIS REGRESAR A VUESTRA CASA!
ESE ES PEPE, LO CONOZCO.
¡HURRA!
¡VIVAN LOS RESCATADORES!
¡Y AHORA A CELEBRARLO EN EL RESTAURANTE!
¡FELICIDADES, ANITA Y PEPE!
ESTOY MUY ORGULLOSO DE LOS NIÑOS.
UN POCO DESPUÉS...
¡OS VAMOS A AYUDAR TODOS A HACER LA MUDANZA!
AHORA NOS PODREMOS VER MÁS A MENUDO.
¡Y JUGAR!
MUDANZAS
FIN

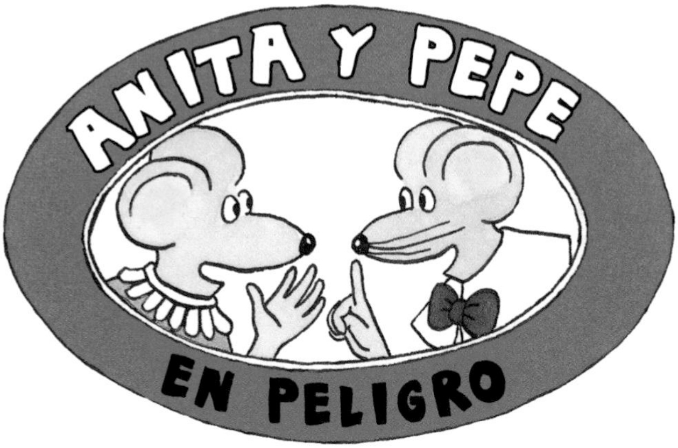
ANITA Y PEPE
EN PELIGRO

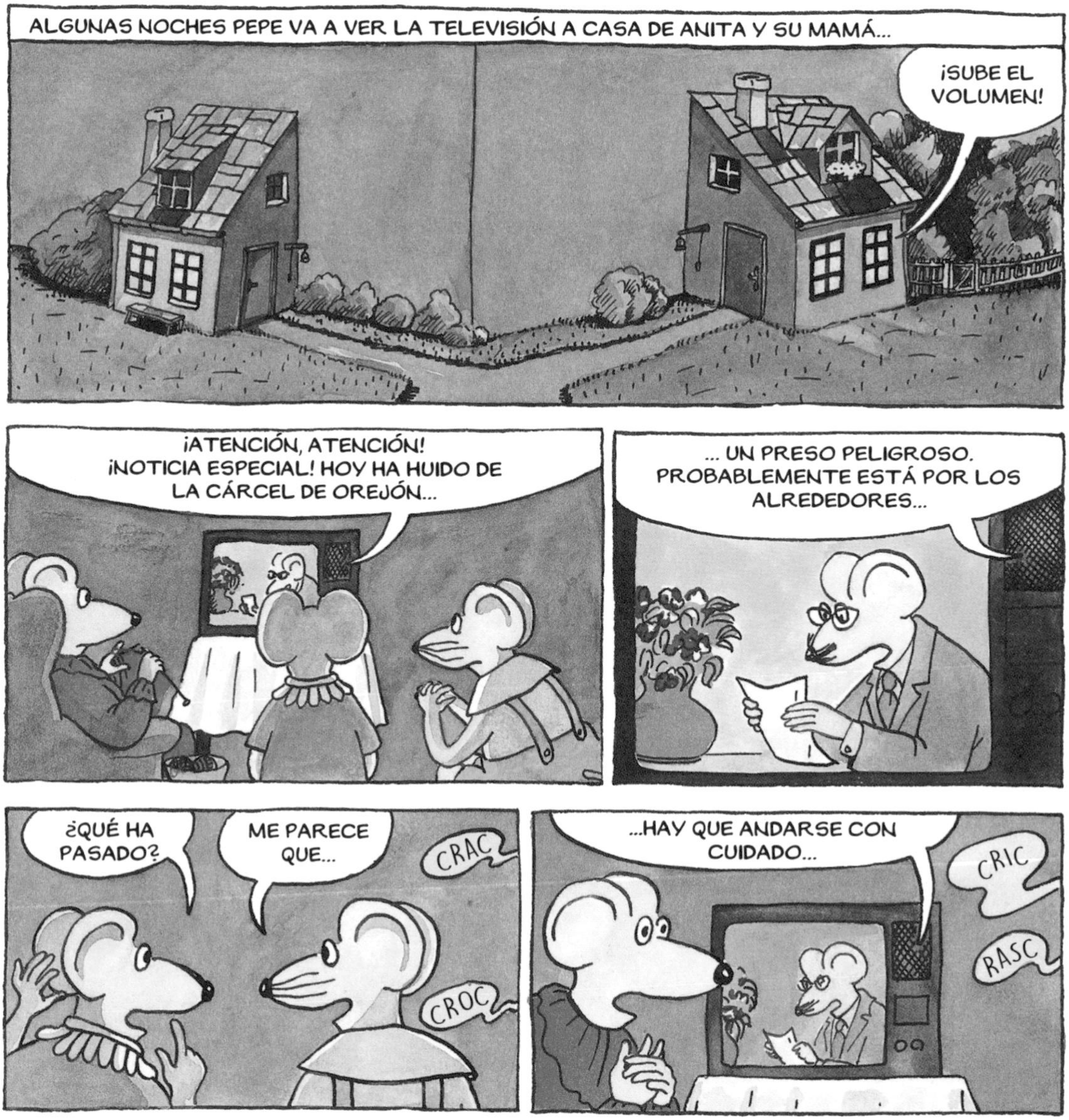
ALGUNAS NOCHES PEPE VA A VER LA TELEVISIÓN A CASA DE ANITA Y SU MAMÁ...
¡SUBE EL VOLUMEN!
¡ATENCIÓN, ATENCIÓN! ¡NOTICIA ESPECIAL! HOY HA HUIDO DE LA CÁRCEL DE OREJÓN...
... UN PRESO PELIGROSO. PROBABLEMENTE ESTÁ POR LOS ALREDEDORES...
¿QUÉ HA PASADO?
ME PARECE QUE...
CRAC
CROC
...HAY QUE ANDARSE CON CUIDADO...
CRIC
RASC

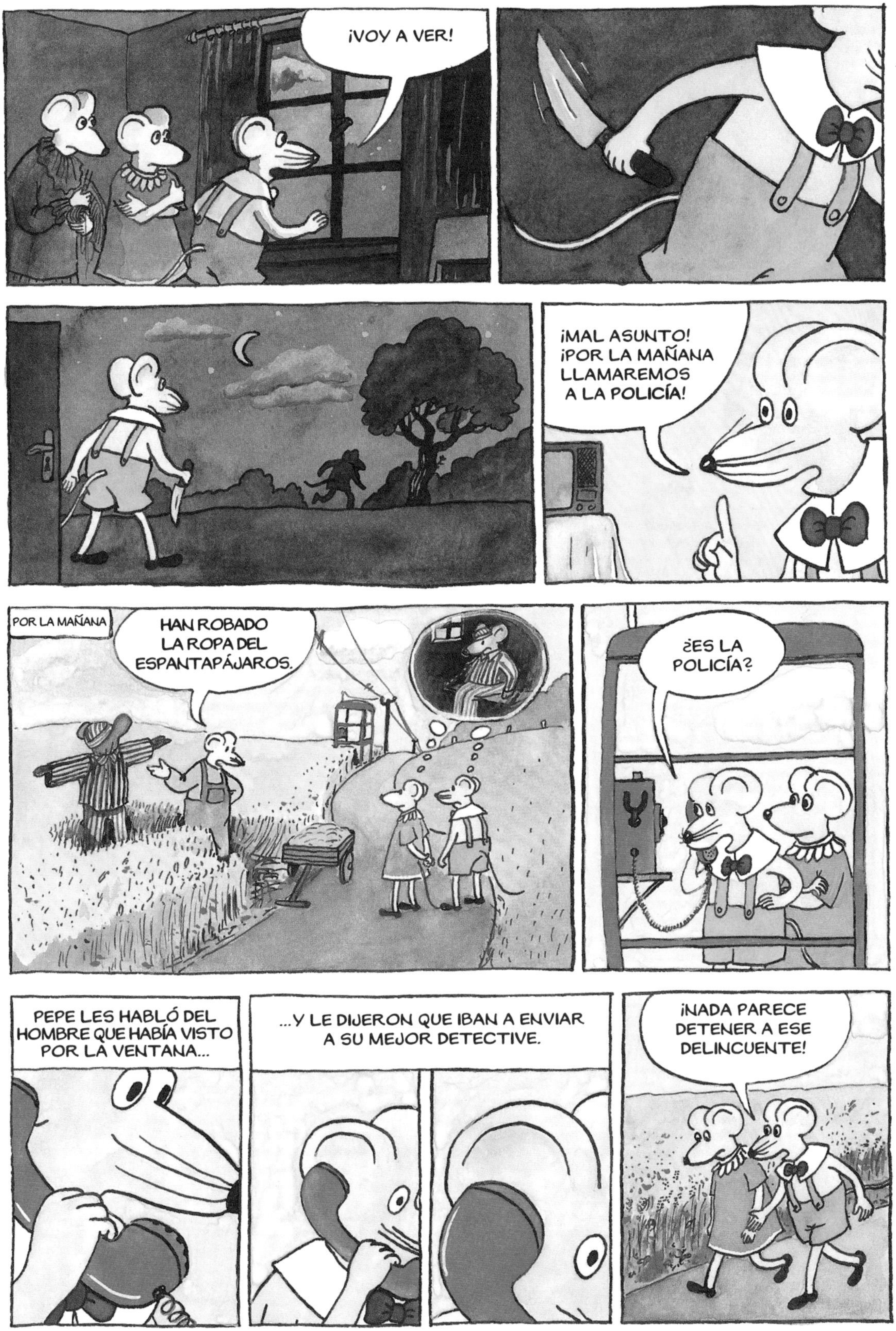

¡VOY A VER!
¡MAL ASUNTO! ¡POR LA MAÑANA LLAMAREMOS A LA POLICÍA!
POR LA MAÑANA
HAN ROBADO LA ROPA DEL ESPANTAPÁJAROS.
¿ES LA POLICÍA?
PEPE LES HABLÓ DEL HOMBRE QUE HABÍA VISTO POR LA VENTANA...
...Y LE DIJERON QUE IBAN A ENVIAR A SU MEJOR DETECTIVE.
¡NADA PARECE DETENER A ESE DELINCUENTE!

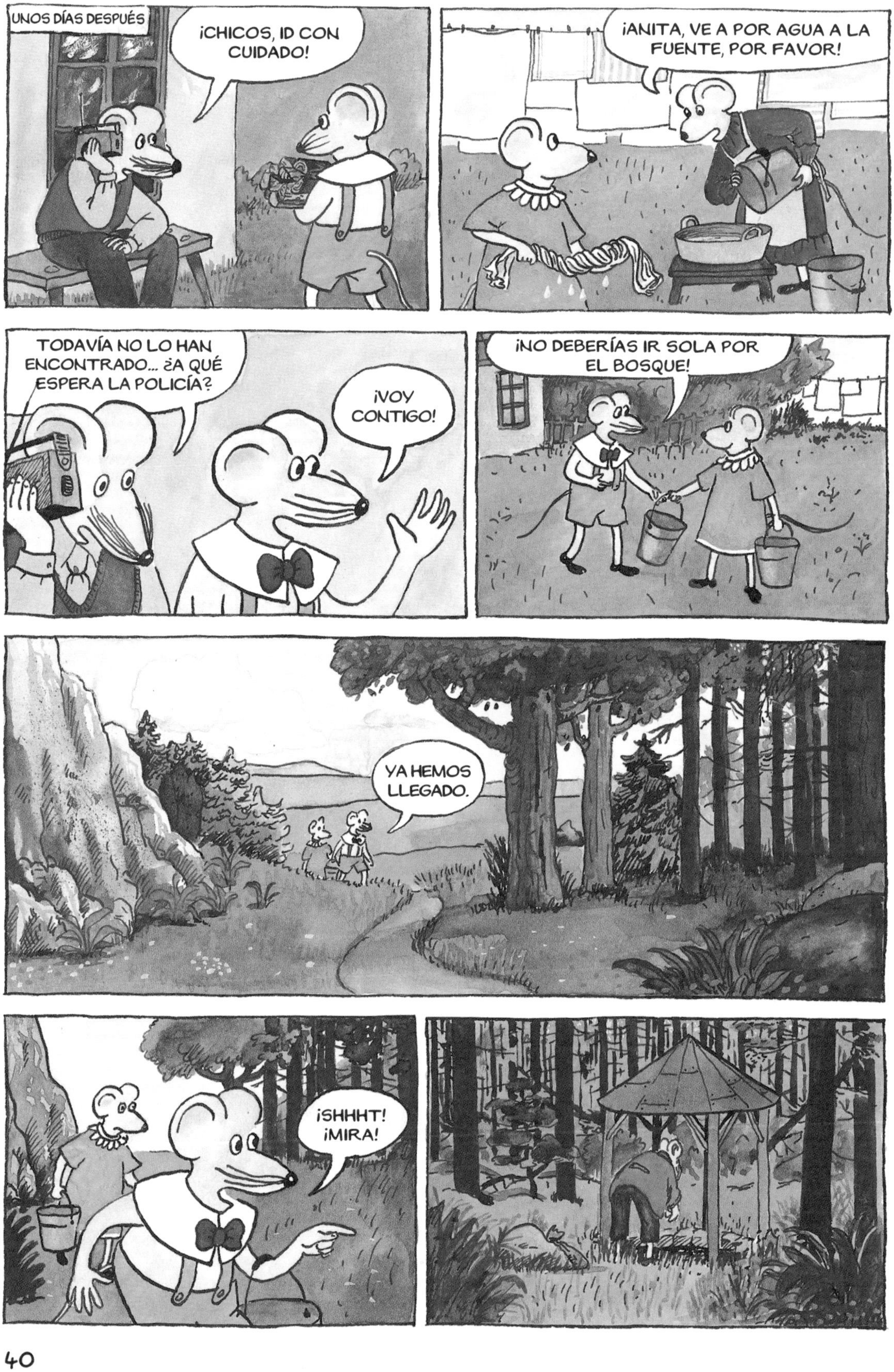
UNOS DÍAS DESPUÉS
¡CHICOS, ID CON CUIDADO!
¡ANITA, VE A POR AGUA A LA FUENTE, POR FAVOR!
TODAVÍA NO LO HAN ENCONTRADO... ¿A QUÉ ESPERA LA POLICÍA?
¡VOY CONTIGO!
¡NO DEBERÍAS IR SOLA POR EL BOSQUE!
YA HEMOS LLEGADO.
¡SHHHT! ¡MIRA!

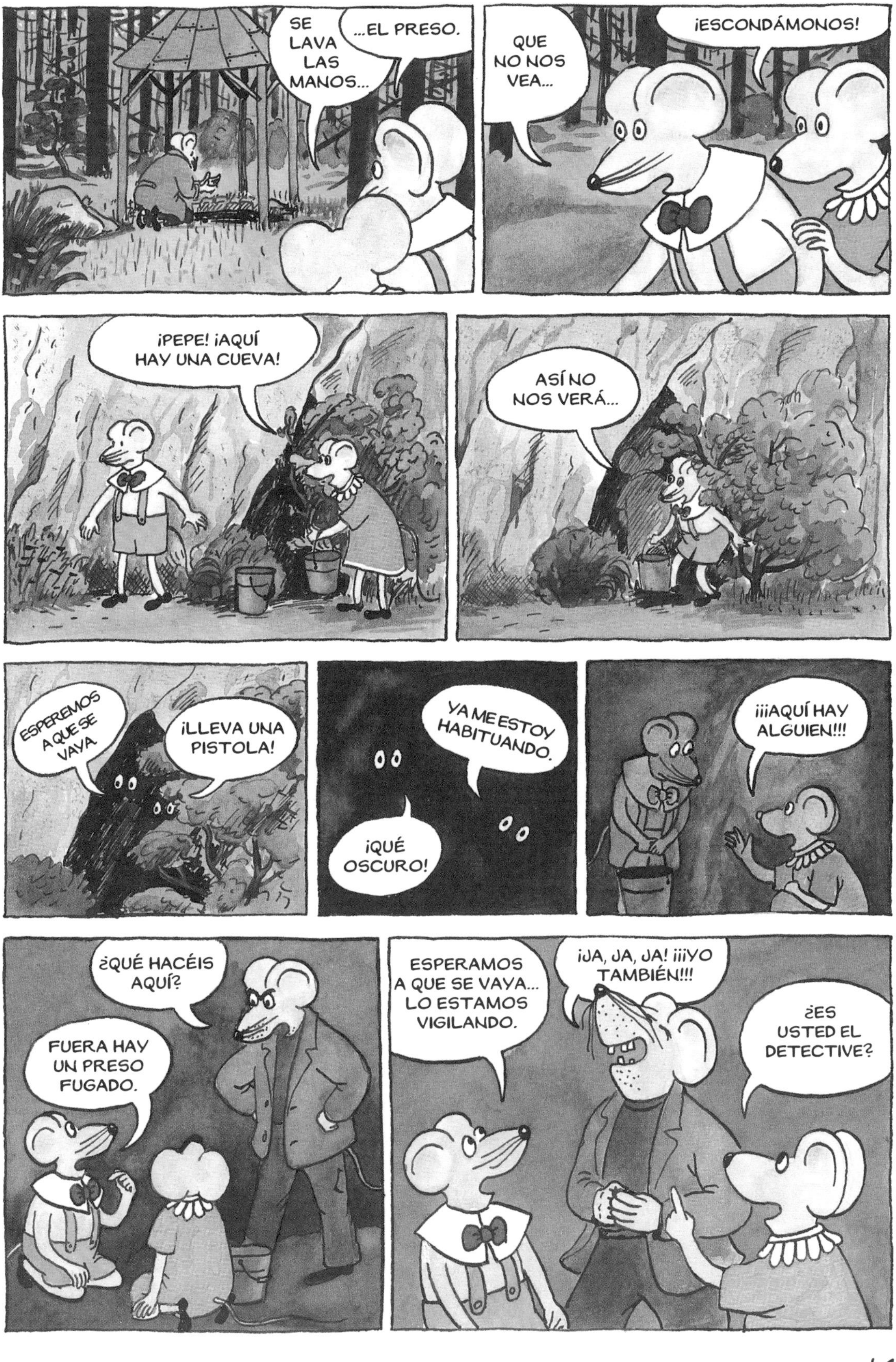
SE LAVA LAS MANOS...
...EL PRESO.
QUE NO NOS VEA...
¡ESCONDÁMONOS!
¡PEPE! ¡AQUÍ HAY UNA CUEVA!
ASÍ NO NOS VERÁ...
ESPEREMOS A QUE SE VAYA
¡LLEVA UNA PISTOLA!
YA ME ESTOY HABITUANDO.
¡QUÉ OSCURO!
¡¡¡AQUÍ HAY ALGUIEN!!!
¿QUÉ HACÉIS AQUÍ?
FUERA HAY UN PRESO FUGADO.
ESPERAMOS A QUE SE VAYA... LO ESTAMOS VIGILANDO.
¡JA, JA, JA! ¡¡¡YO TAMBIÉN!!!
¿ES USTED EL DETECTIVE?

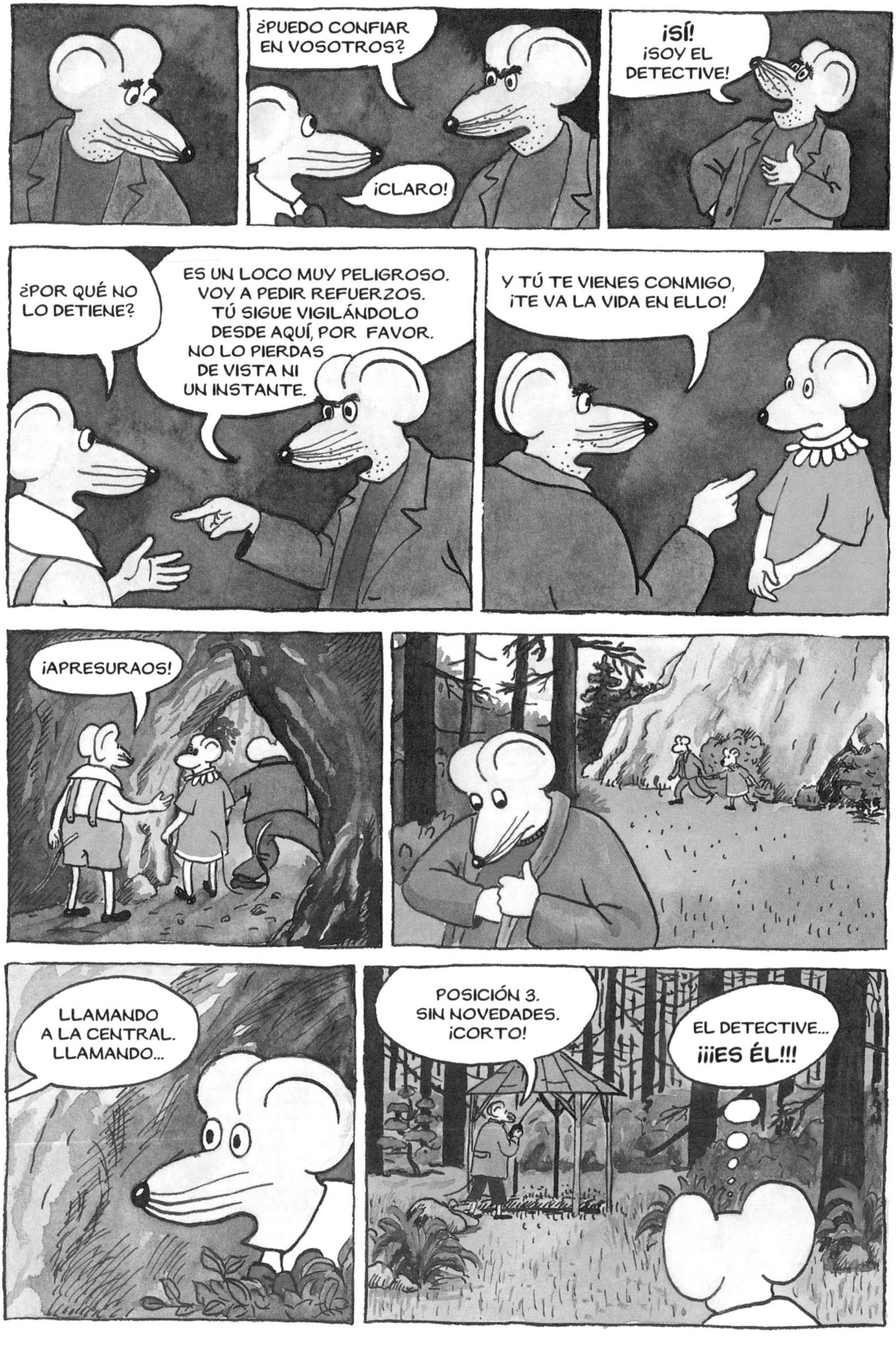
¿PUEDO CONFIAR EN VOSOTROS?
¡CLARO!
¡SÍ! ¡SOY EL DETECTIVE!
¿POR QUÉ NO LO DETIENE?
ES UN LOCO MUY PELIGROSO. VOY A PEDIR REFUERZOS. TÚ SIGUE VIGILÁNDOLO DESDE AQUÍ, POR FAVOR. NO LO PIERDAS DE VISTA NI UN INSTANTE.
Y TÚ TE VIENES CONMIGO, ¡TE VA LA VIDA EN ELLO!
¡APRESURAOS!
LLAMANDO A LA CENTRAL. LLAMANDO...
POSICIÓN 3. SIN NOVEDADES. ¡CORTO!
EL DETECTIVE... ¡¡¡ES ÉL!!!

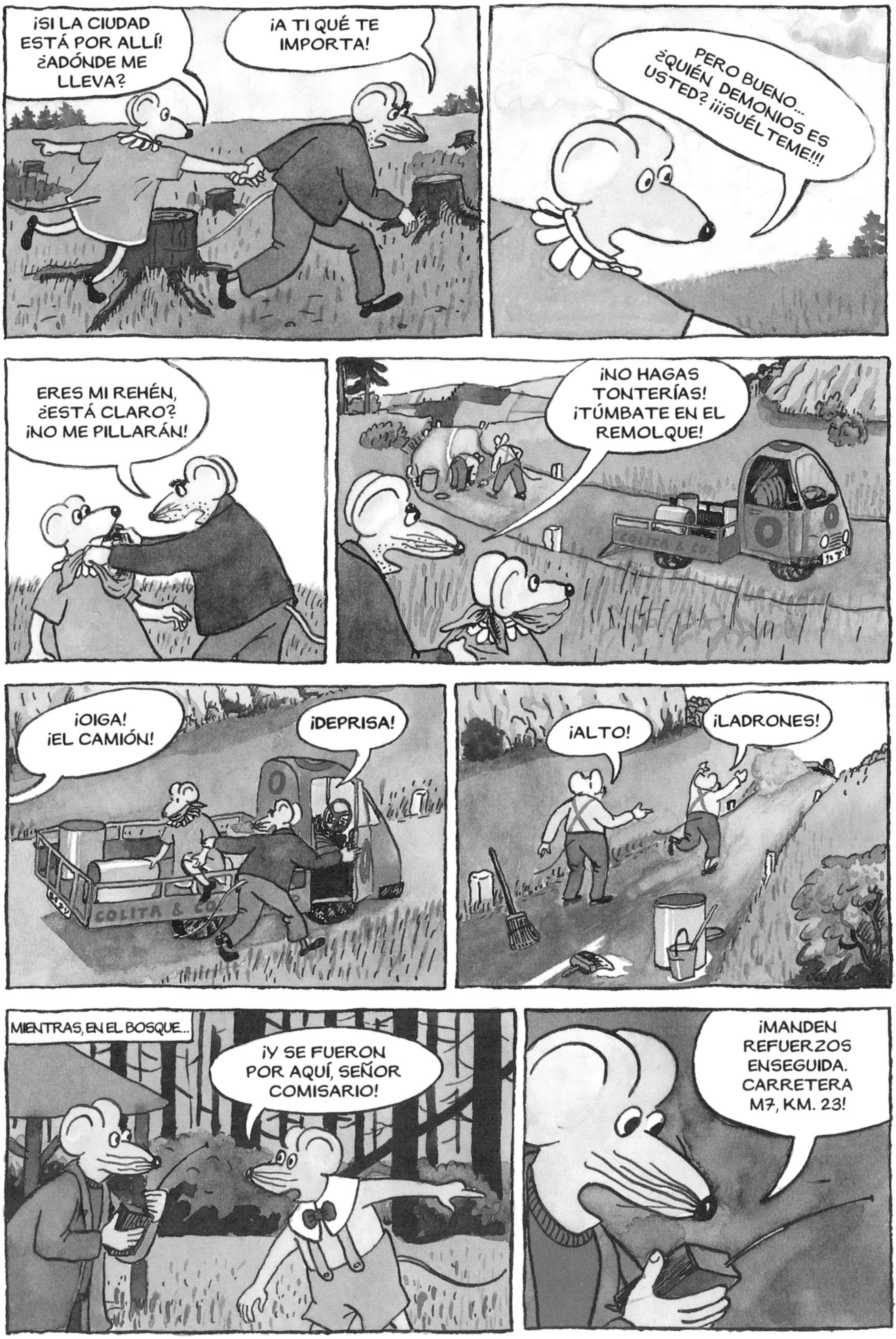
¡SI LA CIUDAD ESTÁ POR ALLÍ! ¿ADÓNDE ME LLEVA?
¡A TI QUÉ TE IMPORTA!
PERO BUENO... ¿QUIÉN DEMONIOS ES USTED? ¡¡¡SUÉLTEME!!!
ERES MI REHÉN, ¿ESTÁ CLARO? ¡NO ME PILLARÁN!
¡NO HAGAS TONTERÍAS! ¡TÚMBATE EN EL REMOLQUE!
COLITA & CO.
¡OIGA! ¡EL CAMIÓN!
¡DEPRISA!
COLITA & CO.
¡ALTO!
¡LADRONES!
MIENTRAS, EN EL BOSQUE...
¡Y SE FUERON POR AQUÍ, SEÑOR COMISARIO!
¡MANDEN REFUERZOS ENSEGUIDA. CARRETERA M7, KM. 23!

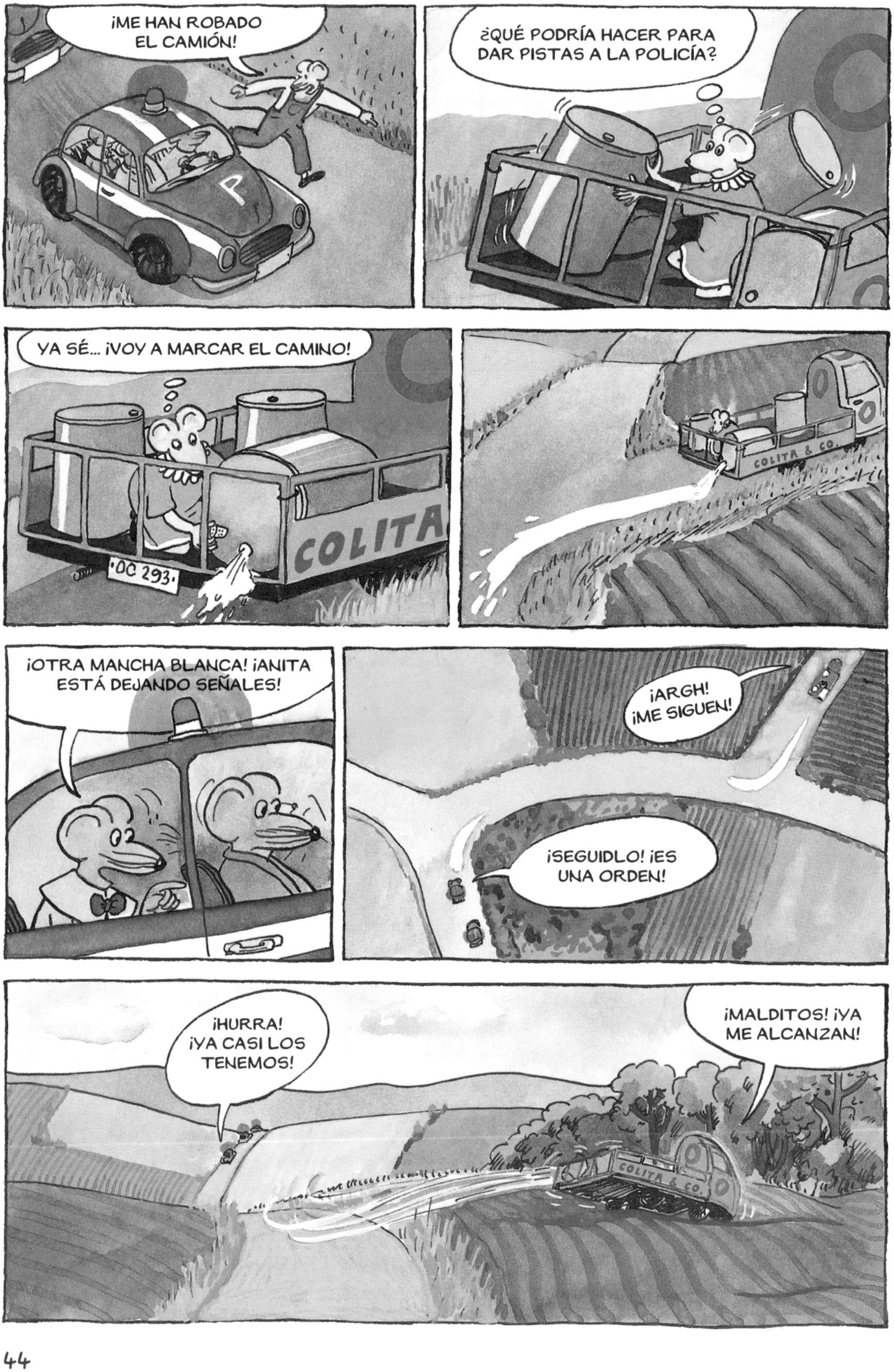
¡ME HAN ROBADO EL CAMIÓN!
¿QUÉ PODRÍA HACER PARA DAR PISTAS A LA POLICÍA?
YA SÉ... ¡VOY A MARCAR EL CAMINO!
COLITA
OC 293
COLITA & CO.
¡OTRA MANCHA BLANCA! ¡ANITA ESTÁ DEJANDO SEÑALES!
¡ARGH! ¡ME SIGUEN!
¡SEGUIDLO! ¡ES UNA ORDEN!
¡HURRA! ¡YA CASI LOS TENEMOS!
¡MALDITOS! ¡YA ME ALCANZAN!
COLITA & CO.

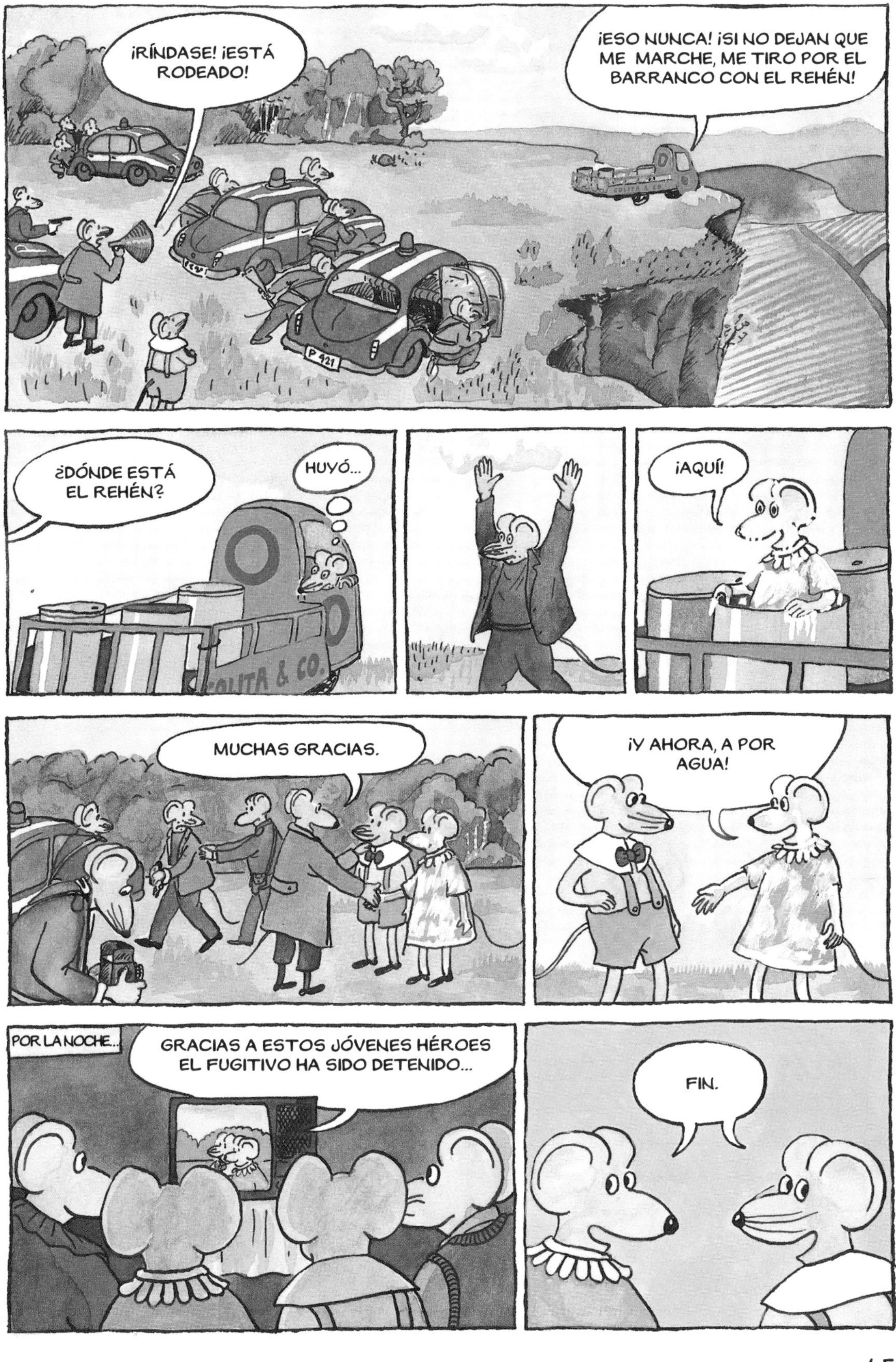
¡RÍNDASE! ¡ESTÁ RODEADO!
¡ESO NUNCA! ¡SI NO DEJAN QUE ME MARCHE, ME TIRO POR EL BARRANCO CON EL REHÉN!
P 421
¿DÓNDE ESTÁ EL REHÉN?
HUYÓ...
¡AQUÍ!
MUCHAS GRACIAS.
¡Y AHORA, A POR AGUA!
POR LA NOCHE...
GRACIAS A ESTOS JÓVENES HÉROES EL FUGITIVO HA SIDO DETENIDO...
FIN.

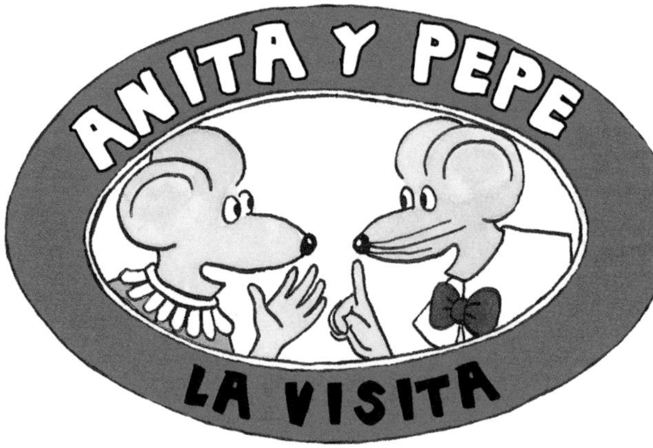
ANITA Y PEPE
LA VISITA

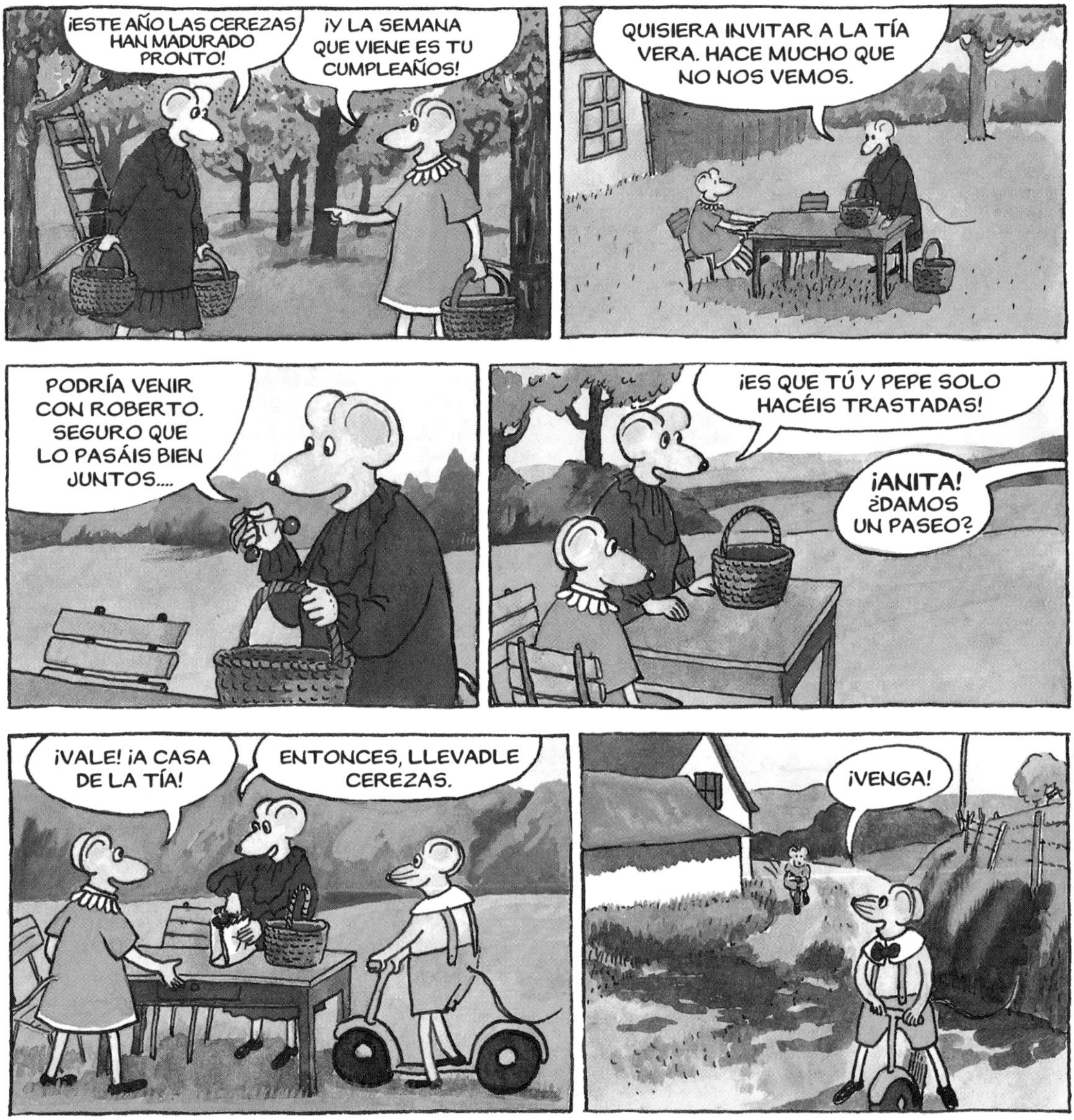
¡ESTE AÑO LAS CEREZAS HAN MADURADO PRONTO!
¡Y LA SEMANA QUE VIENE ES TU CUMPLEAÑOS!
QUISIERA INVITAR A LA TÍA VERA. HACE MUCHO QUE NO NOS VEMOS.
PODRÍA VENIR CON ROBERTO. SEGURO QUE LO PASÁIS BIEN JUNTOS....
¡ES QUE TÚ Y PEPE SOLO HACÉIS TRASTADAS!
¡ANITA! ¿DAMOS UN PASEO?
¡VALE! ¡A CASA DE LA TÍA!
ENTONCES, LLEVADLE CEREZAS.
¡VENGA!

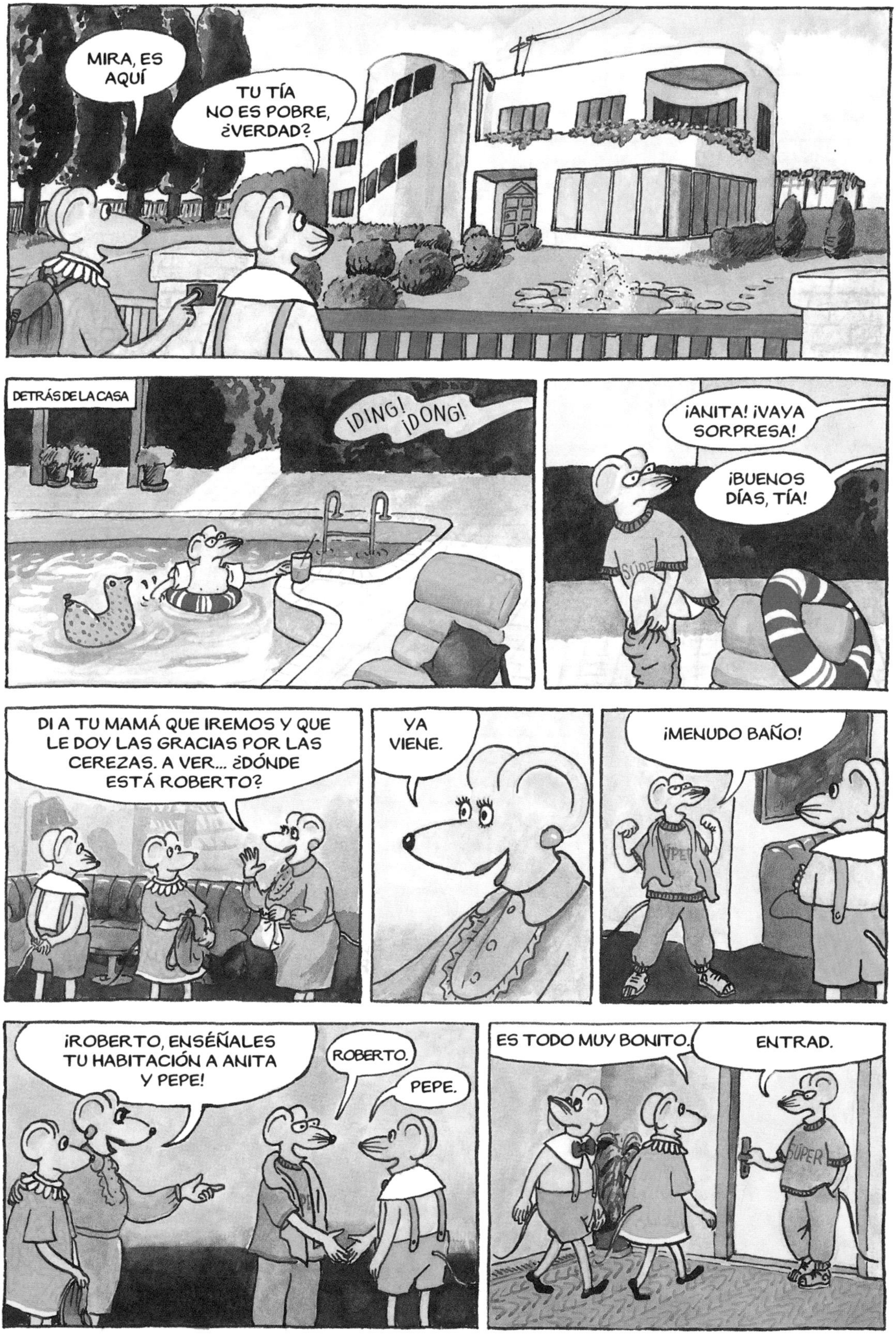
MIRA, ES AQUÍ
TU TÍA NO ES POBRE, ¿VERDAD?
DETRÁS DE LA CASA
¡DING! ¡DONG!
¡ANITA! ¡VAYA SORPRESA!
¡BUENOS DÍAS, TÍA!
DI A TU MAMÁ QUE IREMOS Y QUE LE DOY LAS GRACIAS POR LAS CEREZAS. A VER... ¿DÓNDE ESTÁ ROBERTO?
YA VIENE.
¡MENUDO BAÑO!
¡ROBERTO, ENSÉÑALES TU HABITACIÓN A ANITA Y PEPE!
ROBERTO.
PEPE.
ES TODO MUY BONITO.
ENTRAD.

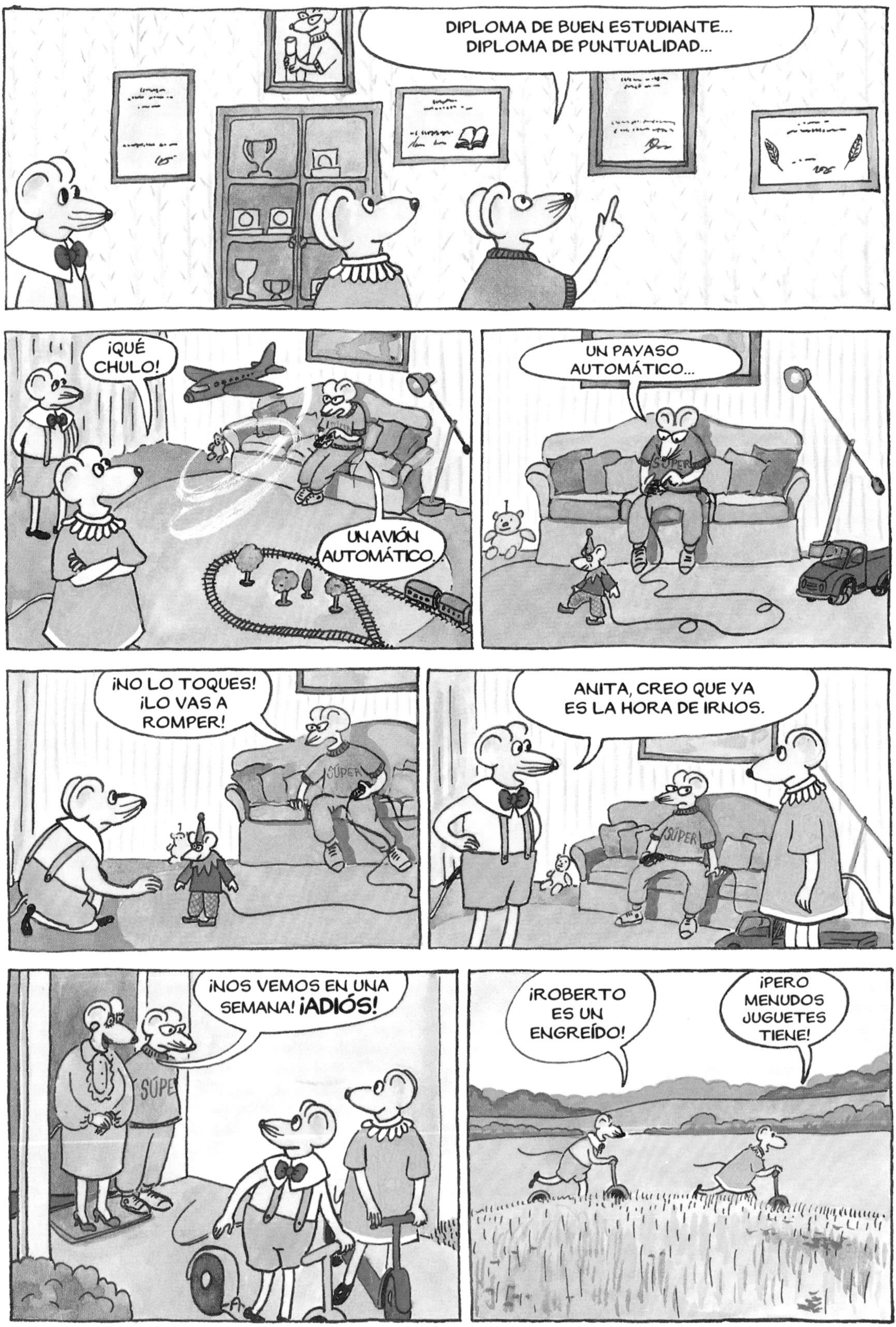
DIPLOMA DE BUEN ESTUDIANTE...
DIPLOMA DE PUNTUALIDAD...
¡QUÉ CHULO!
UN AVIÓN AUTOMÁTICO...
UN PAYASO AUTOMÁTICO...
¡NO LO TOQUES! ¡LO VAS A ROMPER!
ANITA, CREO QUE YA ES LA HORA DE IRNOS.
¡NOS VEMOS EN UNA SEMANA! ¡ADIÓS!
¡ROBERTO ES UN ENGREÍDO!
¡PERO MENUDOS JUGUETES TIENE!

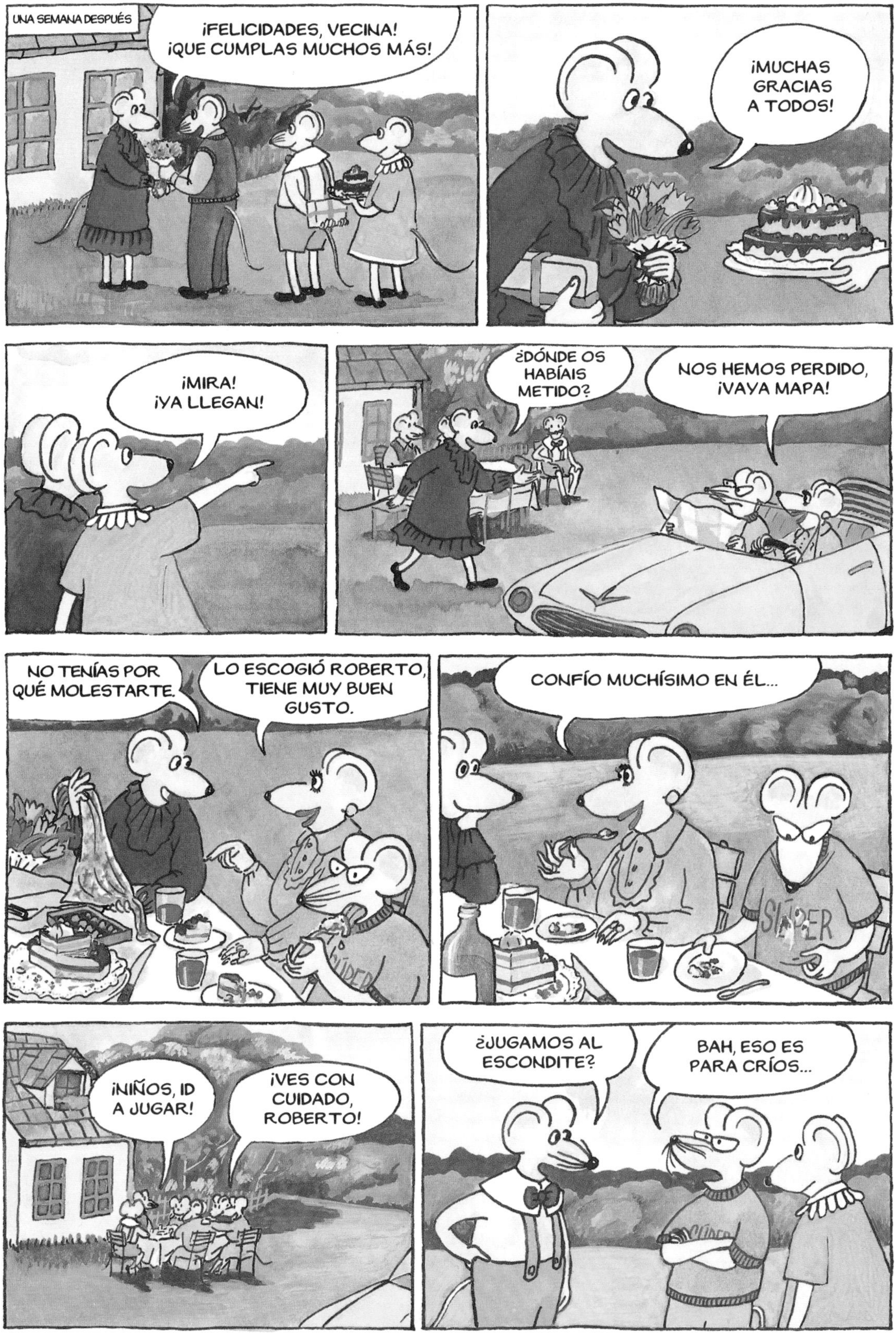
UNA SEMANA DESPUÉS
¡FELICIDADES, VECINA! ¡QUE CUMPLAS MUCHOS MÁS!
¡MUCHAS GRACIAS A TODOS!
¡MIRA! ¡YA LLEGAN!
¿DÓNDE OS HABÍAIS METIDO?
NOS HEMOS PERDIDO, ¡VAYA MAPA!
NO TENÍAS POR QUÉ MOLESTARTE.
LO ESCOGIÓ ROBERTO, TIENE MUY BUEN GUSTO.
CONFÍO MUCHÍSIMO EN ÉL...
¡NIÑOS, ID A JUGAR!
¡VES CON CUIDADO, ROBERTO!
¿JUGAMOS AL ESCONDITE?
BAH, ESO ES PARA CRÍOS...

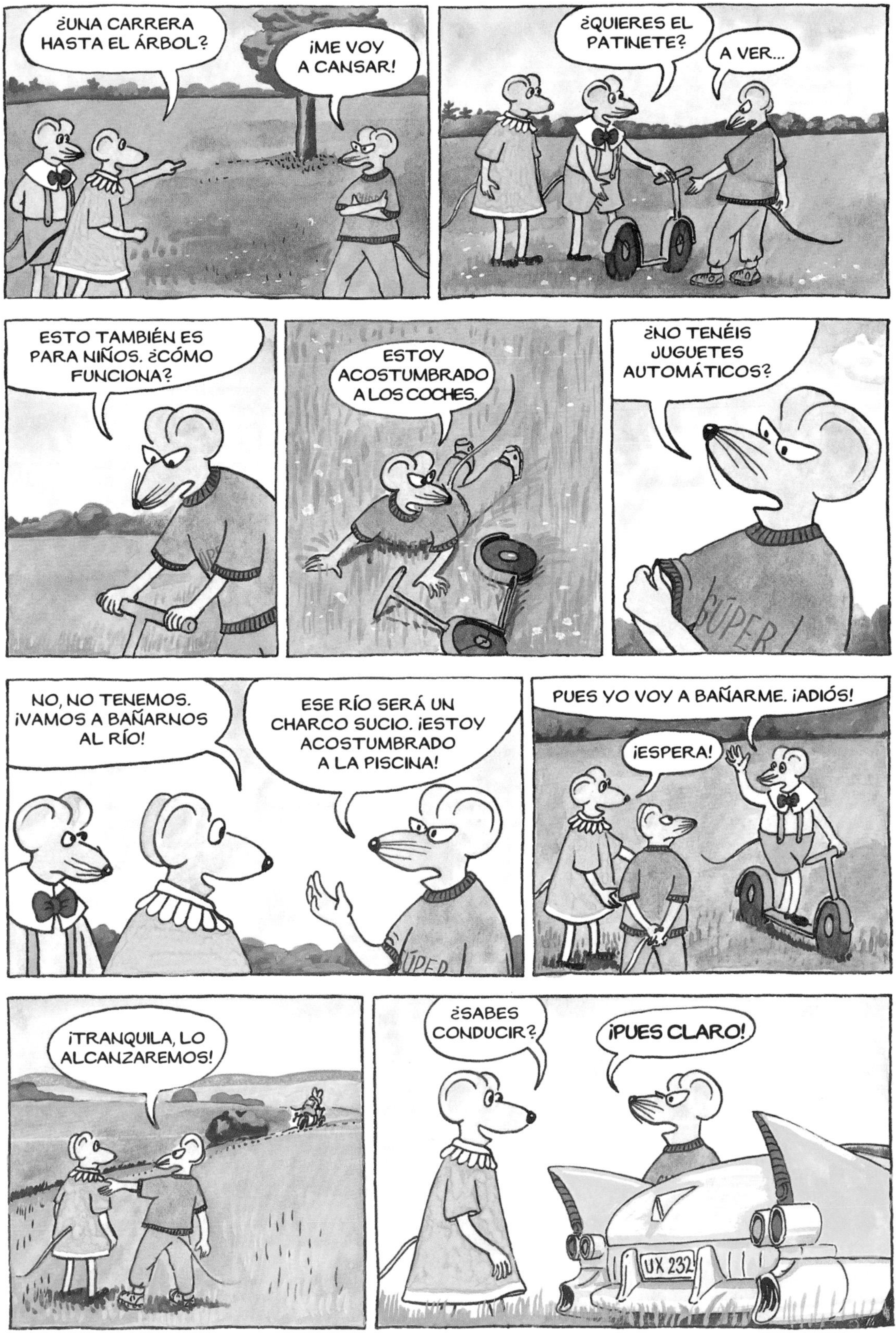
¿UNA CARRERA HASTA EL ÁRBOL?
¡ME VOY A CANSAR!
¿QUIERES EL PATINETE?
A VER...
ESTO TAMBIÉN ES PARA NIÑOS. ¿CÓMO FUNCIONA?
ESTOY ACOSTUMBRADO A LOS COCHES.
¿NO TENÉIS JUGUETES AUTOMÁTICOS?
SÚPER
NO, NO TENEMOS. ¡VAMOS A BAÑARNOS AL RÍO!
ESE RÍO SERÁ UN CHARCO SUCIO. ¡ESTOY ACOSTUMBRADO A LA PISCINA!
PUES YO VOY A BAÑARME. ¡ADIÓS!
¡ESPERA!
¡TRANQUILA, LO ALCANZAREMOS!
¿SABES CONDUCIR?
¡PUES CLARO!
UX 232

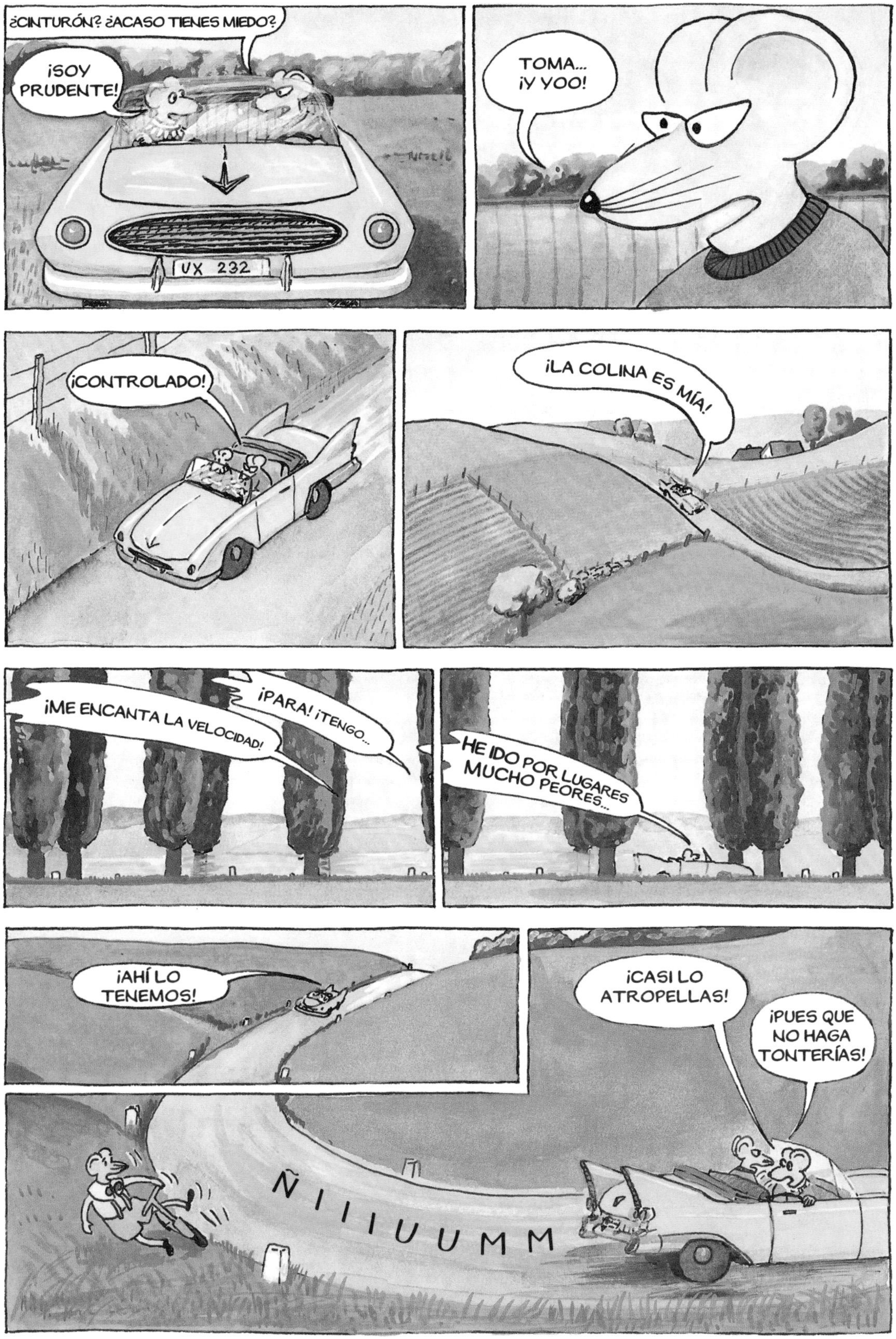
¿CINTURÓN? ¿ACASO TIENES MIEDO?
¡SOY PRUDENTE!
TOMA... ¡Y YOO!
UX 232
¡CONTROLADO!
¡LA COLINA ES MÍA!
¡ME ENCANTA LA VELOCIDAD!
¡PARA! ¡TENGO...
HE IDO POR LUGARES MUCHO PEORES...
¡AHÍ LO TENEMOS!
¡CASI LO ATROPELLAS!
¡PUES QUE NO HAGA TONTERÍAS!
ÑIIIIUUMM

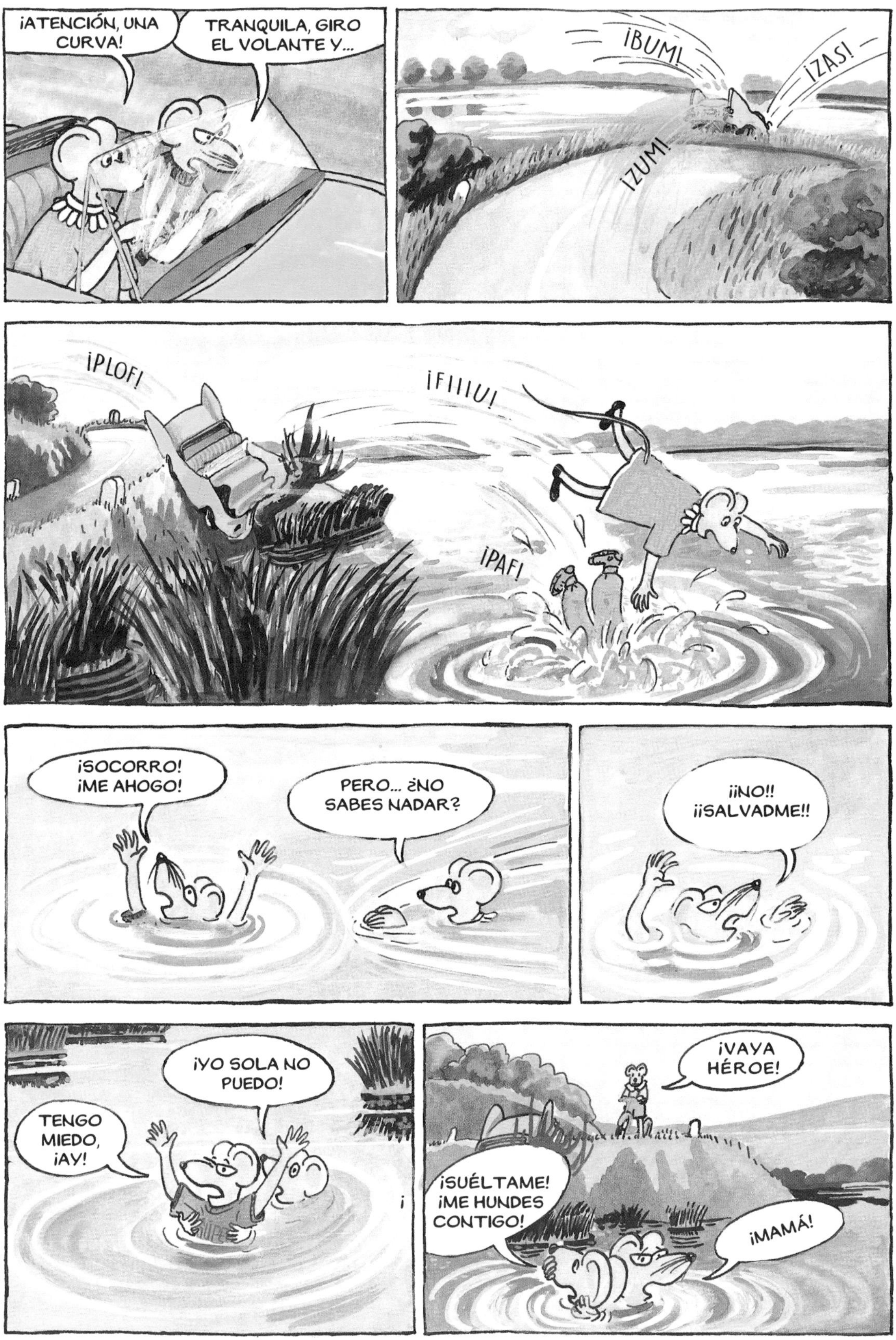
¡ATENCIÓN, UNA CURVA!
TRANQUILA, GIRO EL VOLANTE Y...
¡BUM!
¡ZAS!
¡ZUM!
¡PLOF!
¡FIIIU!
¡PAF!
¡SOCORRO! ¡ME AHOGO!
PERO... ¿NO SABES NADAR?
¡¡NO!! ¡¡SALVADME!!
¡YO SOLA NO PUEDO!
TENGO MIEDO, ¡AY!
¡VAYA HÉROE!
¡SUÉLTAME! ¡ME HUNDES CONTIGO!
¡MAMÁ!

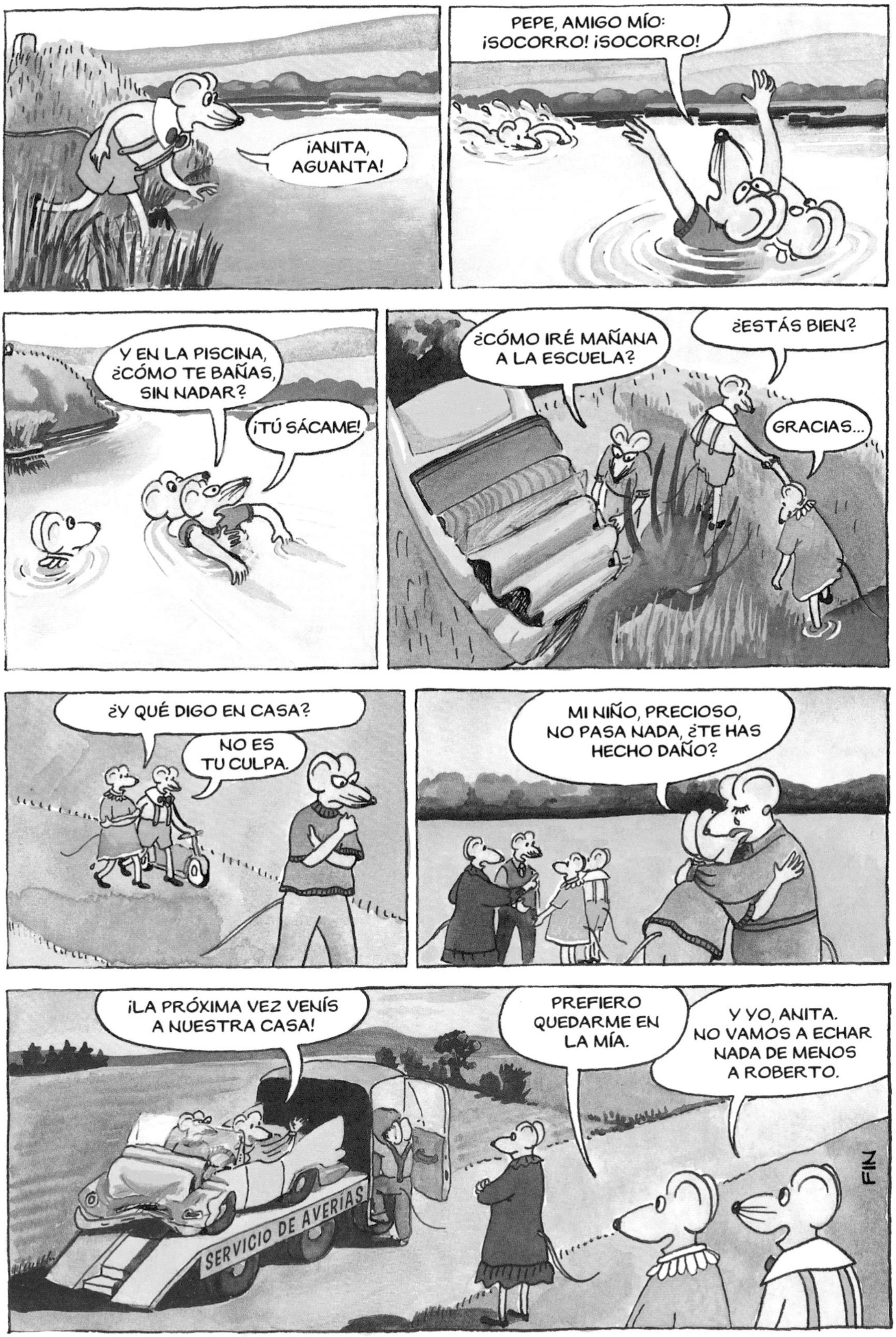
¡ANITA, AGUANTA!
PEPE, AMIGO MÍO: ¡SOCORRO! ¡SOCORRO!
Y EN LA PISCINA, ¿CÓMO TE BAÑAS, SIN NADAR?
¡TÚ SÁCAME!
¿CÓMO IRÉ MAÑANA A LA ESCUELA?
¿ESTÁS BIEN?
GRACIAS...
¿Y QUÉ DIGO EN CASA?
NO ES TU CULPA.
MI NIÑO, PRECIOSO, NO PASA NADA, ¿TE HAS HECHO DAÑO?
¡LA PRÓXIMA VEZ VENÍS A NUESTRA CASA!
SERVICIO DE AVERÍAS
PREFIERO QUEDARME EN LA MÍA.
Y YO, ANITA. NO VAMOS A ECHAR NADA DE MENOS A ROBERTO.
FIN

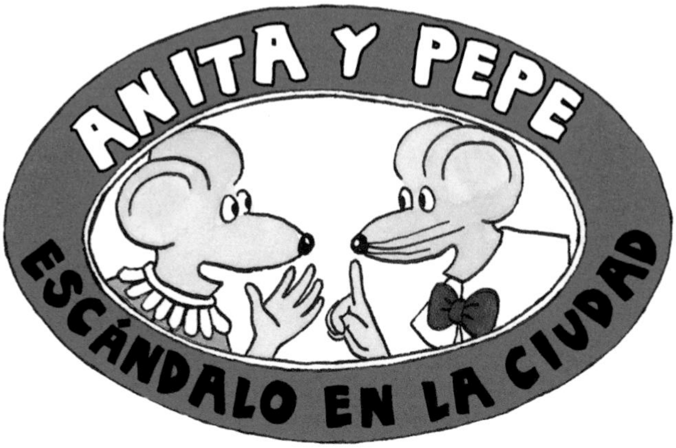
ANITA Y PEPE
ESCÁNDALO EN LA CIUDAD

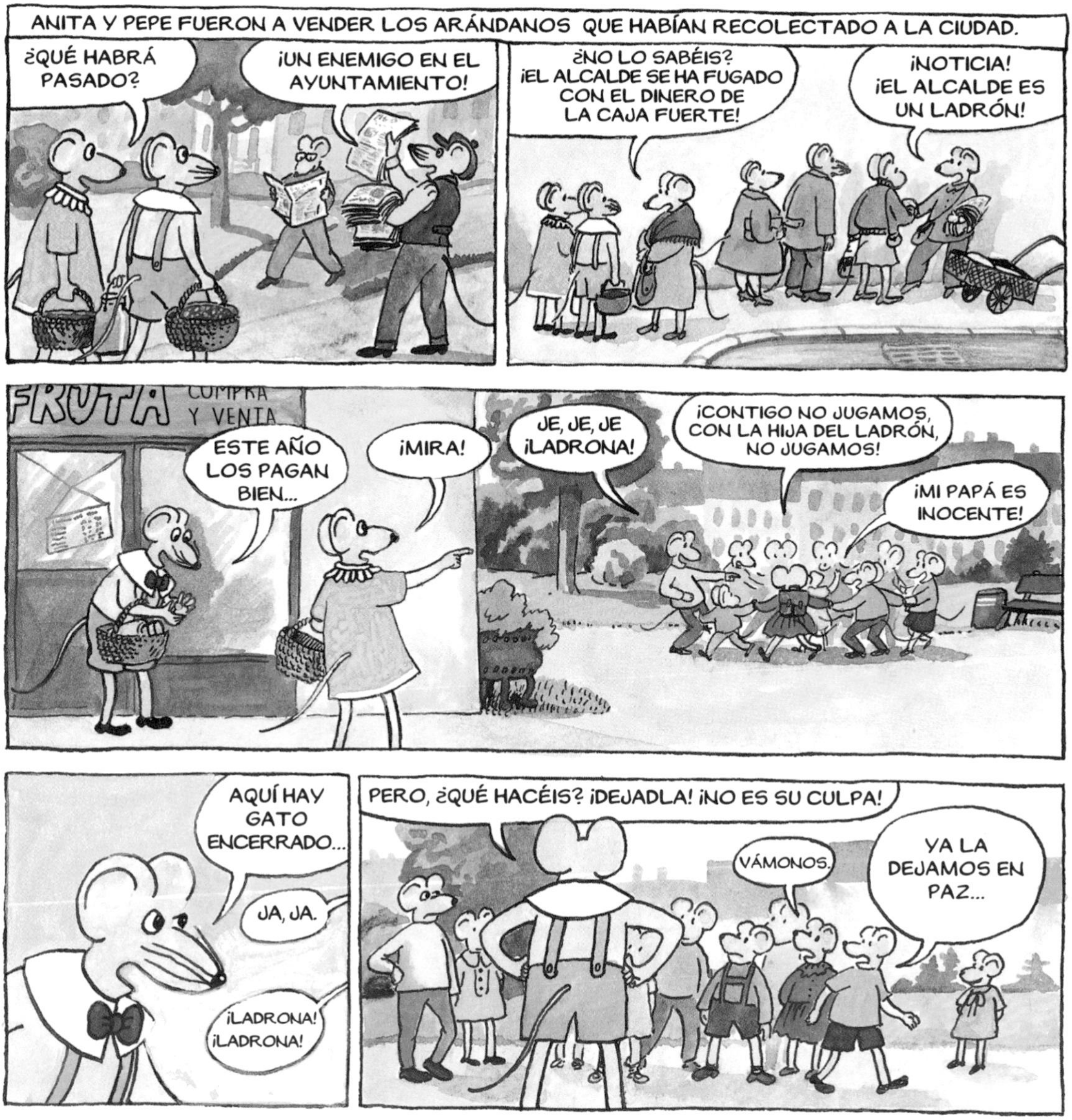
ANITA Y PEPE FUERON A VENDER LOS ARÁNDANOS QUE HABÍAN RECOLECTADO A LA CIUDAD.
¿QUÉ HABRÁ PASADO?
¡UN ENEMIGO EN EL AYUNTAMIENTO!
¿NO LO SABÉIS? ¡EL ALCALDE SE HA FUGADO CON EL DINERO DE LA CAJA FUERTE!
¡NOTICIA! ¡EL ALCALDE ES UN LADRÓN!
FRUTA COMPRA Y VENTA
ESTE AÑO LOS PAGAN BIEN...
¡MIRA!
JE, JE, JE ¡LADRONA!
¡CONTIGO NO JUGAMOS, CON LA HIJA DEL LADRÓN, NO JUGAMOS!
¡MI PAPÁ ES INOCENTE!
AQUÍ HAY GATO ENCERRADO...
JA, JA.
¡LADRONA! ¡LADRONA!
PERO, ¿QUÉ HACÉIS? ¡DEJADLA! ¡NO ES SU CULPA!
VÁMONOS.
YA LA DEJAMOS EN PAZ...

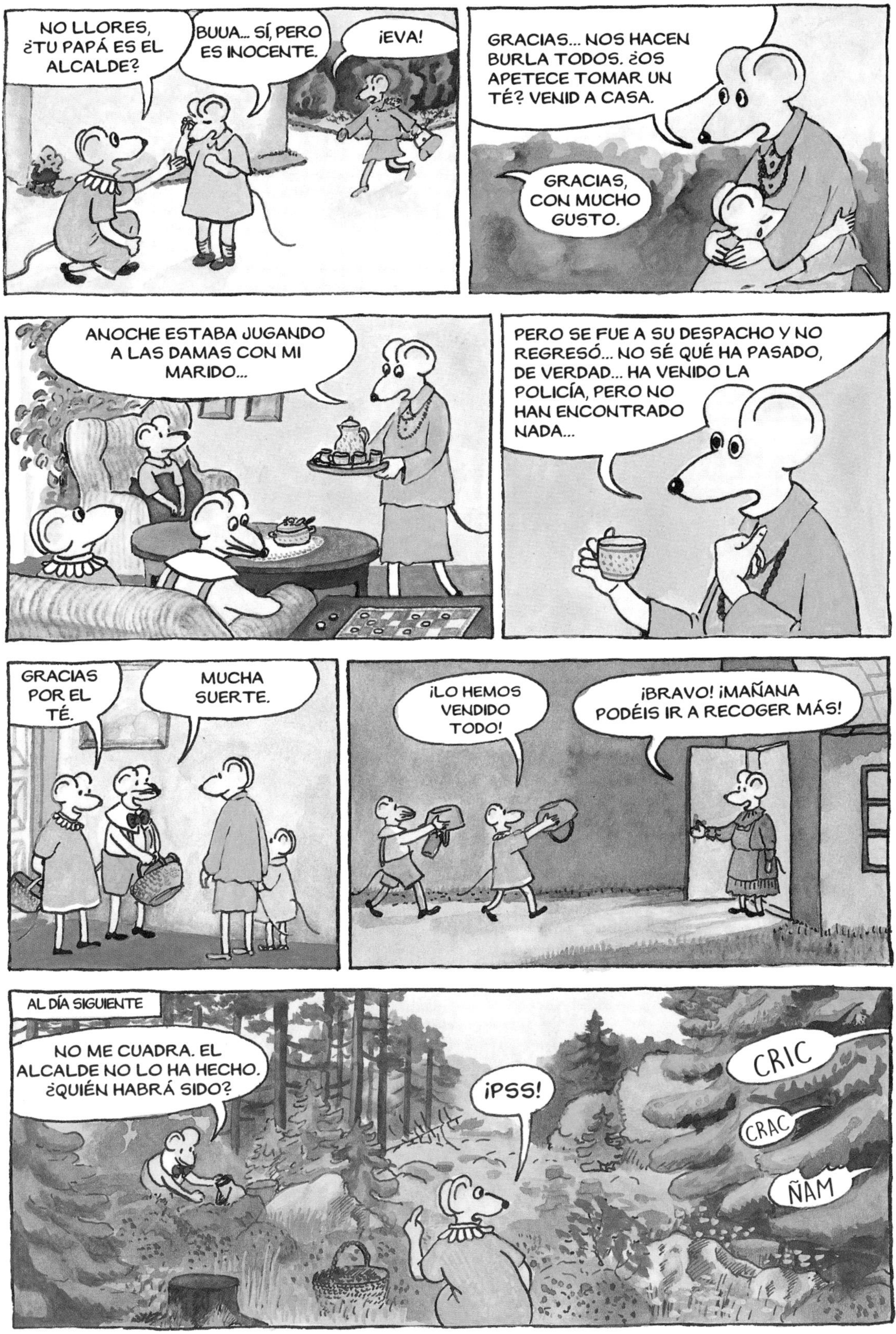
NO LLORES, ¿TU PAPÁ ES EL ALCALDE?
BUUA... SÍ, PERO ES INOCENTE.
¡EVA!
GRACIAS... NOS HACEN BURLA TODOS. ¿OS APETECE TOMAR UN TÉ? VENID A CASA.
GRACIAS, CON MUCHO GUSTO.
ANOCHE ESTABA JUGANDO A LAS DAMAS CON MI MARIDO...
PERO SE FUE A SU DESPACHO Y NO REGRESÓ... NO SÉ QUÉ HA PASADO, DE VERDAD... HA VENIDO LA POLICÍA, PERO NO HAN ENCONTRADO NADA...
GRACIAS POR EL TÉ.
MUCHA SUERTE.
¡LO HEMOS VENDIDO TODO!
¡BRAVO! ¡MAÑANA PODÉIS IR A RECOGER MÁS!
AL DÍA SIGUIENTE
NO ME CUADRA. EL ALCALDE NO LO HA HECHO. ¿QUIÉN HABRÁ SIDO?
¡PSS!
CRIC
CRAC
ÑAM

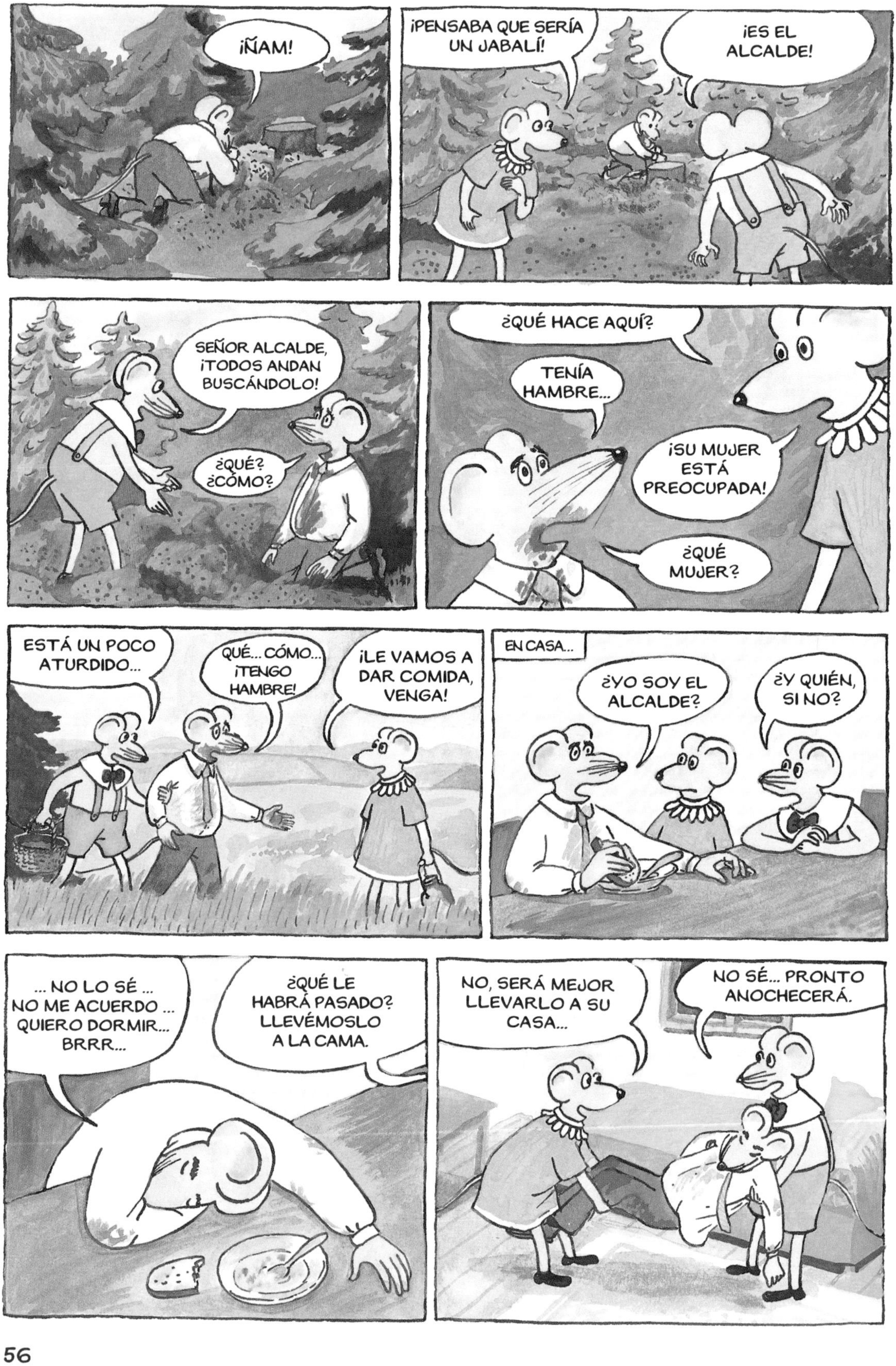
¡ÑAM!
¡PENSABA QUE SERÍA UN JABALÍ!
¡ES EL ALCALDE!
SEÑOR ALCALDE, ¡TODOS ANDAN BUSCÁNDOLO!
¿QUÉ? ¿CÓMO?
¿QUÉ HACE AQUÍ?
TENÍA HAMBRE...
¡SU MUJER ESTÁ PREOCUPADA!
¿QUÉ MUJER?
ESTÁ UN POCO ATURDIDO...
QUÉ... CÓMO... ¡TENGO HAMBRE!
¡LE VAMOS A DAR COMIDA, VENGA!
EN CASA...
¿YO SOY EL ALCALDE?
¿Y QUIÉN, SI NO?
... NO LO SÉ ... NO ME ACUERDO ... QUIERO DORMIR... BRRR...
¿QUÉ LE HABRÁ PASADO? LLEVÉMOSLO A LA CAMA.
NO, SERÁ MEJOR LLEVARLO A SU CASA...
NO SÉ... PRONTO ANOCHECERÁ.

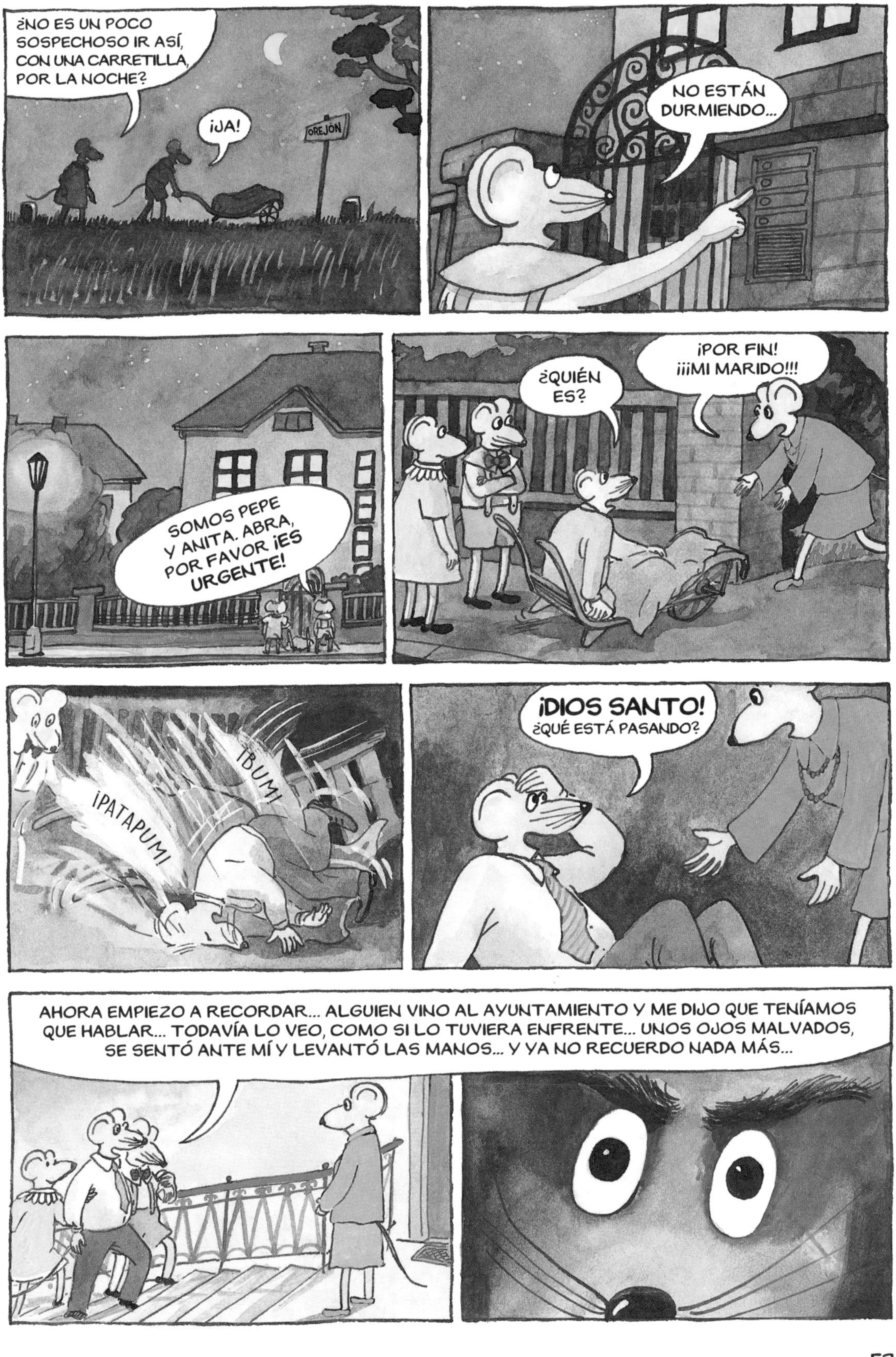

¿NO ES UN POCO SOSPECHOSO IR ASÍ, CON UNA CARRETILLA, POR LA NOCHE?
¡JA!
OREJÓN
NO ESTÁN DURMIENDO...
SOMOS PEPE Y ANITA. ABRA, POR FAVOR ¡ES URGENTE!
¿QUIÉN ES?
¡POR FIN! ¡¡¡MI MARIDO!!!
¡PATAPUM!
¡BUM!
¡DIOS SANTO! ¿QUÉ ESTÁ PASANDO?
AHORA EMPIEZO A RECORDAR... ALGUIEN VINO AL AYUNTAMIENTO Y ME DIJO QUE TENÍAMOS QUE HABLAR... TODAVÍA LO VEO, COMO SI LO TUVIERA ENFRENTE... UNOS OJOS MALVADOS, SE SENTÓ ANTE MÍ Y LEVANTÓ LAS MANOS... Y YA NO RECUERDO NADA MÁS...

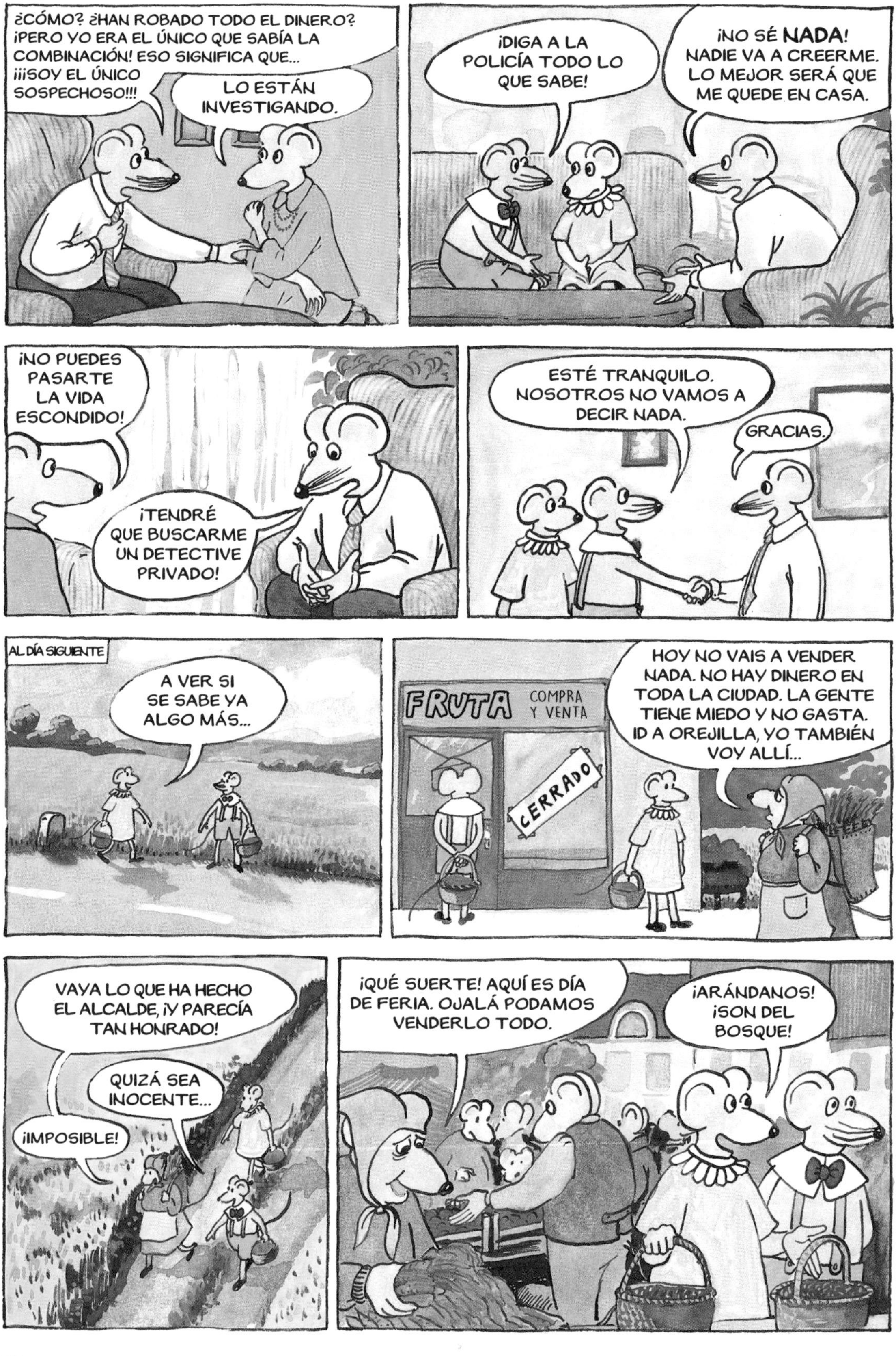
¿CÓMO? ¿HAN ROBADO TODO EL DINERO? ¡PERO YO ERA EL ÚNICO QUE SABÍA LA COMBINACIÓN! ESO SIGNIFICA QUE... ¡¡¡SOY EL ÚNICO SOSPECHOSO!!!
LO ESTÁN INVESTIGANDO.
¡DIGA A LA POLICÍA TODO LO QUE SABE!
¡NO SÉ NADA! NADIE VA A CREERME. LO MEJOR SERÁ QUE ME QUEDE EN CASA.
¡NO PUEDES PASARTE LA VIDA ESCONDIDO!
¡TENDRÉ QUE BUSCARME UN DETECTIVE PRIVADO!
ESTÉ TRANQUILO. NOSOTROS NO VAMOS A DECIR NADA.
GRACIAS.
AL DÍA SIGUIENTE
A VER SI SE SABE YA ALGO MÁS...
FRUTA COMPRA Y VENTA
CERRADO
HOY NO VAIS A VENDER NADA. NO HAY DINERO EN TODA LA CIUDAD. LA GENTE TIENE MIEDO Y NO GASTA. ID A OREJILLA, YO TAMBIÉN VOY ALLÍ...
VAYA LO QUE HA HECHO EL ALCALDE, ¡Y PARECÍA TAN HONRADO!
QUIZÁ SEA INOCENTE...
¡IMPOSIBLE!
¡QUÉ SUERTE! AQUÍ ES DÍA DE FERIA. OJALÁ PODAMOS VENDERLO TODO.
¡ARÁNDANOS! ¡SON DEL BOSQUE!

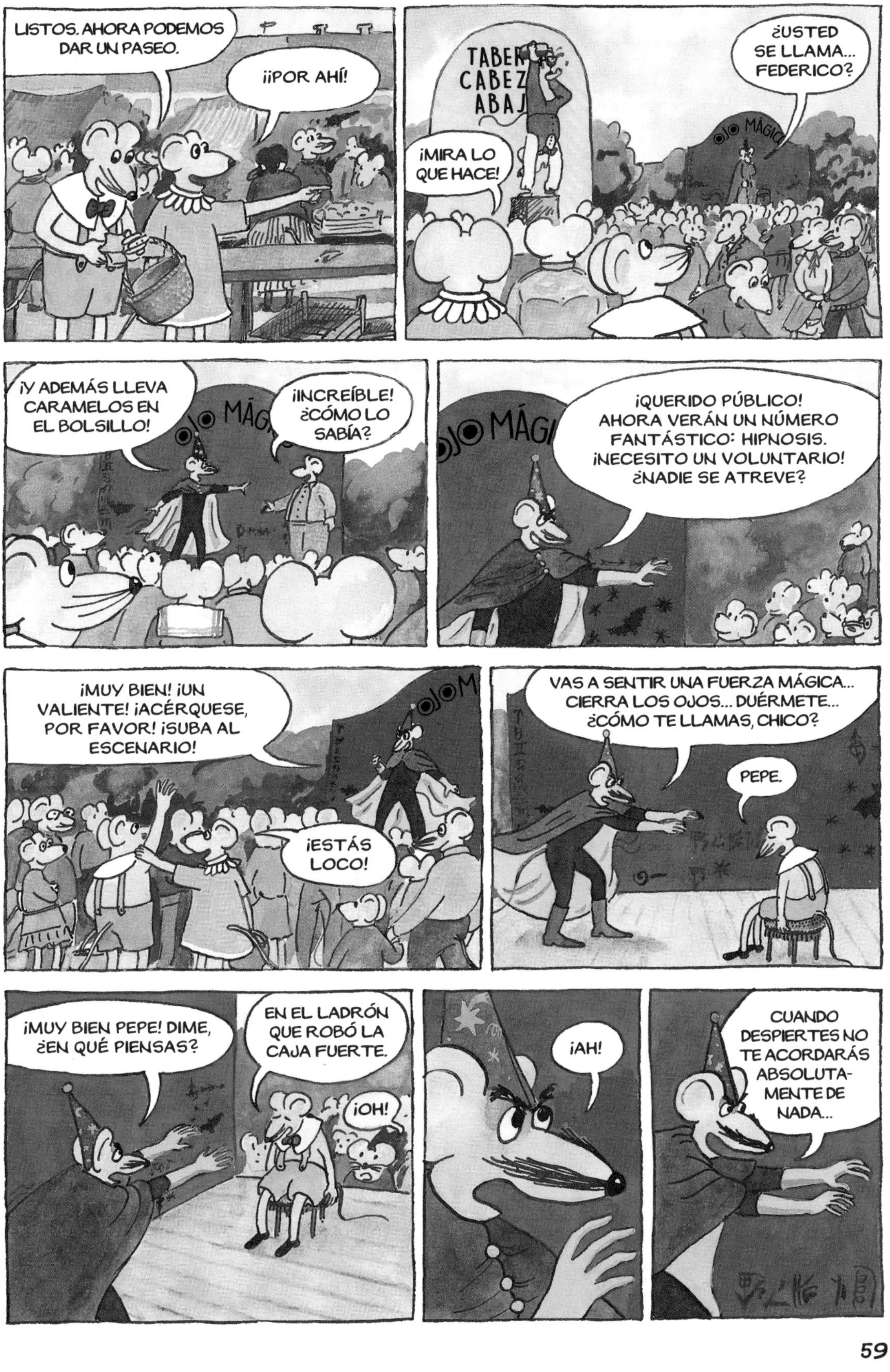
LISTOS. AHORA PODEMOS DAR UN PASEO.
¡¡POR AHÍ!
TABER CABEZ ABAJ
OJO MÁGIC
¡MIRA LO QUE HACE!
¿USTED SE LLAMA... FEDERICO?
¡Y ADEMÁS LLEVA CARAMELOS EN EL BOLSILLO!
OJO MÁGI
¡INCREÍBLE! ¿CÓMO LO SABÍA?
OJO MÁGI
¡QUERIDO PÚBLICO! AHORA VERÁN UN NÚMERO FANTÁSTICO: HIPNOSIS. ¡NECESITO UN VOLUNTARIO! ¿NADIE SE ATREVE?
¡MUY BIEN! ¡UN VALIENTE! ¡ACÉRQUESE, POR FAVOR! ¡SUBA AL ESCENARIO!
¡ESTÁS LOCO!
VAS A SENTIR UNA FUERZA MÁGICA... CIERRA LOS OJOS... DUÉRMETE... ¿CÓMO TE LLAMAS, CHICO?
PEPE.
¡MUY BIEN PEPE! DIME, ¿EN QUÉ PIENSAS?
EN EL LADRÓN QUE ROBÓ LA CAJA FUERTE.
¡OH!
¡AH!
CUANDO DESPIERTES NO TE ACORDARÁS ABSOLUTAMENTE DE NADA...

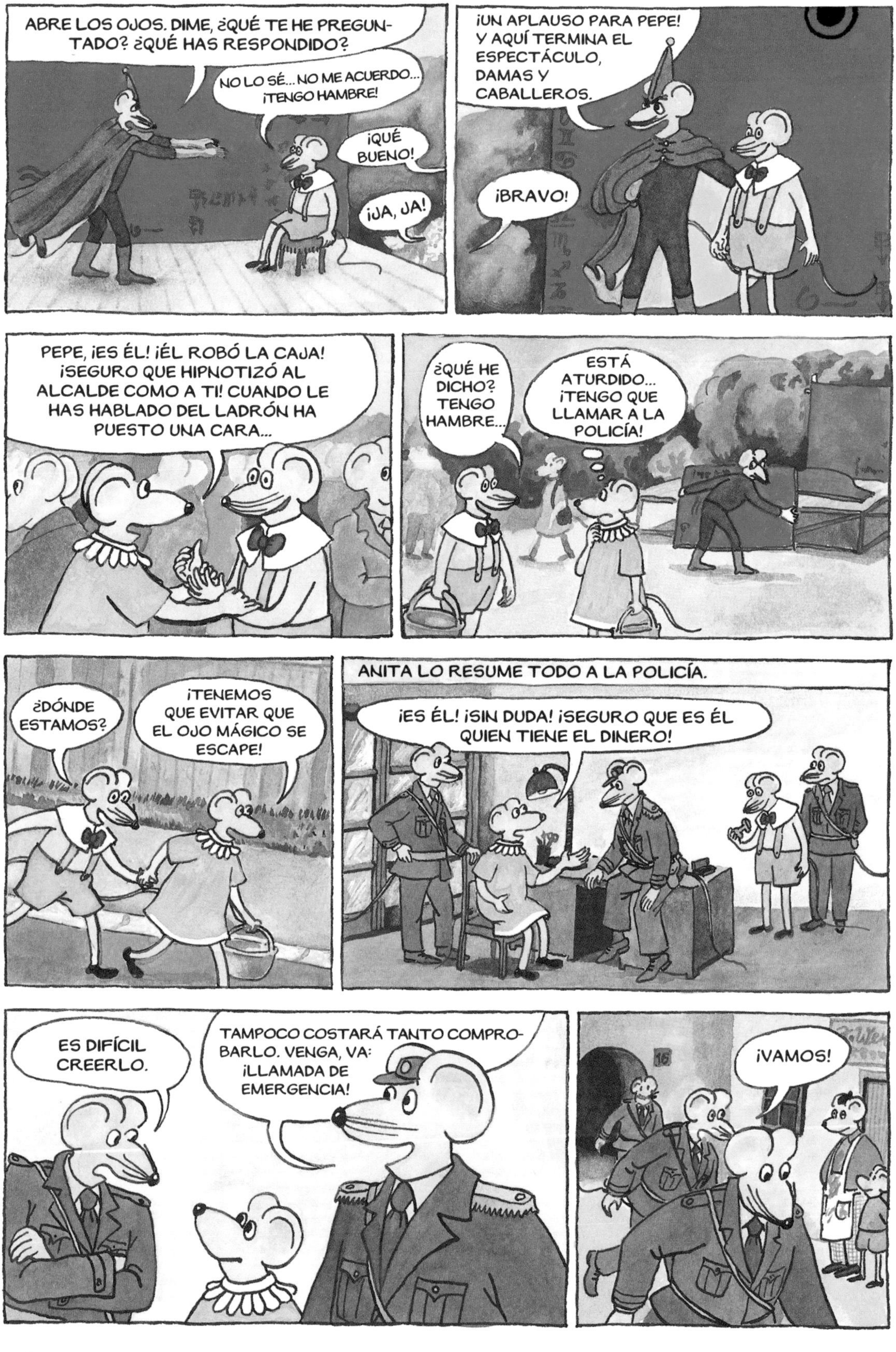
ABRE LOS OJOS. DIME, ¿QUÉ TE HE PREGUNTADO? ¿QUÉ HAS RESPONDIDO?
NO LO SÉ... NO ME ACUERDO... ¡TENGO HAMBRE!
¡QUÉ BUENO!
¡JA, JA!
¡UN APLAUSO PARA PEPE! Y AQUÍ TERMINA EL ESPECTÁCULO, DAMAS Y CABALLEROS.
¡BRAVO!
PEPE, ¡ES ÉL! ¡ÉL ROBÓ LA CAJA! ¡SEGURO QUE HIPNOTIZÓ AL ALCALDE COMO A TI! CUANDO LE HAS HABLADO DEL LADRÓN HA PUESTO UNA CARA...
¿QUÉ HE DICHO? TENGO HAMBRE...
ESTÁ ATURDIDO... ¡TENGO QUE LLAMAR A LA POLICÍA!
¿DÓNDE ESTAMOS?
¡TENEMOS QUE EVITAR QUE EL OJO MÁGICO SE ESCAPE!
ANITA LO RESUME TODO A LA POLICÍA.
¡ES ÉL! ¡SIN DUDA! ¡SEGURO QUE ES ÉL QUIEN TIENE EL DINERO!
ES DIFÍCIL CREERLO.
TAMPOCO COSTARÁ TANTO COMPROBARLO. VENGA, VA: ¡LLAMADA DE EMERGENCIA!
¡VAMOS!

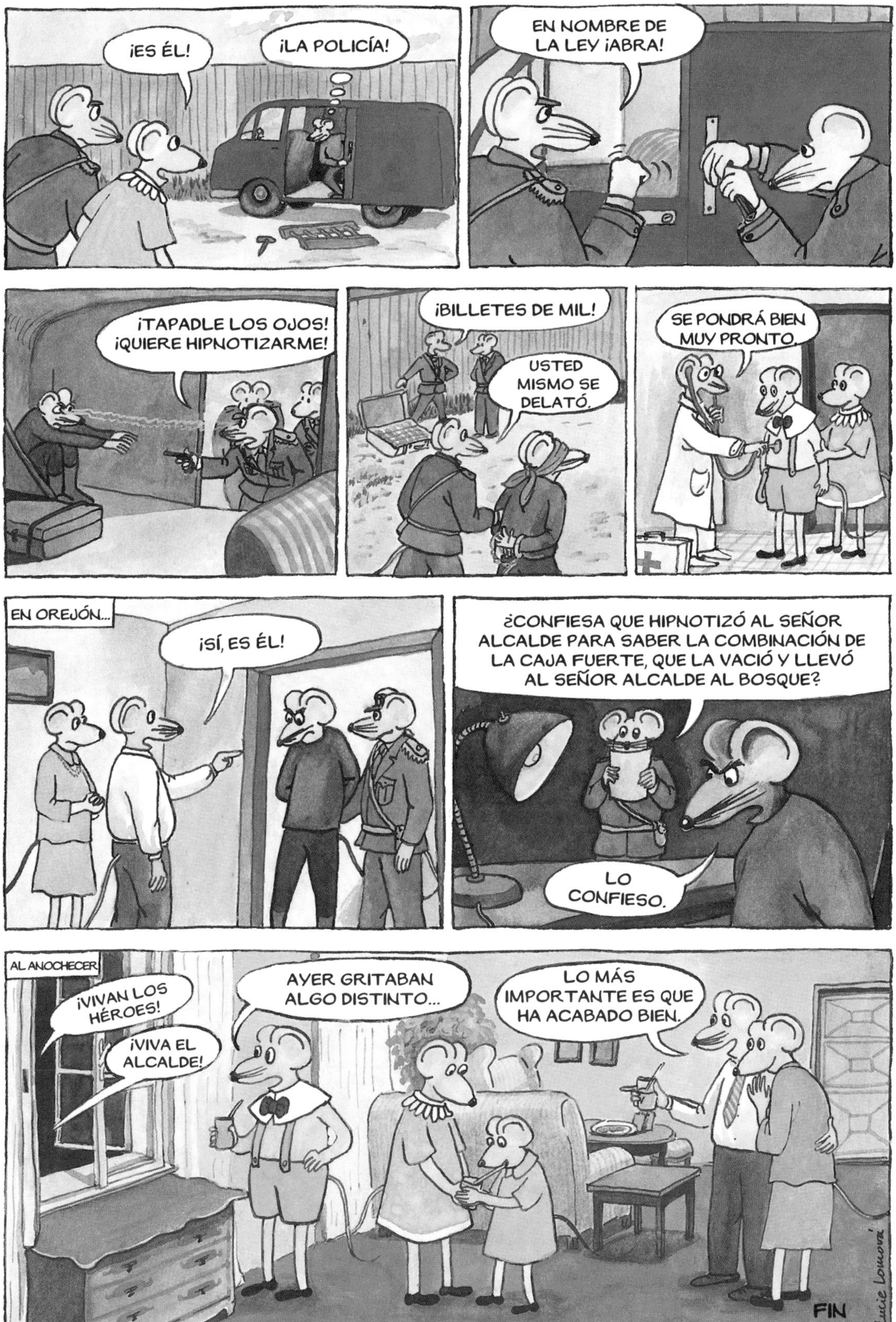
¡ES ÉL!
¡LA POLICÍA!
EN NOMBRE DE LA LEY ¡ABRA!
¡TAPADLE LOS OJOS! ¡QUIERE HIPNOTIZARME!
¡BILLETES DE MIL!
USTED MISMO SE DELATÓ.
SE PONDRÁ BIEN MUY PRONTO.
EN OREJÓN...
¡SÍ, ES ÉL!
¿CONFIESA QUE HIPNOTIZÓ AL SEÑOR ALCALDE PARA SABER LA COMBINACIÓN DE LA CAJA FUERTE, QUE LA VACIÓ Y LLEVÓ AL SEÑOR ALCALDE AL BOSQUE?
LO CONFIESO.
AL ANOCHECER
¡VIVAN LOS HÉROES!
¡VIVA EL ALCALDE!
AYER GRITABAN ALGO DISTINTO...
LO MÁS IMPORTANTE ES QUE HA ACABADO BIEN.
FIN
Lucie Lomová

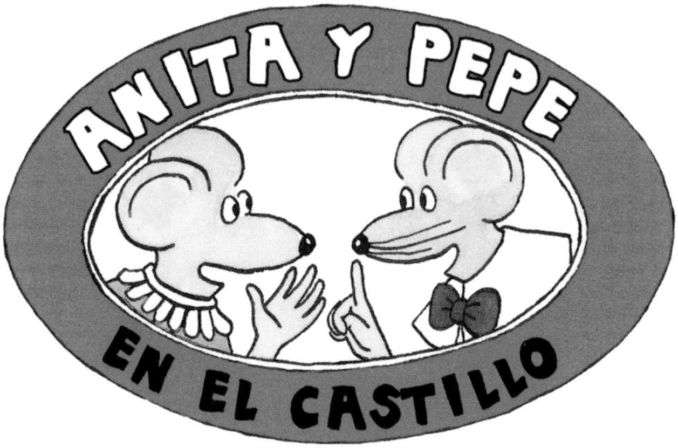
ANITA Y PEPE
EN EL CASTILLO

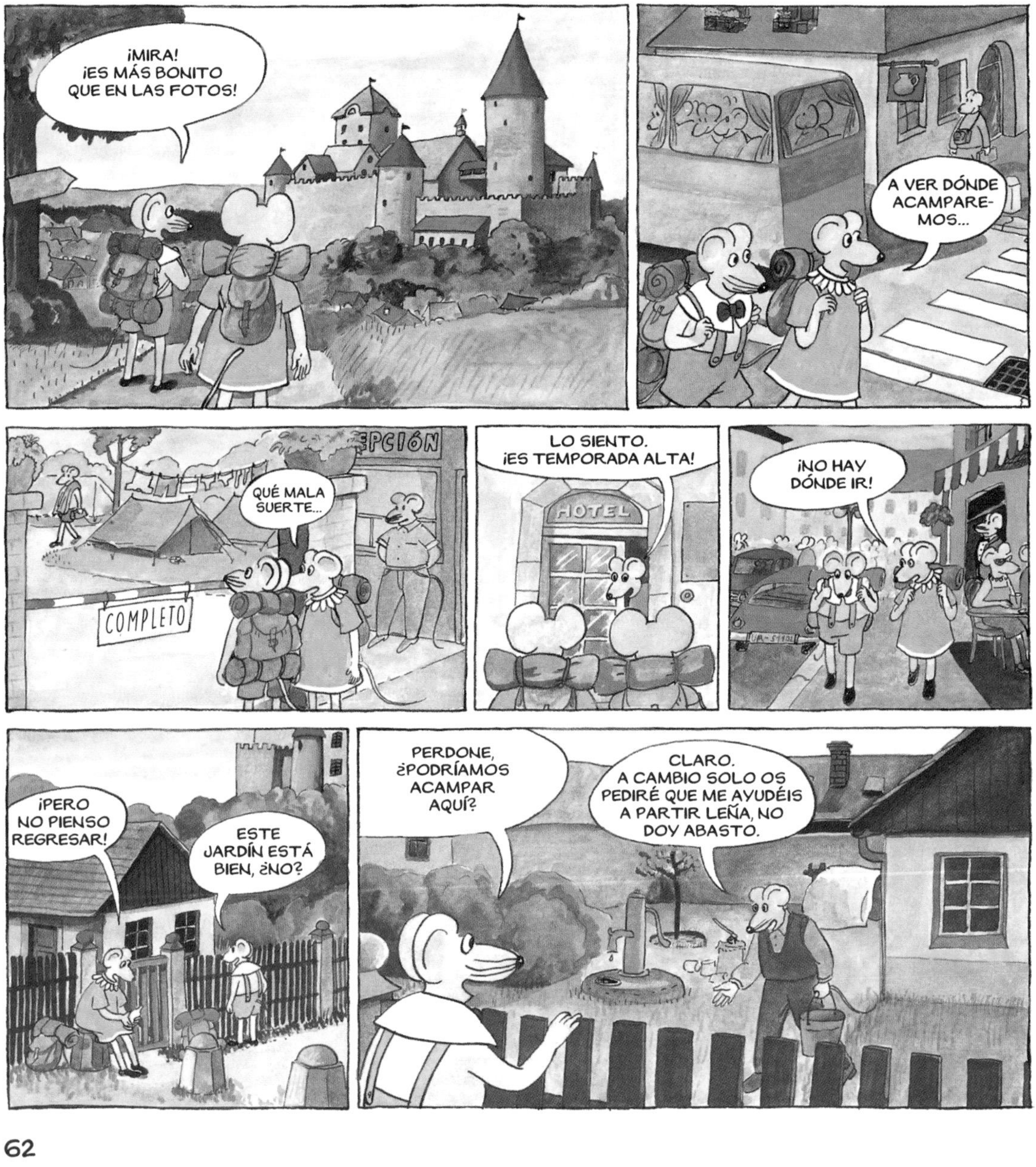
¡MIRA! ¡ES MÁS BONITO QUE EN LAS FOTOS!
A VER DÓNDE ACAMPARE-MOS...
EPCIÓN
QUÉ MALA SUERTE...
COMPLETO
LO SIENTO. ¡ES TEMPORADA ALTA!
HOTEL
¡NO HAY DÓNDE IR!
¡PERO NO PIENSO REGRESAR!
ESTE JARDÍN ESTÁ BIEN, ¿NO?
PERDONE, ¿PODRÍAMOS ACAMPAR AQUÍ?
CLARO. A CAMBIO SOLO OS PEDIRÉ QUE ME AYUDÉIS A PARTIR LEÑA, NO DOY ABASTO.

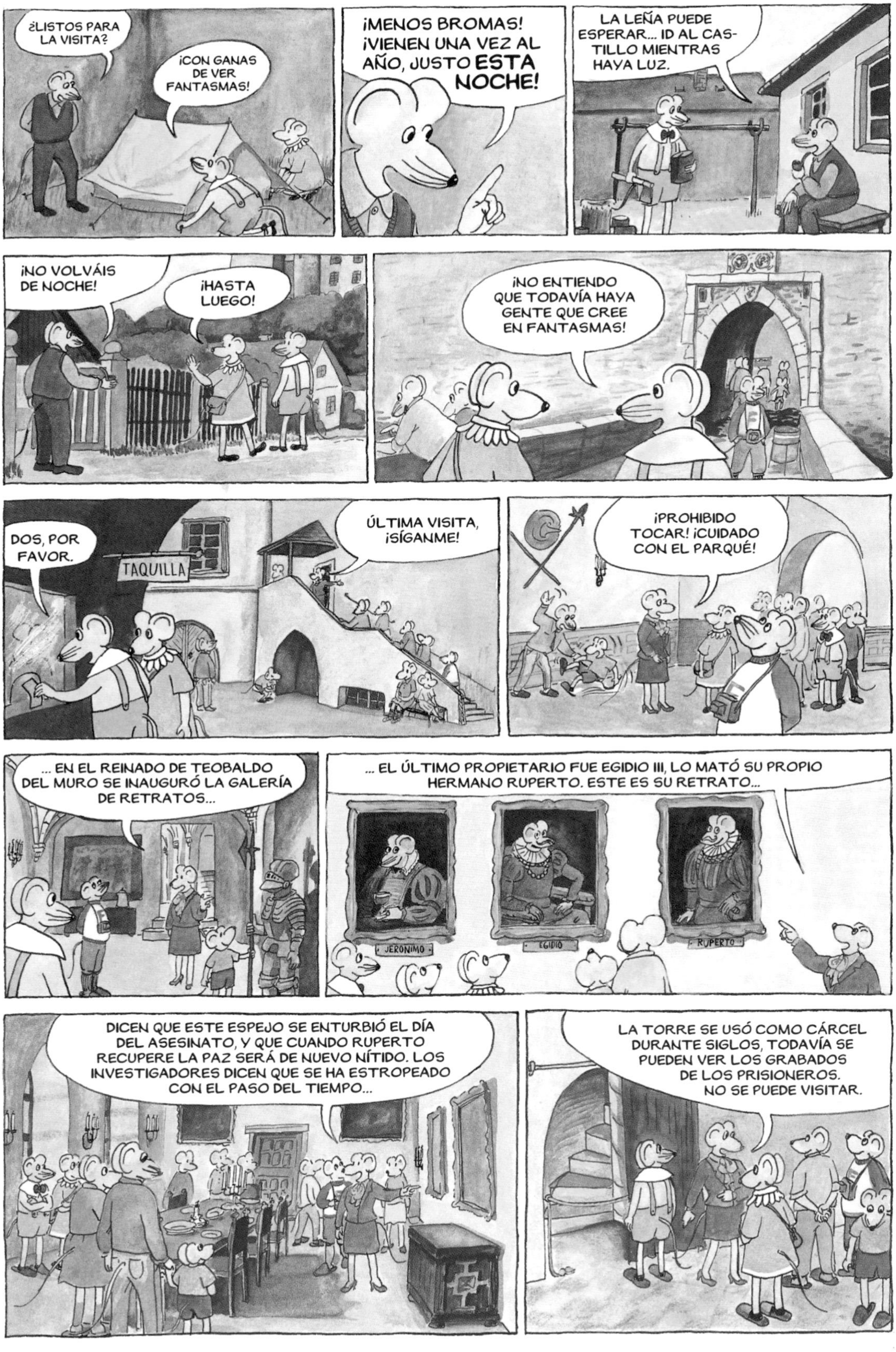
¿LISTOS PARA LA VISITA?
¡CON GANAS DE VER FANTASMAS!
¡MENOS BROMAS! ¡VIENEN UNA VEZ AL AÑO, JUSTO ESTA NOCHE!
LA LEÑA PUEDE ESPERAR... ID AL CASTILLO MIENTRAS HAYA LUZ.
¡NO VOLVÁIS DE NOCHE!
¡HASTA LUEGO!
¡NO ENTIENDO QUE TODAVÍA HAYA GENTE QUE CREE EN FANTASMAS!
DOS, POR FAVOR.
TAQUILLA
ÚLTIMA VISITA, ¡SÍGANME!
¡PROHIBIDO TOCAR! ¡CUIDADO CON EL PARQUÉ!
... EN EL REINADO DE TEOBALDO DEL MURO SE INAUGURÓ LA GALERÍA DE RETRATOS...
... EL ÚLTIMO PROPIETARIO FUE EGIDIO III, LO MATÓ SU PROPIO HERMANO RUPERTO. ESTE ES SU RETRATO...
JERONIMO
EGIDIO
RUPERTO
DICEN QUE ESTE ESPEJO SE ENTURBIÓ EL DÍA DEL ASESINATO, Y QUE CUANDO RUPERTO RECUPERE LA PAZ SERÁ DE NUEVO NÍTIDO. LOS INVESTIGADORES DICEN QUE SE HA ESTROPEADO CON EL PASO DEL TIEMPO...
LA TORRE SE USÓ COMO CÁRCEL DURANTE SIGLOS, TODAVÍA SE PUEDEN VER LOS GRABADOS DE LOS PRISIONEROS. NO SE PUEDE VISITAR.

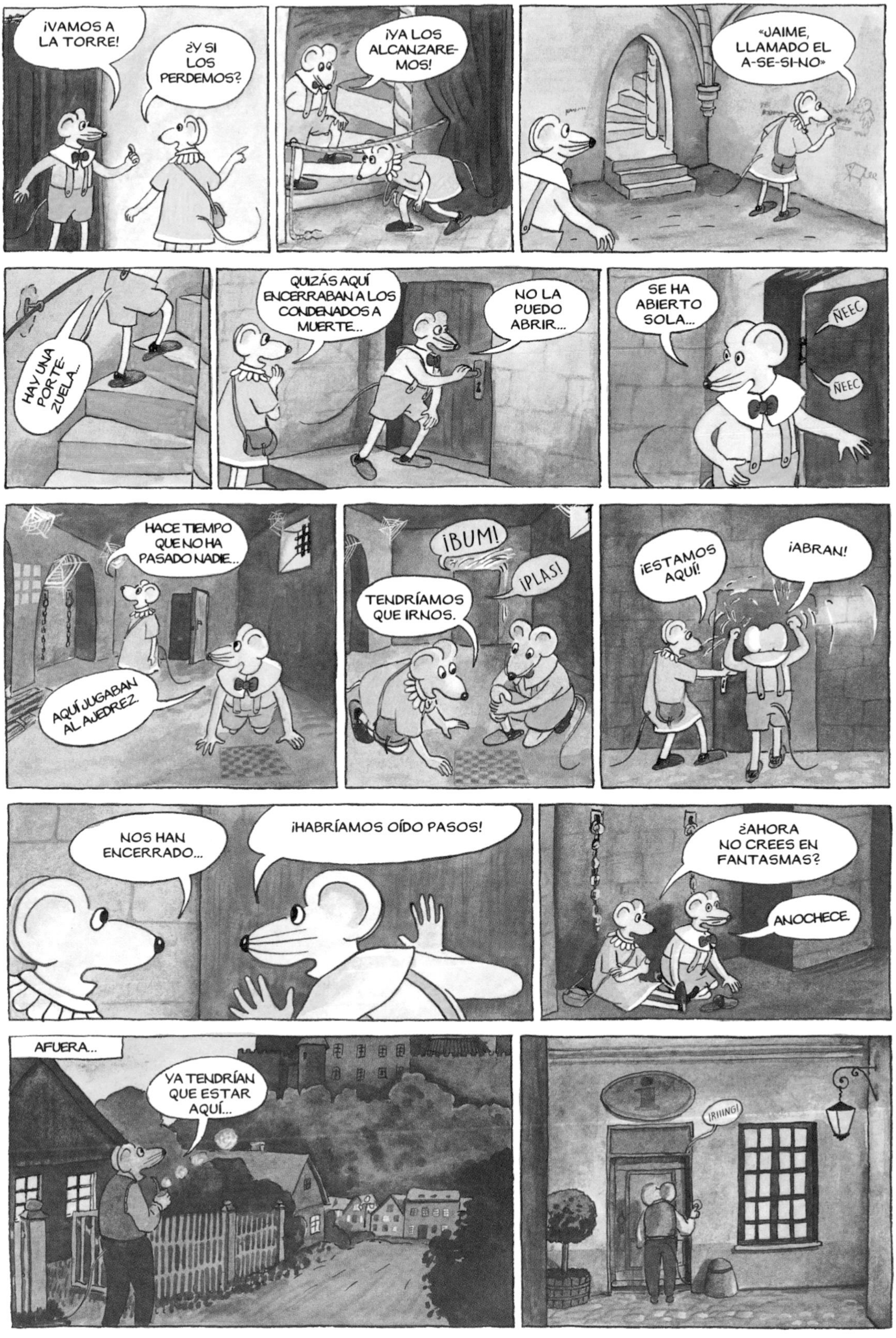
¡VAMOS A LA TORRE!
¿Y SI LOS PERDEMOS?
¡YA LOS ALCANZAREMOS!
«JAIME, LLAMADO EL A-SE-SI-NO»
HAY UNA PORTEZUELA...
QUIZÁS AQUÍ ENCERRABAN A LOS CONDENADOS A MUERTE...
NO LA PUEDO ABRIR...
SE HA ABIERTO SOLA...
ÑEEC
ÑEEC
HACE TIEMPO QUE NO HA PASADO NADIE...
AQUÍ JUGABAN AL AJEDREZ.
¡BUM!
¡PLAS!
TENDRÍAMOS QUE IRNOS.
¡ESTAMOS AQUÍ!
¡ABRAN!
NOS HAN ENCERRADO...
¡HABRÍAMOS OÍDO PASOS!
¿AHORA NO CREES EN FANTASMAS?
ANOCHECE.
AFUERA...
YA TENDRÍAN QUE ESTAR AQUÍ...
¡RIIING!

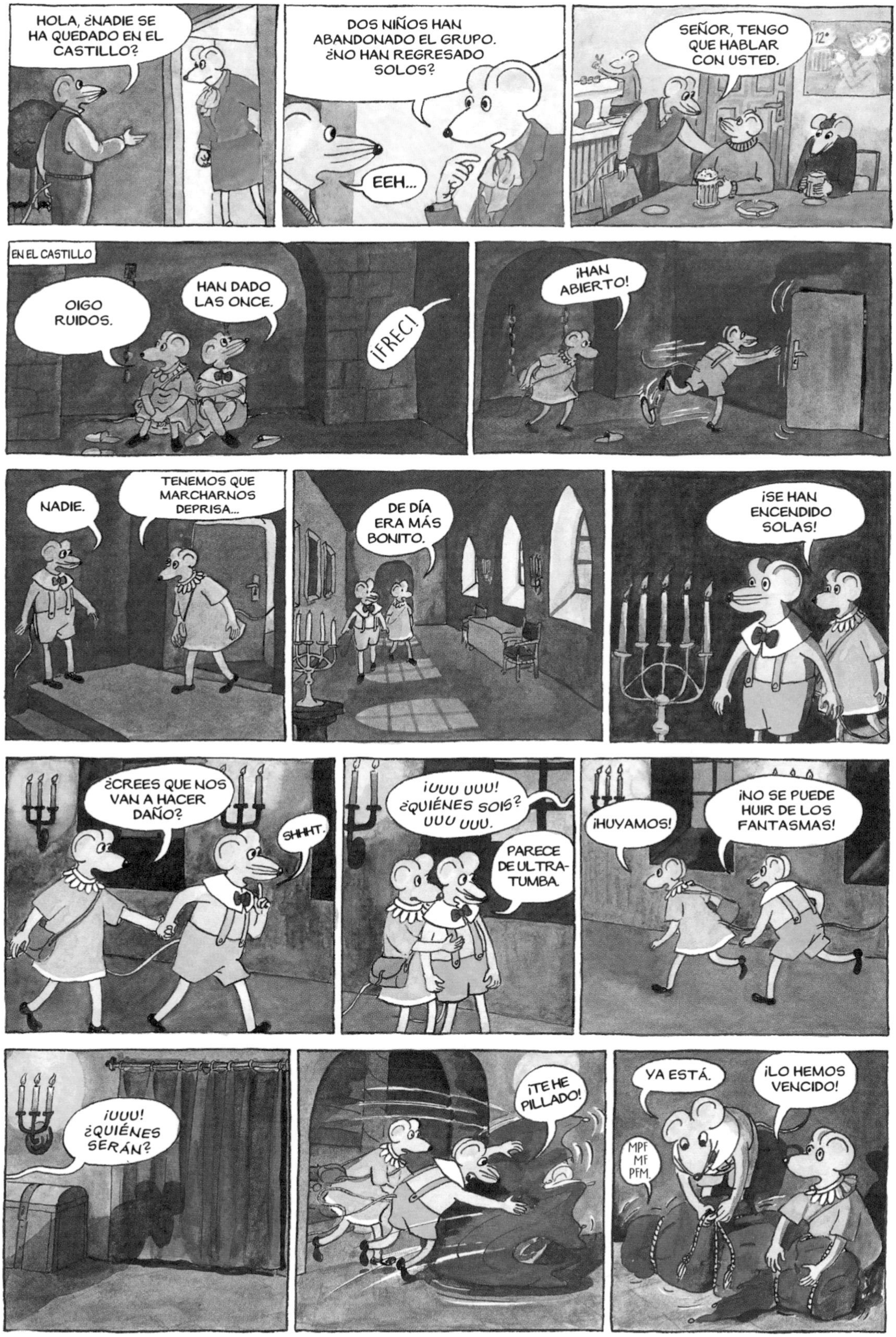
HOLA, ¿NADIE SE HA QUEDADO EN EL CASTILLO?
DOS NIÑOS HAN ABANDONADO EL GRUPO. ¿NO HAN REGRESADO SOLOS?
EEH...
SEÑOR, TENGO QUE HABLAR CON USTED.
12º
EN EL CASTILLO
OIGO RUIDOS.
HAN DADO LAS ONCE.
¡FREC!
¡HAN ABIERTO!
NADIE.
TENEMOS QUE MARCHARNOS DEPRISA...
DE DÍA ERA MÁS BONITO.
¡SE HAN ENCENDIDO SOLAS!
¿CREES QUE NOS VAN A HACER DAÑO?
SHHHT.
¡UUU UUU! ¿QUIÉNES SOIS? UUU UUU.
PARECE DE ULTRATUMBA.
¡HUYAMOS!
¡NO SE PUEDE HUIR DE LOS FANTASMAS!
¡UUU! ¿QUIÉNES SERÁN?
¡TE HE PILLADO!
YA ESTÁ.
¡LO HEMOS VENCIDO!
MPF MF PFM.

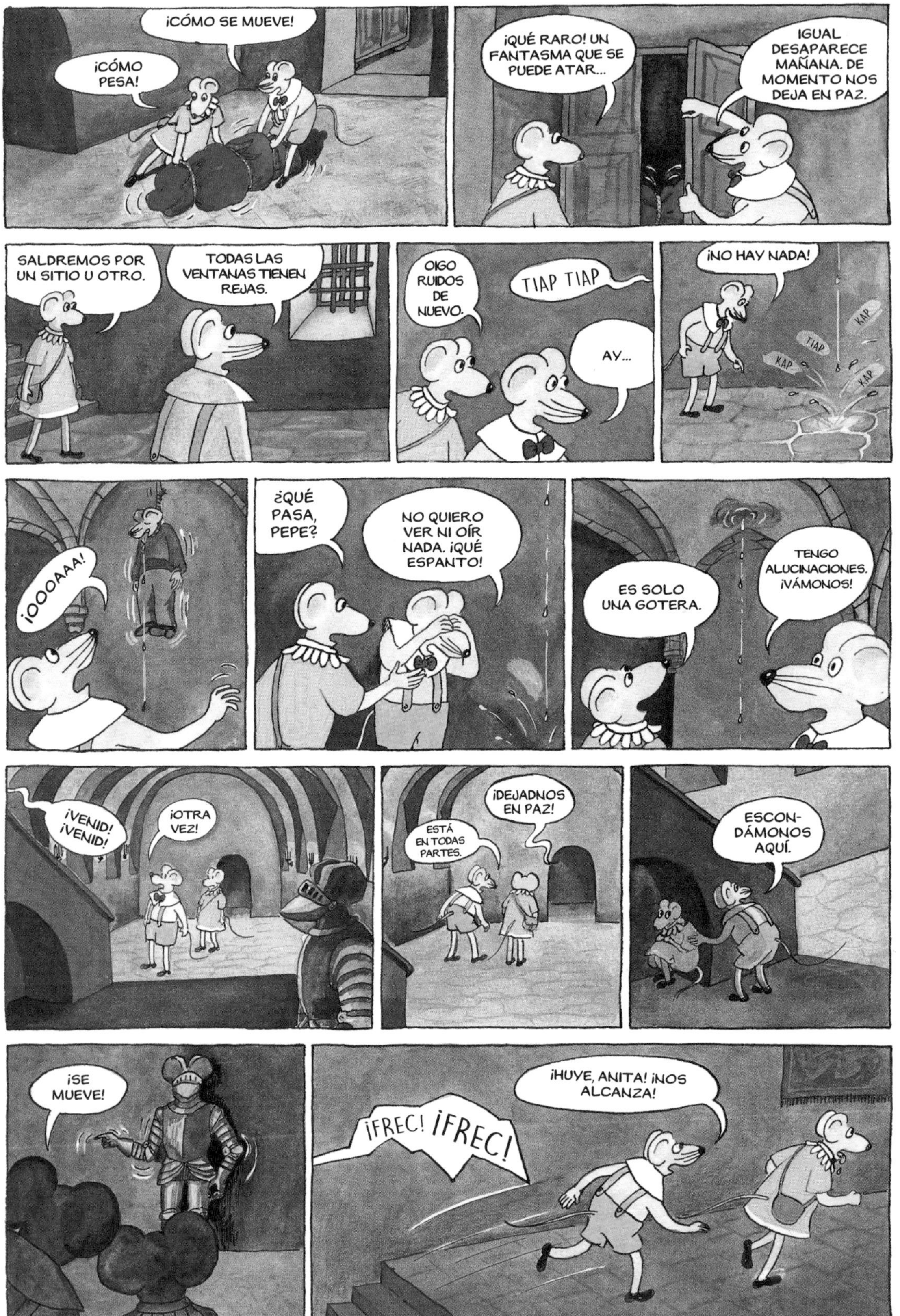
¡CÓMO PESA!
¡CÓMO SE MUEVE!
¡QUÉ RARO! UN FANTASMA QUE SE PUEDE ATAR...
IGUAL DESAPARECE MAÑANA. DE MOMENTO NOS DEJA EN PAZ.
SALDREMOS POR UN SITIO U OTRO.
TODAS LAS VENTANAS TIENEN REJAS.
OIGO RUIDOS DE NUEVO.
TIAP TIAP
AY...
¡NO HAY NADA!
KAP
TIAP
KAP
KAP
¡OOOAAA!
¿QUÉ PASA, PEPE?
NO QUIERO VER NI OÍR NADA. ¡QUÉ ESPANTO!
ES SOLO UNA GOTERA.
TENGO ALUCINACIONES. ¡VÁMONOS!
¡VENID! ¡VENID!
¡OTRA VEZ!
ESTÁ EN TODAS PARTES.
¡DEJADNOS EN PAZ!
ESCON-DÁMONOS AQUÍ.
¡SE MUEVE!
¡FREC! ¡FREC!
¡HUYE, ANITA! ¡NOS ALCANZA!

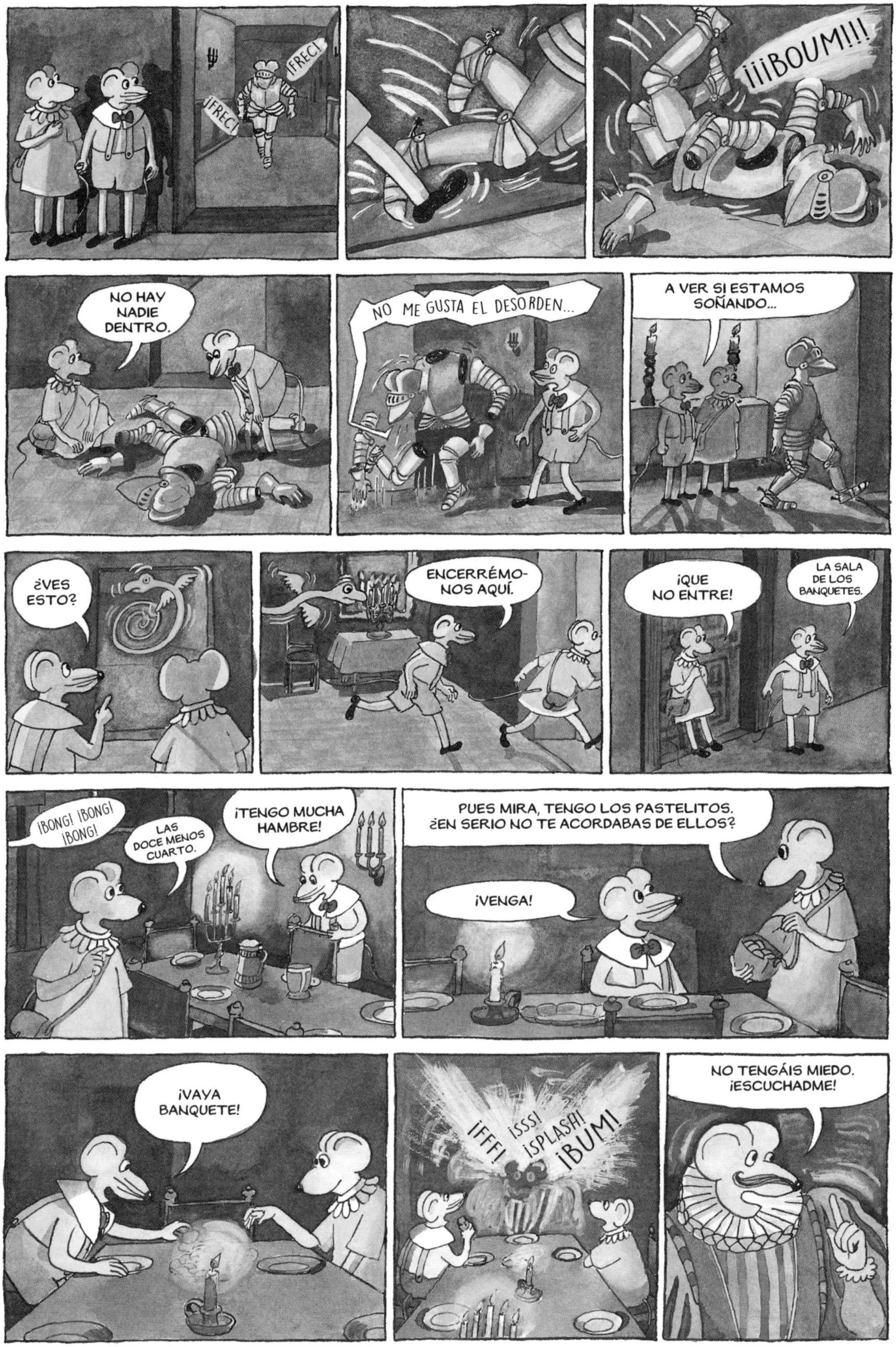
¡FREC!
¡FREC!
¡¡¡BOUM!!!
NO HAY NADIE DENTRO.
NO ME GUSTA EL DESORDEN...
A VER SI ESTAMOS SOÑANDO...
¿VES ESTO?
ENCERRÉMONOS AQUÍ.
¡QUE NO ENTRE!
LA SALA DE LOS BANQUETES.
¡BONG! ¡BONG! ¡BONG!
LAS DOCE MENOS CUARTO.
¡TENGO MUCHA HAMBRE!
PUES MIRA, TENGO LOS PASTELITOS. ¿EN SERIO NO TE ACORDABAS DE ELLOS?
¡VENGA!
¡VAYA BANQUETE!
¡FFF! ¡SSS! ¡SPLASH! ¡BUM!
NO TENGÁIS MIEDO. ¡ESCUCHADME!

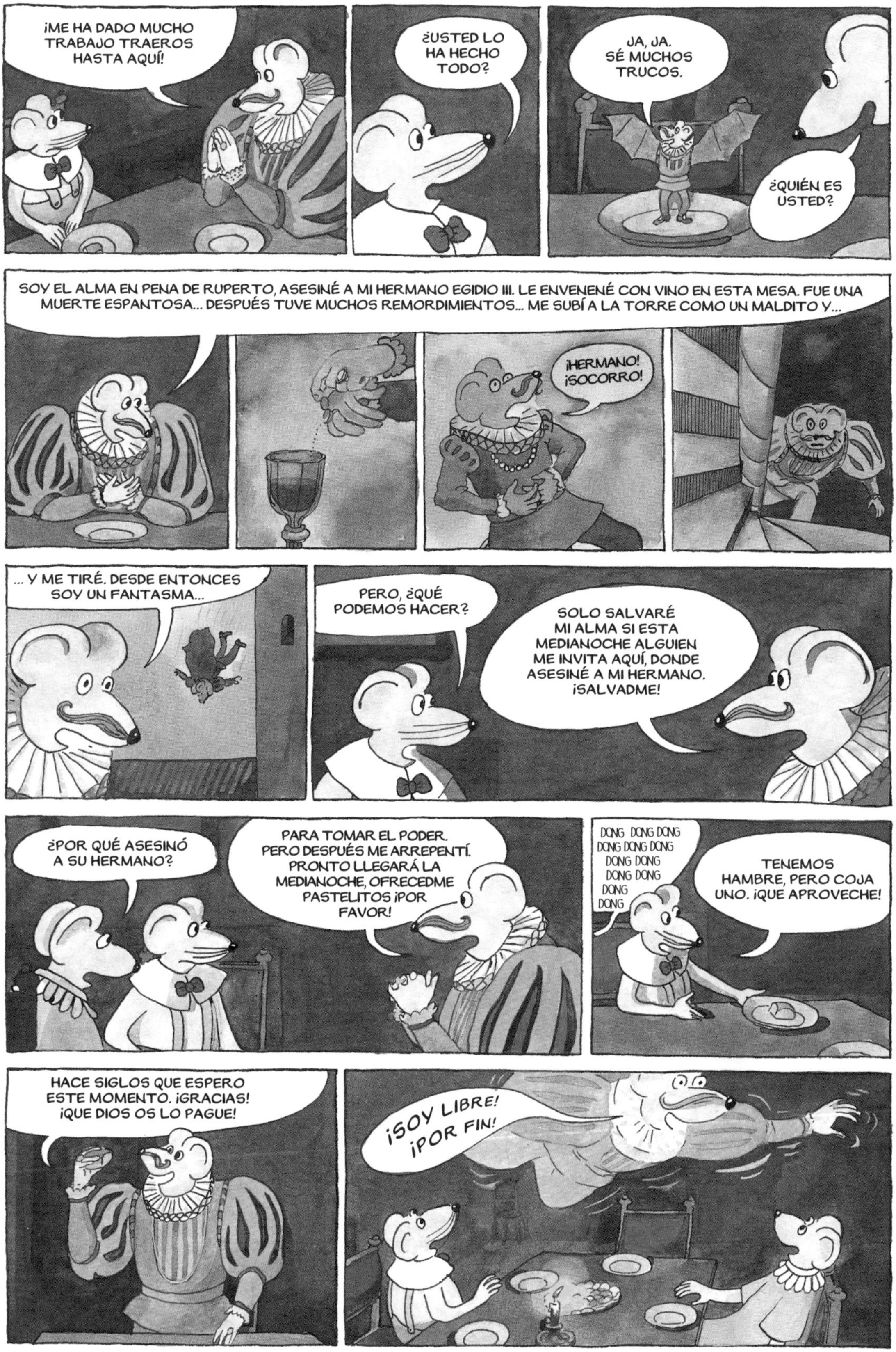

¡ME HA DADO MUCHO TRABAJO TRAEROS HASTA AQUÍ!
¿USTED LO HA HECHO TODO?
JA, JA. SÉ MUCHOS TRUCOS.
¿QUIÉN ES USTED?
SOY EL ALMA EN PENA DE RUPERTO, ASESINÉ A MI HERMANO EGIDIO III. LE ENVENENÉ CON VINO EN ESTA MESA. FUE UNA MUERTE ESPANTOSA... DESPUÉS TUVE MUCHOS REMORDIMIENTOS... ME SUBÍ A LA TORRE COMO UN MALDITO Y...
¡HERMANO! ¡SOCORRO!
... Y ME TIRÉ. DESDE ENTONCES SOY UN FANTASMA...
PERO, ¿QUÉ PODEMOS HACER?
SOLO SALVARÉ MI ALMA SI ESTA MEDIANOCHE ALGUIEN ME INVITA AQUÍ, DONDE ASESINÉ A MI HERMANO. ¡SALVADME!
¿POR QUÉ ASESINÓ A SU HERMANO?
PARA TOMAR EL PODER. PERO DESPUÉS ME ARREPENTÍ. PRONTO LLEGARÁ LA MEDIANOCHE, OFRECEDME PASTELITOS ¡POR FAVOR!
DONG DONG DONG DONG DONG DONG DONG DONG DONG DONG DONG DONG
TENEMOS HAMBRE, PERO COJA UNO. ¡QUE APROVECHE!
HACE SIGLOS QUE ESPERO ESTE MOMENTO. ¡GRACIAS! ¡QUE DIOS OS LO PAGUE!
¡SOY LIBRE! ¡POR FIN!

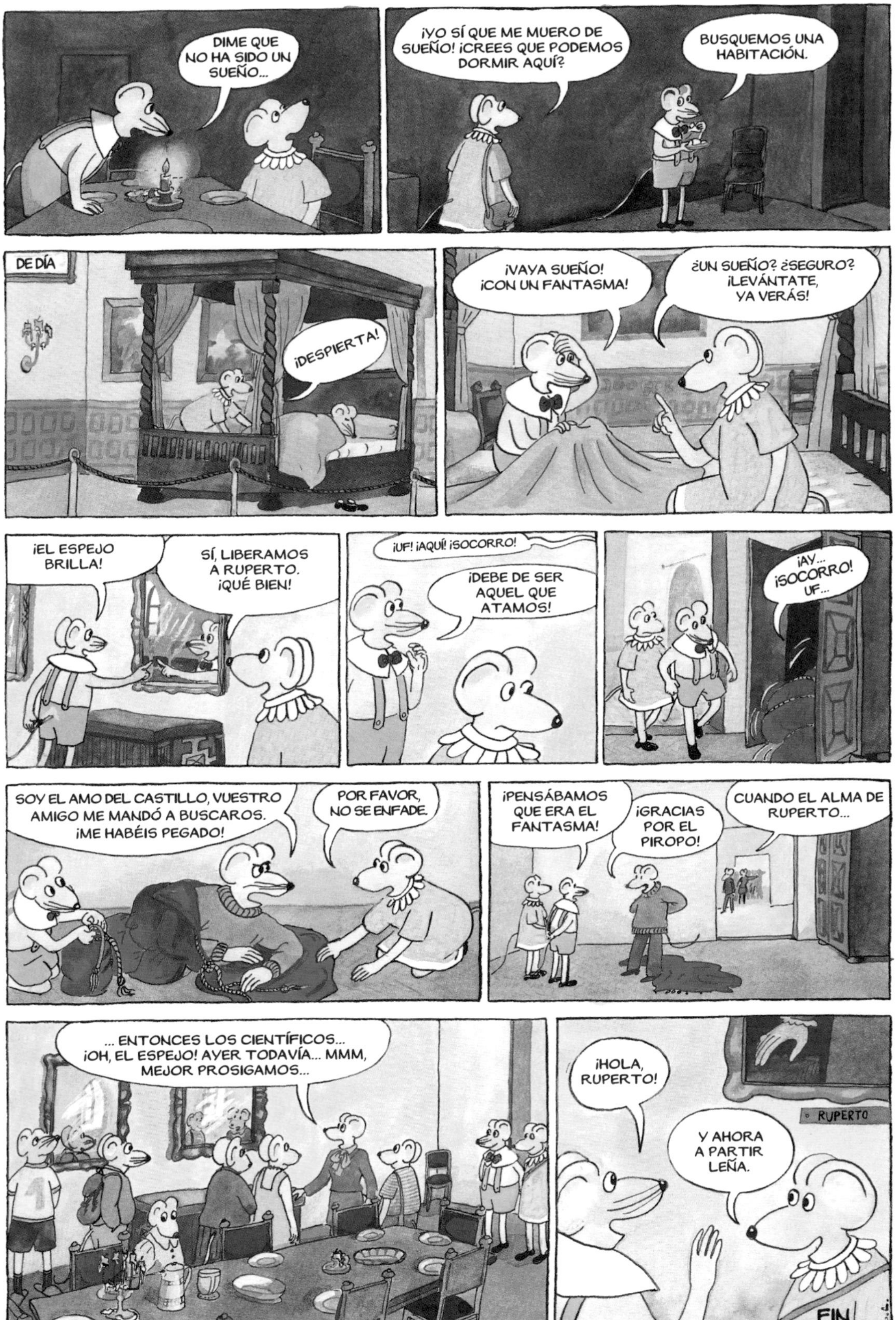
DIME QUE NO HA SIDO UN SUEÑO...
¡YO SÍ QUE ME MUERO DE SUEÑO! ¡CREES QUE PODEMOS DORMIR AQUÍ?
BUSQUEMOS UNA HABITACIÓN.
DE DÍA
¡DESPIERTA!
¡VAYA SUEÑO! ¡CON UN FANTASMA!
¿UN SUEÑO? ¿SEGURO? ¡LEVÁNTATE, YA VERÁS!
¡EL ESPEJO BRILLA!
SÍ, LIBERAMOS A RUPERTO. ¡QUÉ BIEN!
¡UF! ¡AQUÍ! ¡SOCORRO!
¡DEBE DE SER AQUEL QUE ATAMOS!
¡AY... ¡SOCORRO! UF...
SOY EL AMO DEL CASTILLO, VUESTRO AMIGO ME MANDÓ A BUSCAROS. ¡ME HABÉIS PEGADO!
POR FAVOR, NO SE ENFADE.
¡PENSÁBAMOS QUE ERA EL FANTASMA!
¡GRACIAS POR EL PIROPO!
CUANDO EL ALMA DE RUPERTO...
... ENTONCES LOS CIENTÍFICOS... ¡OH, EL ESPEJO! AYER TODAVÍA... MMM, MEJOR PROSIGAMOS...
¡HOLA, RUPERTO!
RUPERTO
Y AHORA A PARTIR LEÑA.
FIN

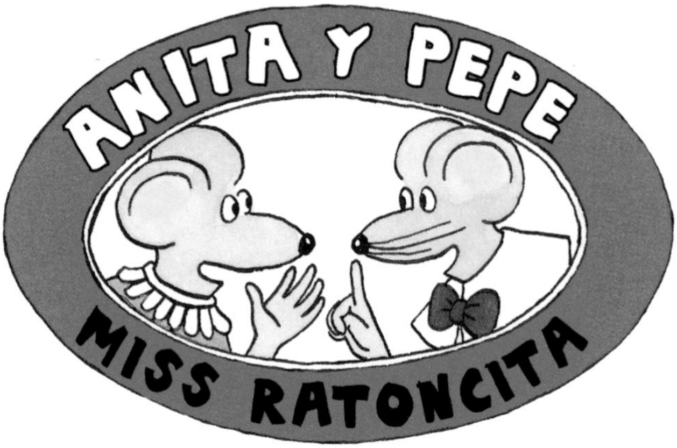
ANITA Y PEPE
MISS RATONCITA

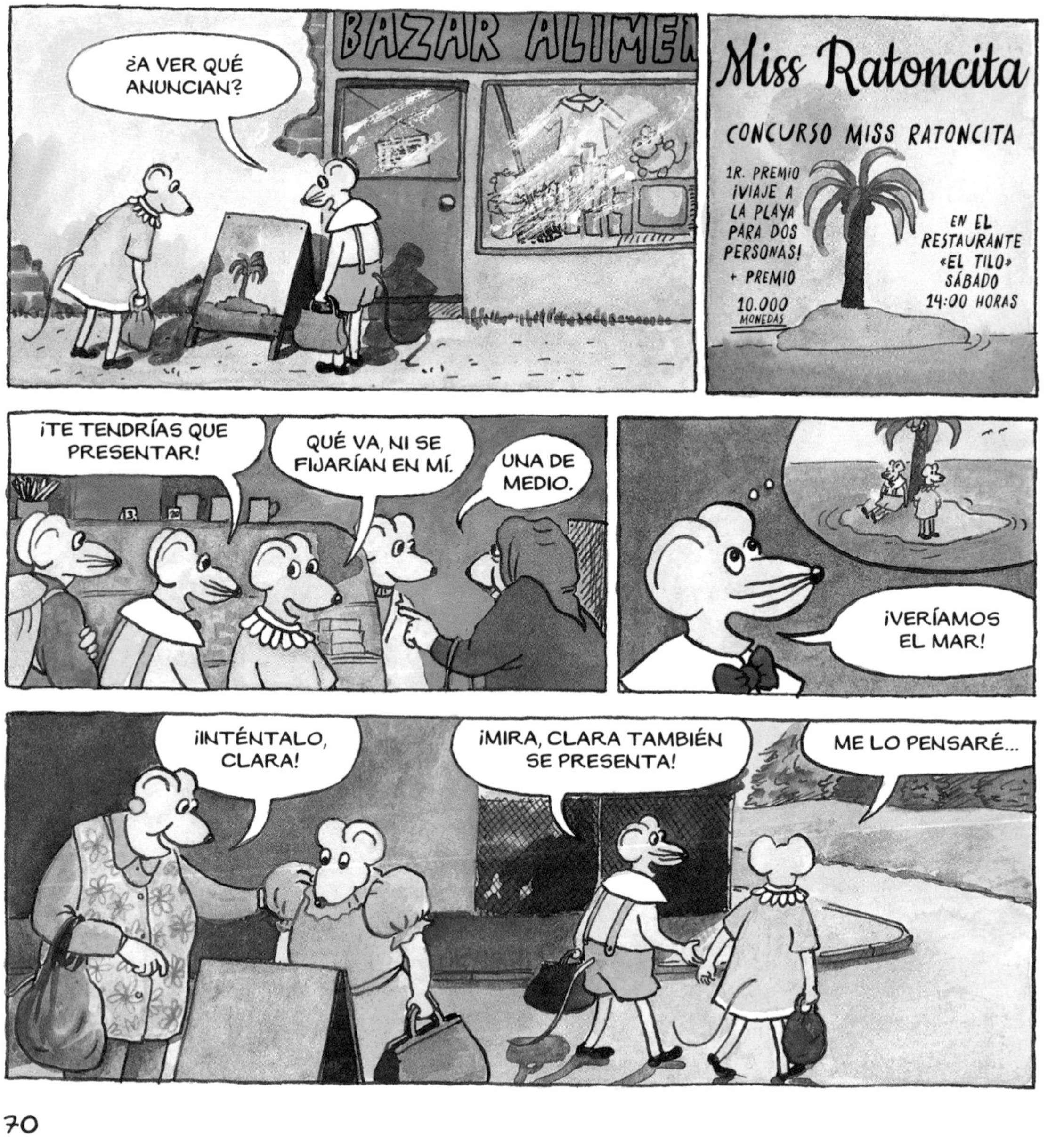
BAZAR ALIMEN
¿A VER QUÉ ANUNCIAN?
Miss Ratoncita
CONCURSO MISS RATONCITA
1R. PREMIO ¡VIAJE A LA PLAYA PARA DOS PERSONAS!
+ PREMIO 10.000 MONEDAS
EN EL RESTAURANTE «EL TILO» SÁBADO 14:00 HORAS
¡TE TENDRÍAS QUE PRESENTAR!
QUÉ VA, NI SE FIJARÍAN EN MÍ.
UNA DE MEDIO.
¡VERÍAMOS EL MAR!
¡INTÉNTALO, CLARA!
¡MIRA, CLARA TAMBIÉN SE PRESENTA!
ME LO PENSARÉ...

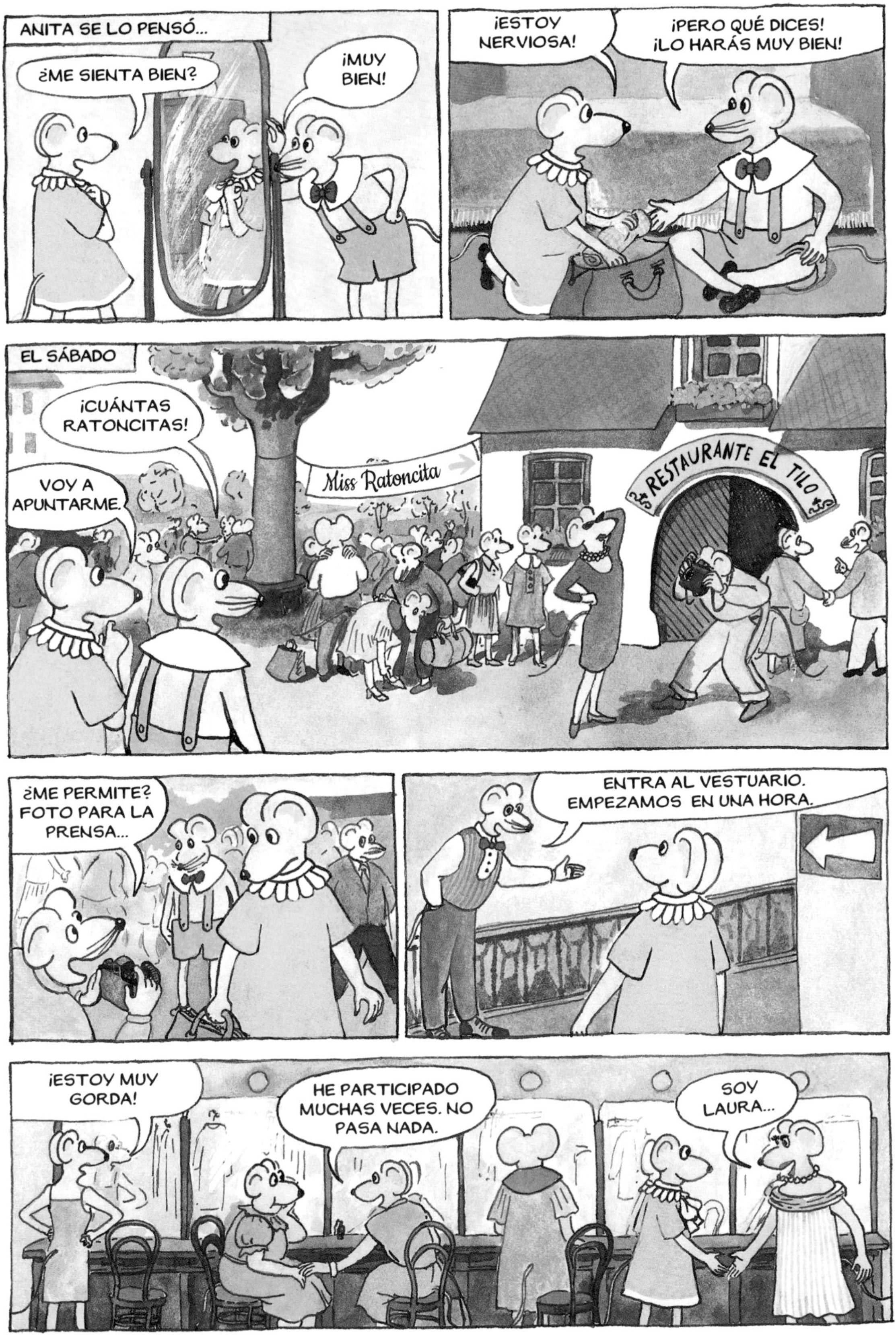
ANITA SE LO PENSÓ...
¿ME SIENTA BIEN?
¡MUY BIEN!
¡ESTOY NERVIOSA!
¡PERO QUÉ DICES! ¡LO HARÁS MUY BIEN!
EL SÁBADO
¡CUÁNTAS RATONCITAS!
VOY A APUNTARME.
Miss Ratoncita
RESTAURANTE EL TILO
¿ME PERMITE? FOTO PARA LA PRENSA...
ENTRA AL VESTUARIO. EMPEZAMOS EN UNA HORA.
¡ESTOY MUY GORDA!
HE PARTICIPADO MUCHAS VECES. NO PASA NADA.
SOY LAURA...

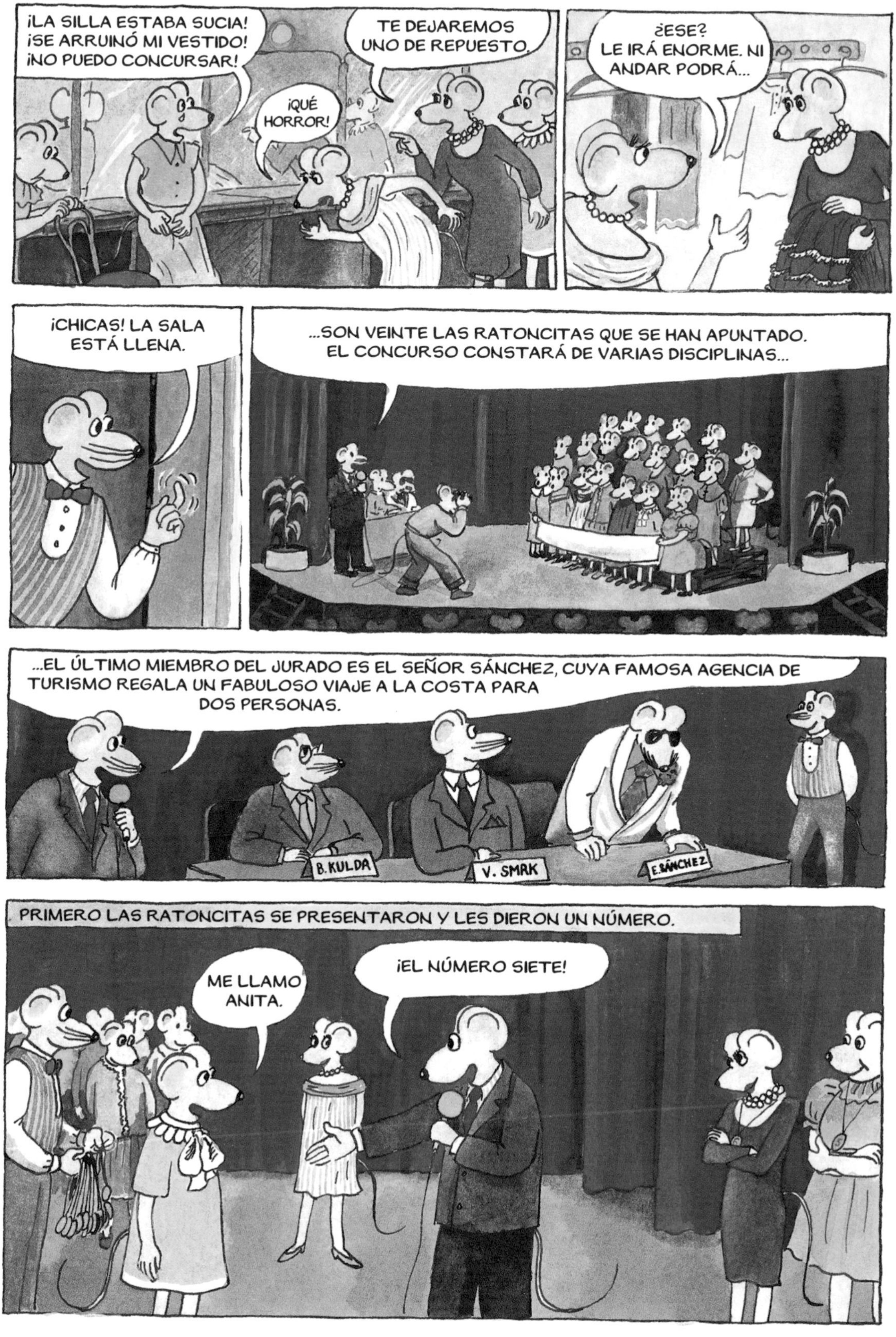
¡LA SILLA ESTABA SUCIA! ¡SE ARRUINÓ MI VESTIDO! ¡NO PUEDO CONCURSAR!
TE DEJAREMOS UNO DE REPUESTO.
¡QUÉ HORROR!
¿ESE? LE IRÁ ENORME. NI ANDAR PODRÁ...
¡CHICAS! LA SALA ESTÁ LLENA.
...SON VEINTE LAS RATONCITAS QUE SE HAN APUNTADO. EL CONCURSO CONSTARÁ DE VARIAS DISCIPLINAS...
...EL ÚLTIMO MIEMBRO DEL JURADO ES EL SEÑOR SÁNCHEZ, CUYA FAMOSA AGENCIA DE TURISMO REGALA UN FABULOSO VIAJE A LA COSTA PARA DOS PERSONAS.
B. KULDA
V. SMAK
E. SÁNCHEZ
PRIMERO LAS RATONCITAS SE PRESENTARON Y LES DIERON UN NÚMERO.
ME LLAMO ANITA.
¡EL NÚMERO SIETE!

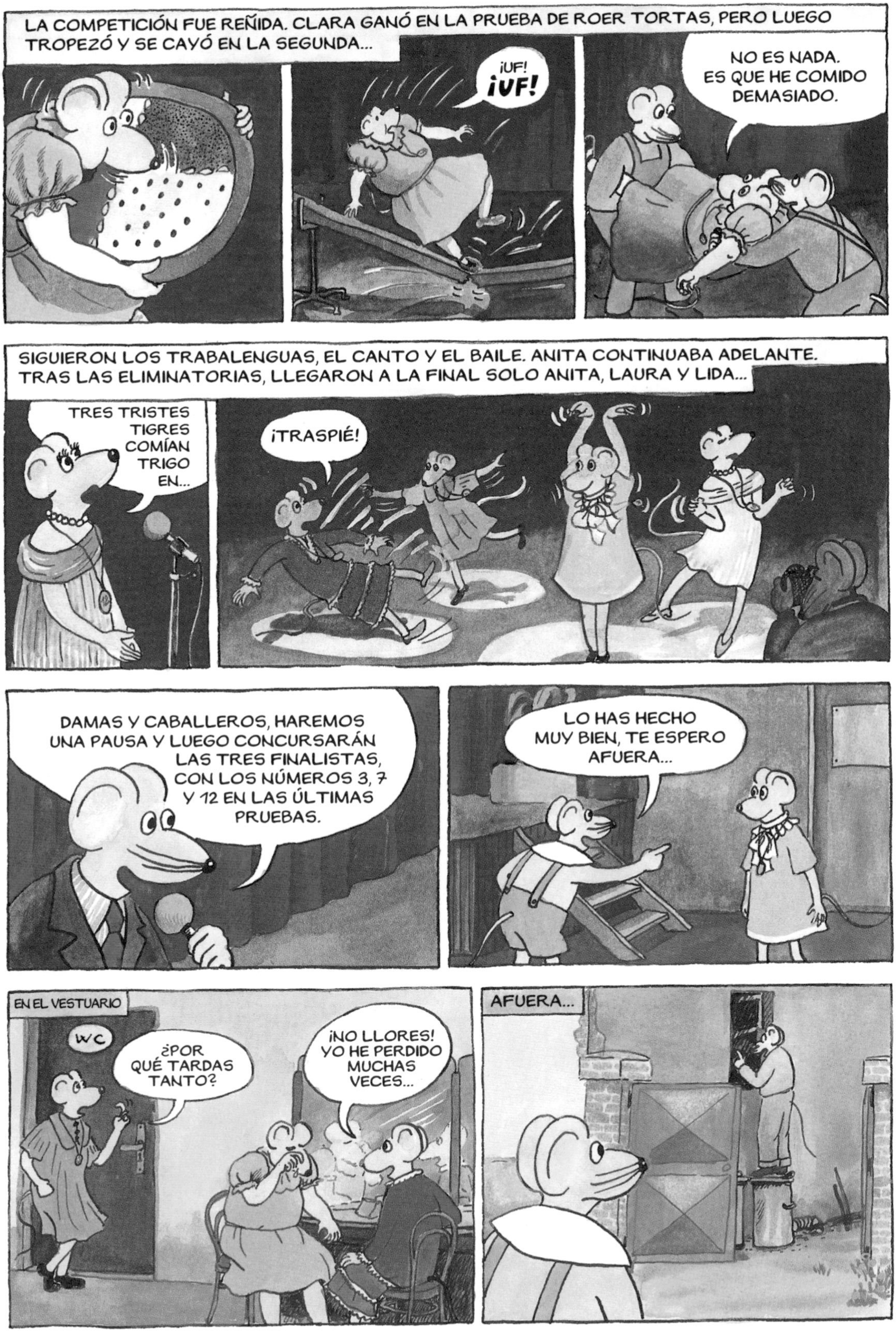
LA COMPETICIÓN FUE REÑIDA. CLARA GANÓ EN LA PRUEBA DE ROER TORTAS, PERO LUEGO TROPEZÓ Y SE CAYÓ EN LA SEGUNDA...
¡UF! ¡UF!
NO ES NADA. ES QUE HE COMIDO DEMASIADO.
SIGUIERON LOS TRABALENGUAS, EL CANTO Y EL BAILE. ANITA CONTINUABA ADELANTE. TRAS LAS ELIMINATORIAS, LLEGARON A LA FINAL SOLO ANITA, LAURA Y LIDA...
TRES TRISTES TIGRES COMÍAN TRIGO EN...
¡TRASPIÉ!
DAMAS Y CABALLEROS, HAREMOS UNA PAUSA Y LUEGO CONCURSARÁN LAS TRES FINALISTAS, CON LOS NÚMEROS 3, 7 Y 12 EN LAS ÚLTIMAS PRUEBAS.
LO HAS HECHO MUY BIEN, TE ESPERO AFUERA...
EN EL VESTUARIO
WC
¿POR QUÉ TARDAS TANTO?
¡NO LLORES! YO HE PERDIDO MUCHAS VECES...
AFUERA...

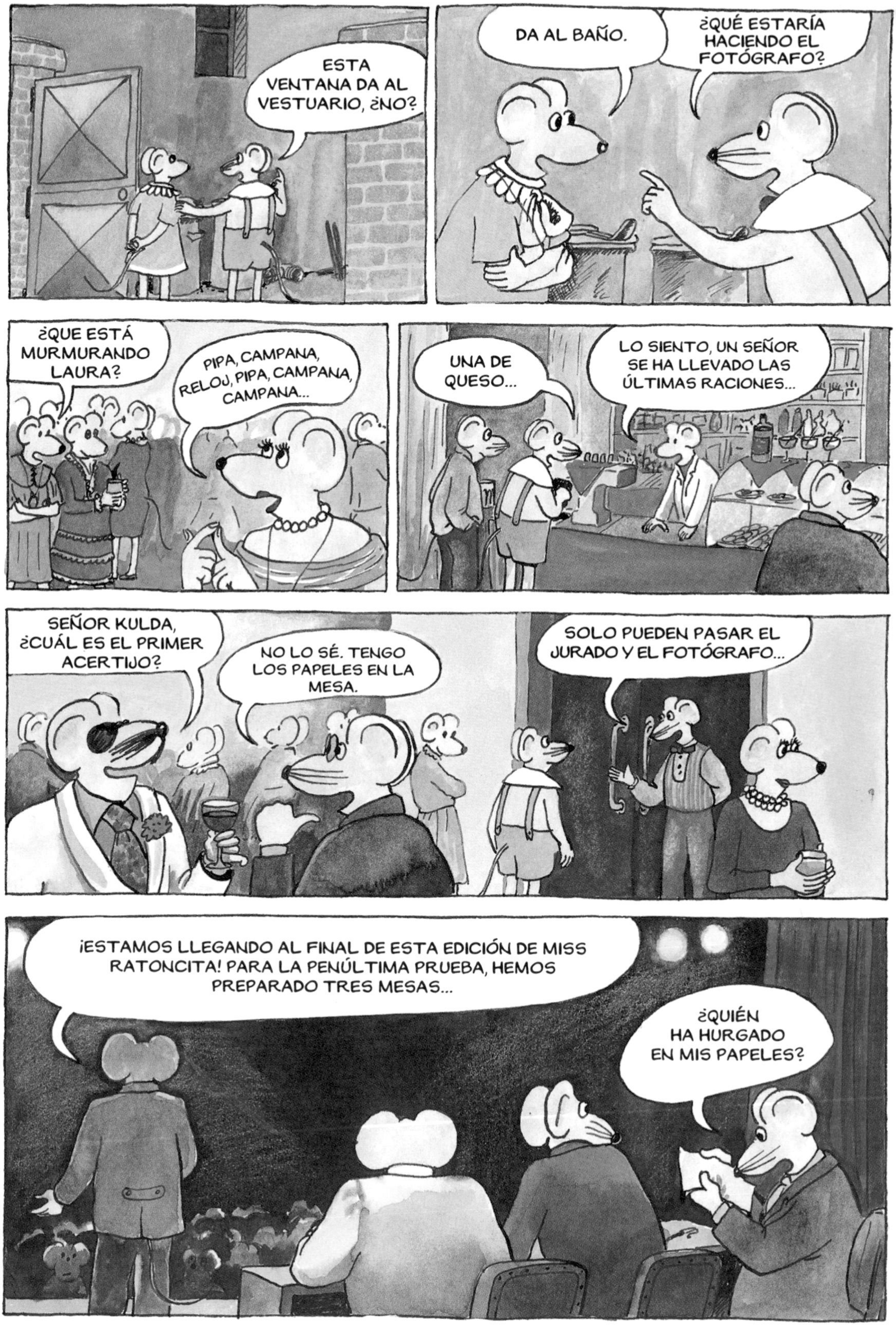
ESTA VENTANA DA AL VESTUARIO, ¿NO?
DA AL BAÑO.
¿QUÉ ESTARÍA HACIENDO EL FOTÓGRAFO?
¿QUE ESTÁ MURMURANDO LAURA?
PIPA, CAMPANA, RELOJ, PIPA, CAMPANA, CAMPANA...
UNA DE QUESO...
LO SIENTO, UN SEÑOR SE HA LLEVADO LAS ÚLTIMAS RACIONES...
SEÑOR KULDA, ¿CUÁL ES EL PRIMER ACERTIJO?
NO LO SÉ. TENGO LOS PAPELES EN LA MESA.
SOLO PUEDEN PASAR EL JURADO Y EL FOTÓGRAFO...
¡ESTAMOS LLEGANDO AL FINAL DE ESTA EDICIÓN DE MISS RATONCITA! PARA LA PENÚLTIMA PRUEBA, HEMOS PREPARADO TRES MESAS...
¿QUIÉN HA HURGADO EN MIS PAPELES?

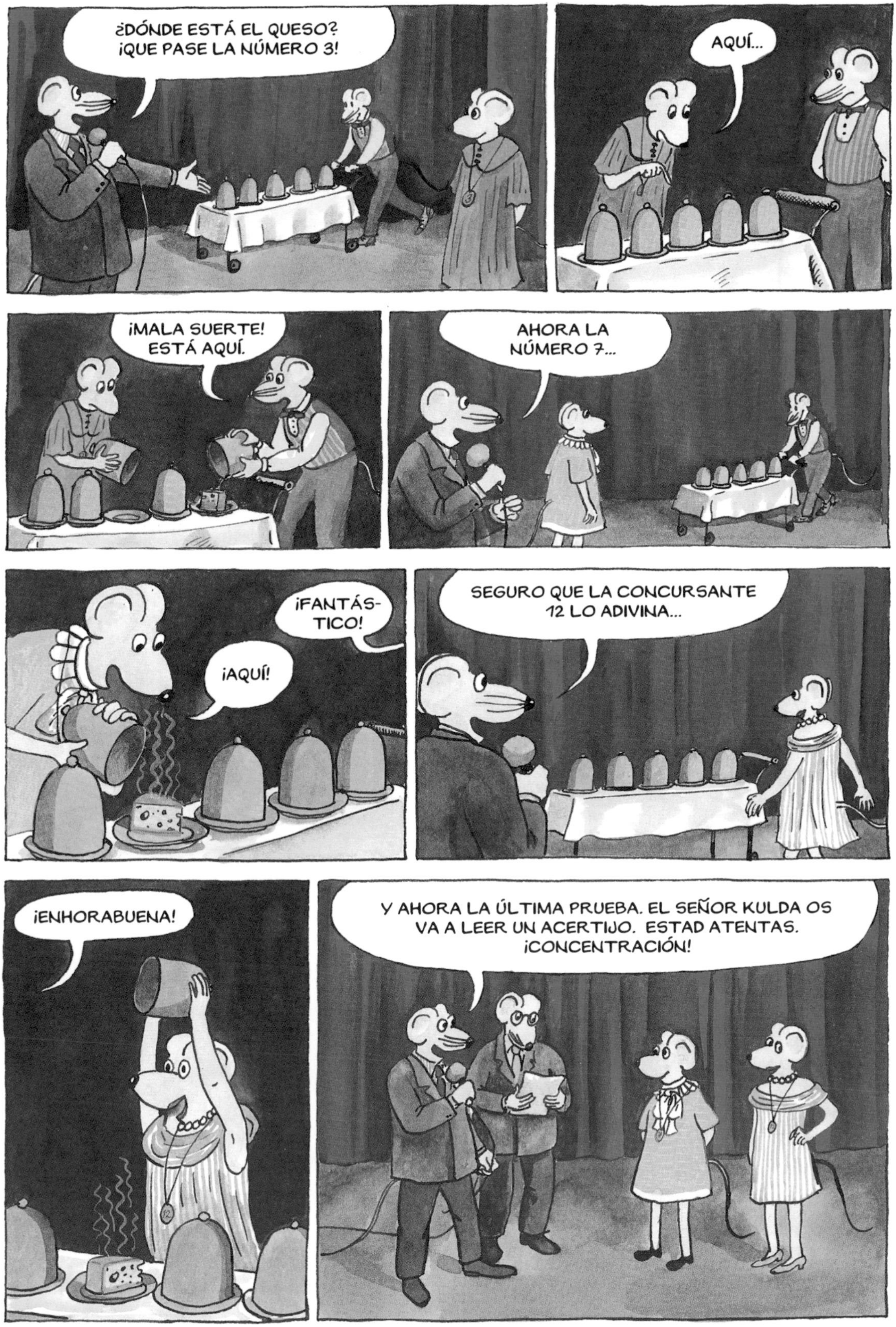
¿DÓNDE ESTÁ EL QUESO? ¡QUE PASE LA NÚMERO 3!
AQUÍ...
¡MALA SUERTE! ESTÁ AQUÍ.
AHORA LA NÚMERO 7...
¡AQUÍ!
¡FANTÁS-TICO!
SEGURO QUE LA CONCURSANTE 12 LO ADIVINA...
¡ENHORABUENA!
Y AHORA LA ÚLTIMA PRUEBA. EL SEÑOR KULDA OS VA A LEER UN ACERTIJO. ESTAD ATENTAS. ¡CONCENTRACIÓN!

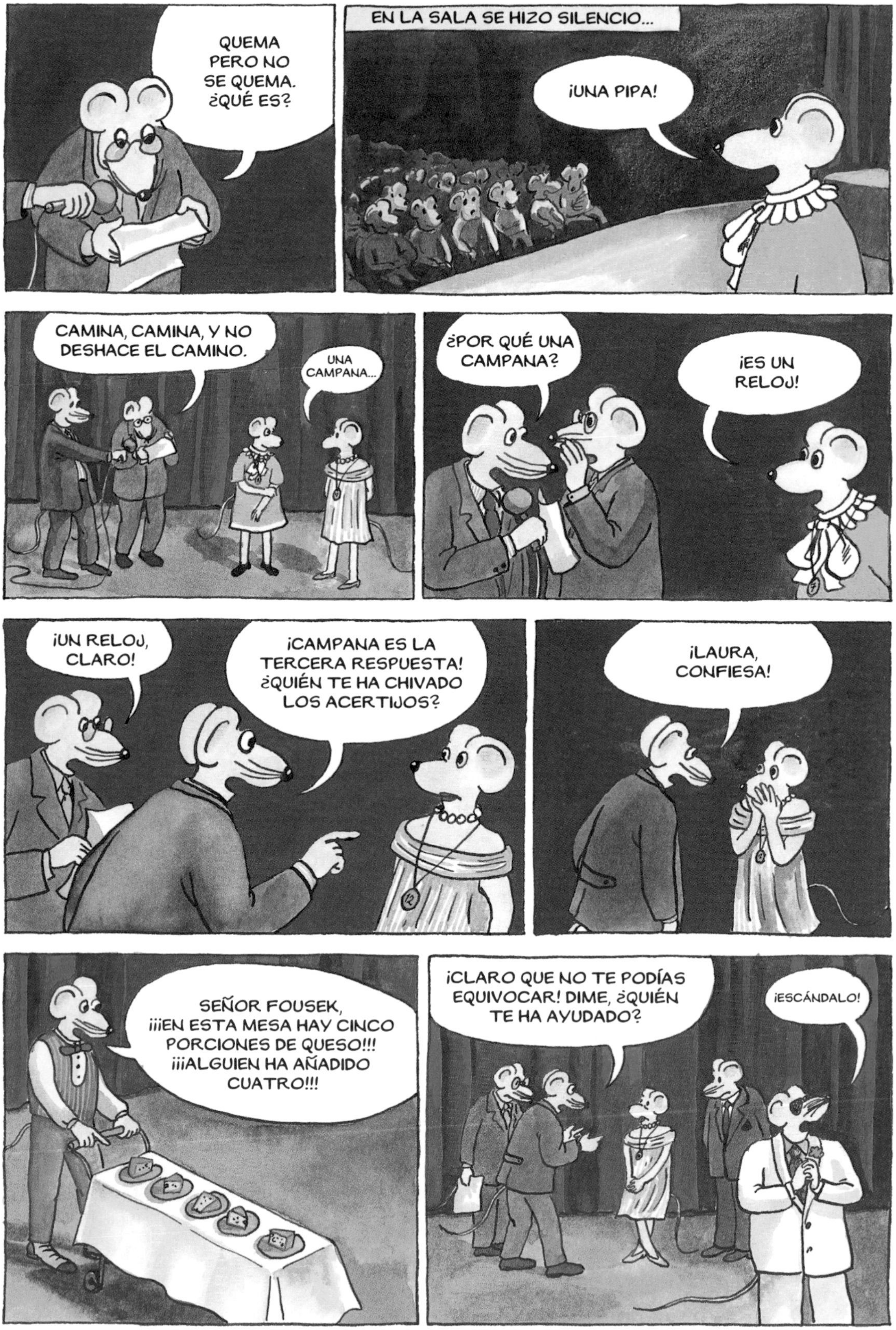
QUEMA PERO NO SE QUEMA. ¿QUÉ ES?
EN LA SALA SE HIZO SILENCIO...
¡UNA PIPA!
CAMINA, CAMINA, Y NO DESHACE EL CAMINO.
UNA CAMPANA...
¿POR QUÉ UNA CAMPANA?
¡ES UN RELOJ!
¡UN RELOJ, CLARO!
¡CAMPANA ES LA TERCERA RESPUESTA! ¿QUIÉN TE HA CHIVADO LOS ACERTIJOS?
¡LAURA, CONFIESA!
SEÑOR FOUSEK, ¡¡¡EN ESTA MESA HAY CINCO PORCIONES DE QUESO!!! ¡¡¡ALGUIEN HA AÑADIDO CUATRO!!!
¡CLARO QUE NO TE PODÍAS EQUIVOCAR! DIME, ¿QUIÉN TE HA AYUDADO?
¡ESCÁNDALO!

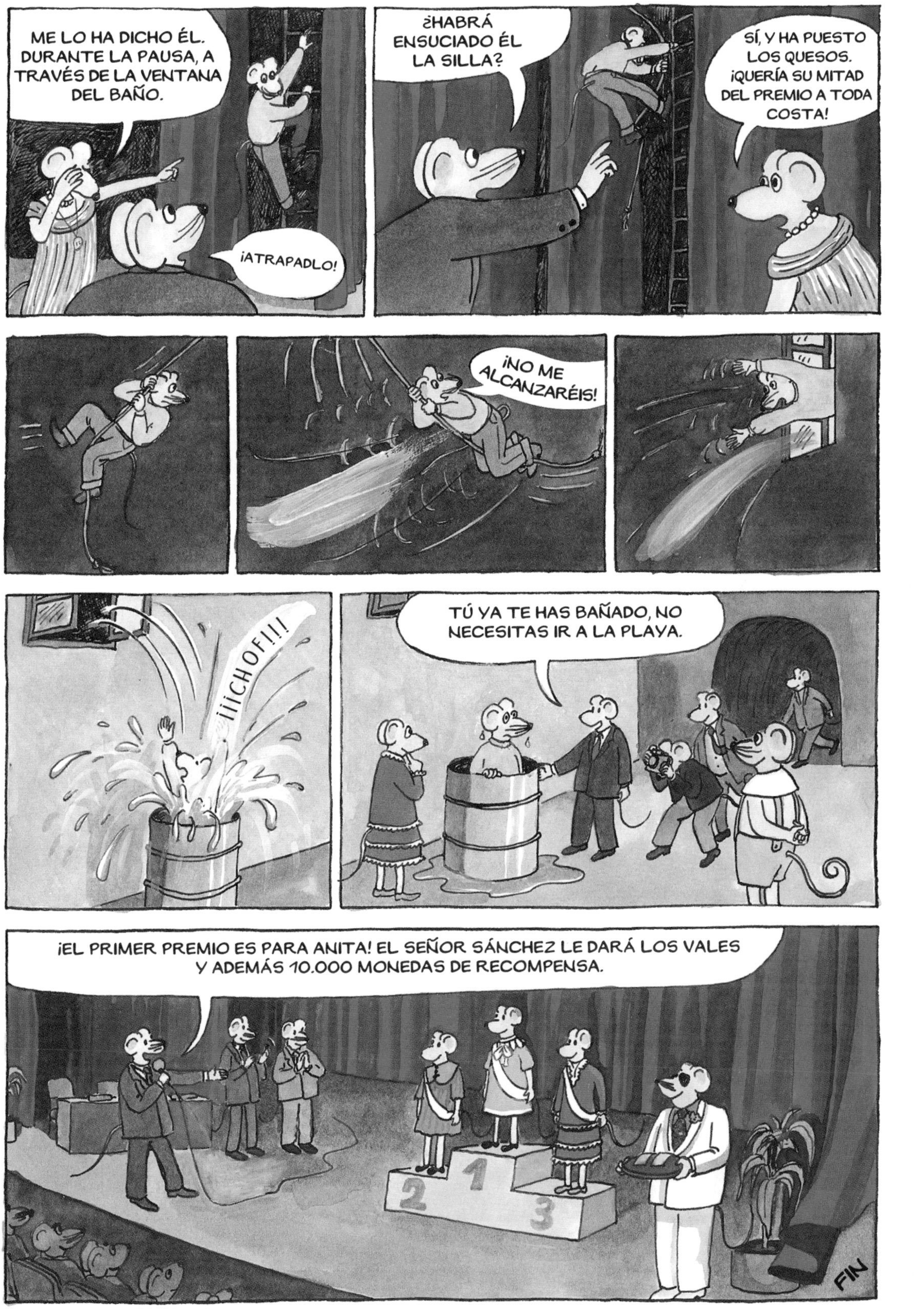
ME LO HA DICHO ÉL. DURANTE LA PAUSA, A TRAVÉS DE LA VENTANA DEL BAÑO.
¡ATRAPADLO!
¿HABRÁ ENSUCIADO ÉL LA SILLA?
SÍ, Y HA PUESTO LOS QUESOS. ¡QUERÍA SU MITAD DEL PREMIO A TODA COSTA!
¡NO ME ALCANZARÉIS!
¡¡¡CHOF!!!
TÚ YA TE HAS BAÑADO, NO NECESITAS IR A LA PLAYA.
¡EL PRIMER PREMIO ES PARA ANITA! EL SEÑOR SÁNCHEZ LE DARÁ LOS VALES Y ADEMÁS 10.000 MONEDAS DE RECOMPENSA.
2
1
3
FIN

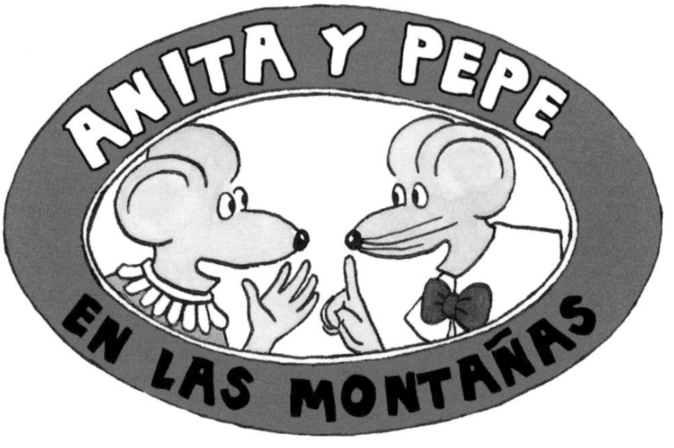
ANITA Y PEPE
EN LAS MONTAÑAS

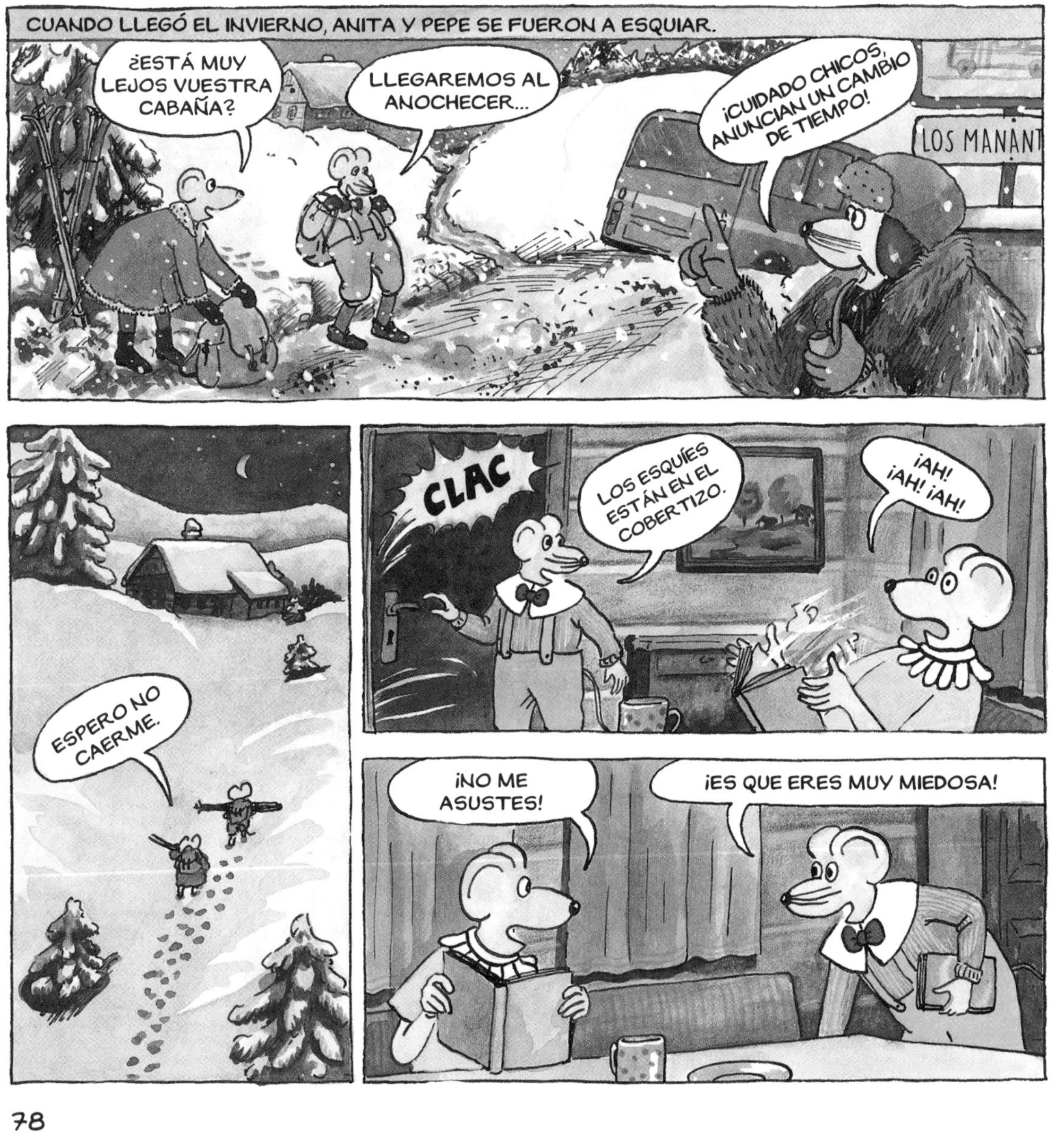
CUANDO LLEGÓ EL INVIERNO, ANITA Y PEPE SE FUERON A ESQUIAR.
¿ESTÁ MUY LEJOS VUESTRA CABAÑA?
LLEGAREMOS AL ANOCHECER...
¡CUIDADO CHICOS, ANUNCIAN UN CAMBIO DE TIEMPO!
LOS MANANT
ESPERO NO CAERME.
CLAC
LOS ESQUÍES ESTÁN EN EL COBERTIZO.
¡AH! ¡AH! ¡AH!
¡NO ME ASUSTES!
¡ES QUE ERES MUY MIEDOSA!

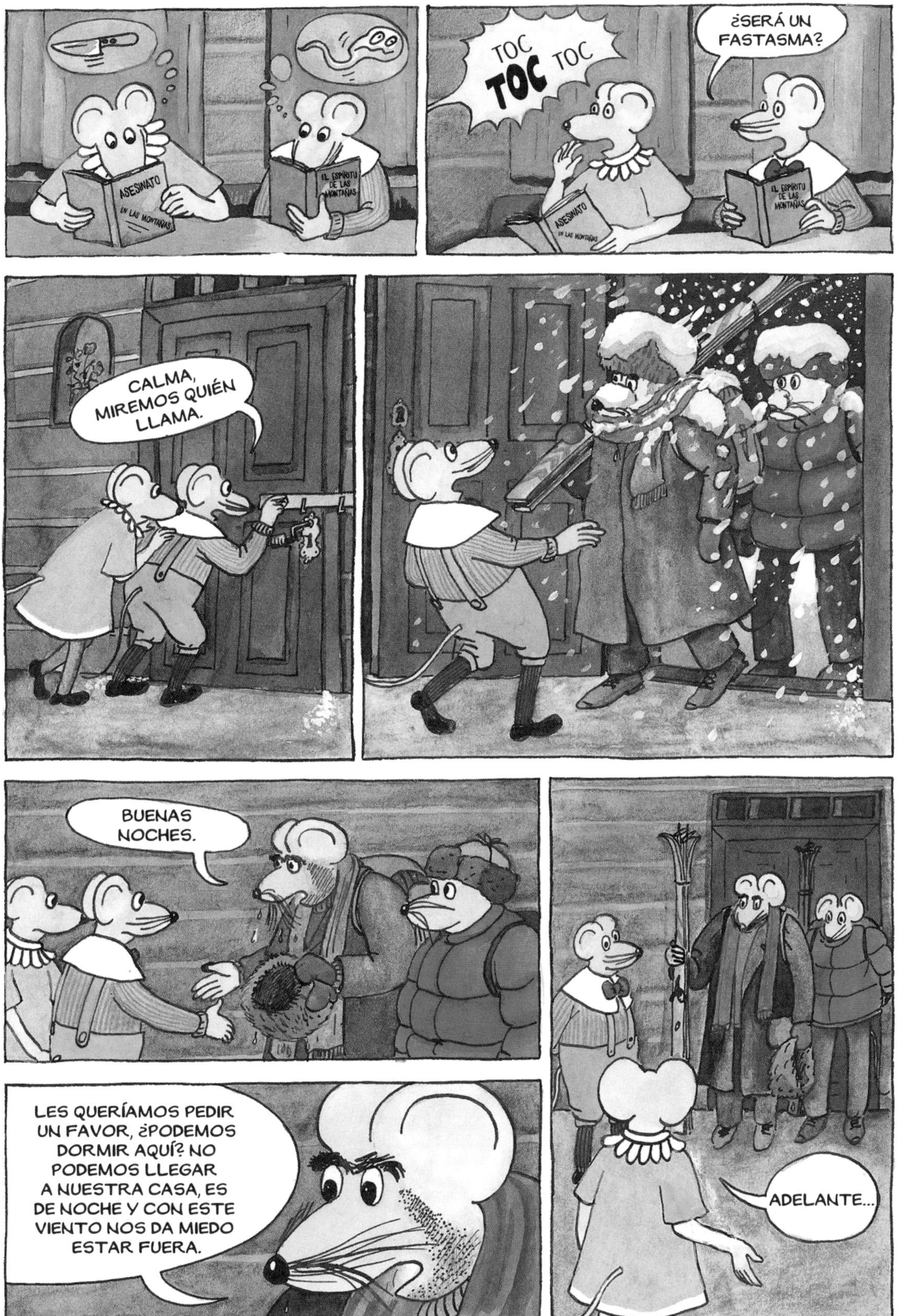
ASESINATO EN LAS MONTAÑAS
EL ESPÍRITU DE LAS MONTAÑAS
TOC TOC TOC
¿SERÁ UN FASTASMA?
CALMA, MIREMOS QUIÉN LLAMA.
BUENAS NOCHES.
LES QUERÍAMOS PEDIR UN FAVOR, ¿PODEMOS DORMIR AQUÍ? NO PODEMOS LLEGAR A NUESTRA CASA, ES DE NOCHE Y CON ESTE VIENTO NOS DA MIEDO ESTAR FUERA.
ADELANTE...

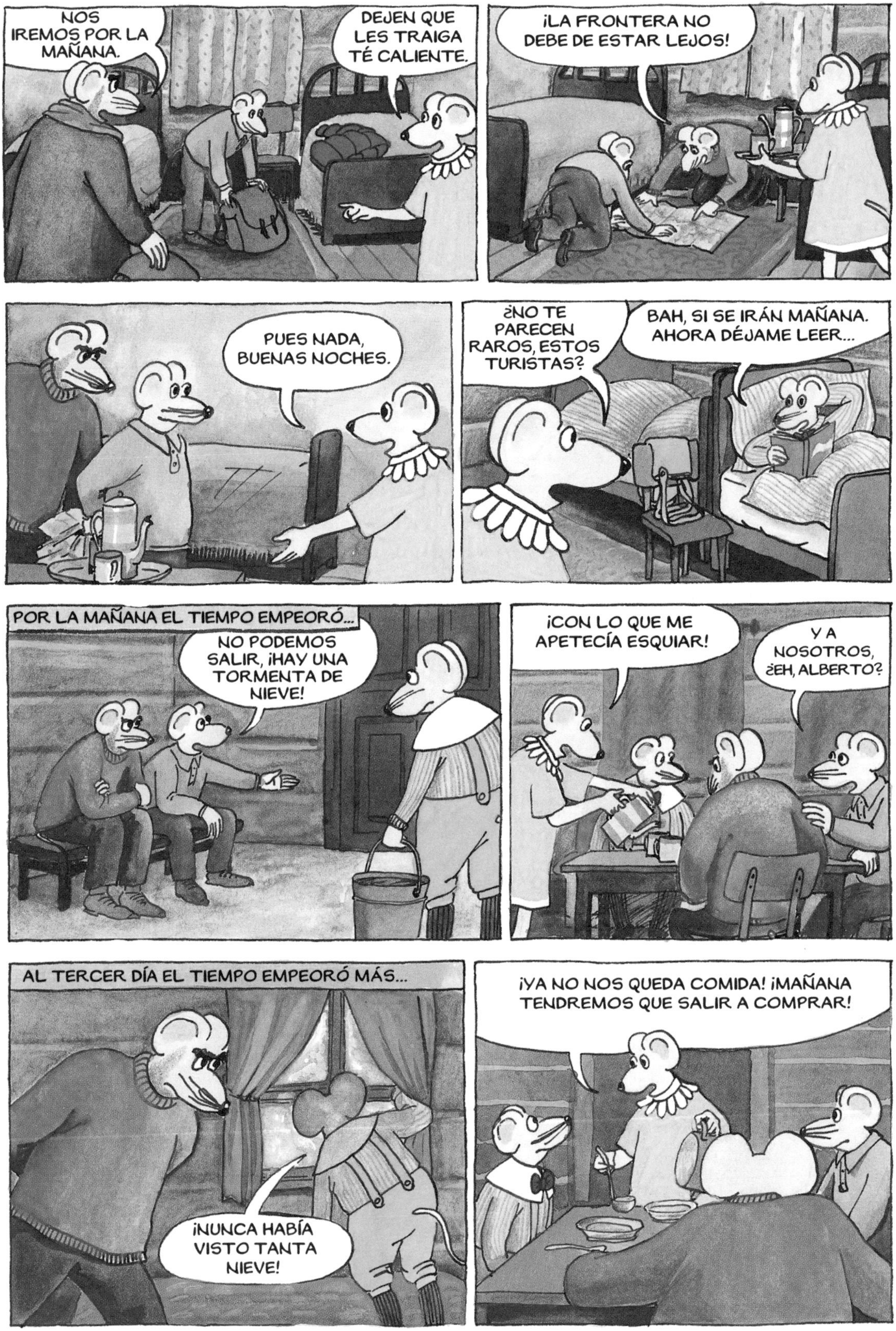
NOS IREMOS POR LA MAÑANA.
DEJEN QUE LES TRAIGA TÉ CALIENTE.
¡LA FRONTERA NO DEBE DE ESTAR LEJOS!
PUES NADA, BUENAS NOCHES.
¿NO TE PARECEN RAROS, ESTOS TURISTAS?
BAH, SI SE IRÁN MAÑANA. AHORA DÉJAME LEER...
POR LA MAÑANA EL TIEMPO EMPEORÓ...
NO PODEMOS SALIR, ¡HAY UNA TORMENTA DE NIEVE!
¡CON LO QUE ME APETECÍA ESQUIAR!
Y A NOSOTROS, ¿EH, ALBERTO?
AL TERCER DÍA EL TIEMPO EMPEORÓ MÁS...
¡NUNCA HABÍA VISTO TANTA NIEVE!
¡YA NO NOS QUEDA COMIDA! ¡MAÑANA TENDREMOS QUE SALIR A COMPRAR!

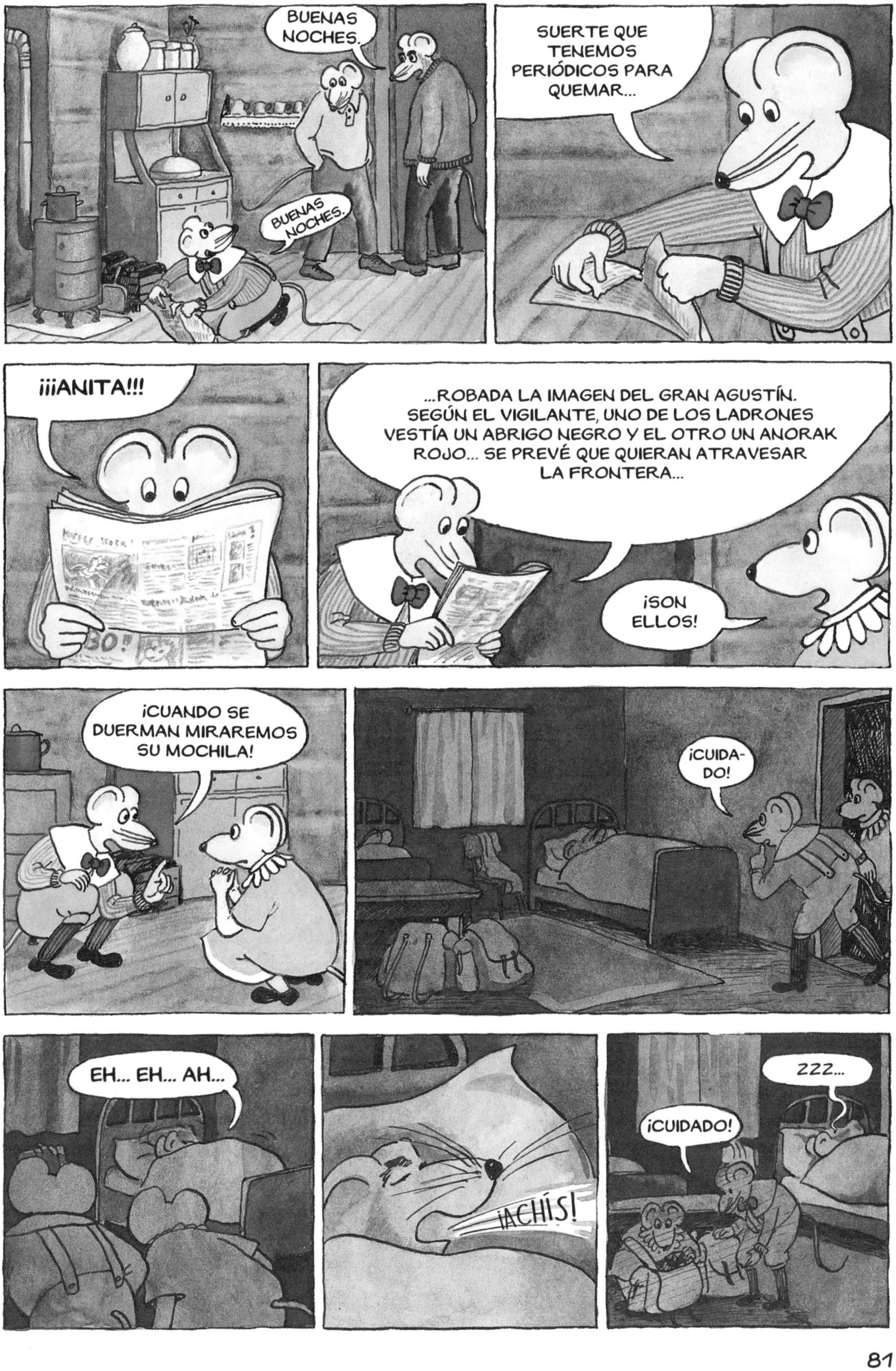
BUENAS NOCHES.
BUENAS NOCHES.
SUERTE QUE TENEMOS PERIÓDICOS PARA QUEMAR...
¡¡¡ANITA!!!
...ROBADA LA IMAGEN DEL GRAN AGUSTÍN. SEGÚN EL VIGILANTE, UNO DE LOS LADRONES VESTÍA UN ABRIGO NEGRO Y EL OTRO UN ANORAK ROJO... SE PREVÉ QUE QUIERAN ATRAVESAR LA FRONTERA...
¡SON ELLOS!
¡CUANDO SE DUERMAN MIRAREMOS SU MOCHILA!
¡CUIDA-DO!
EH... EH... AH...
¡ACHÍS!
¡CUIDADO!
ZZZ...

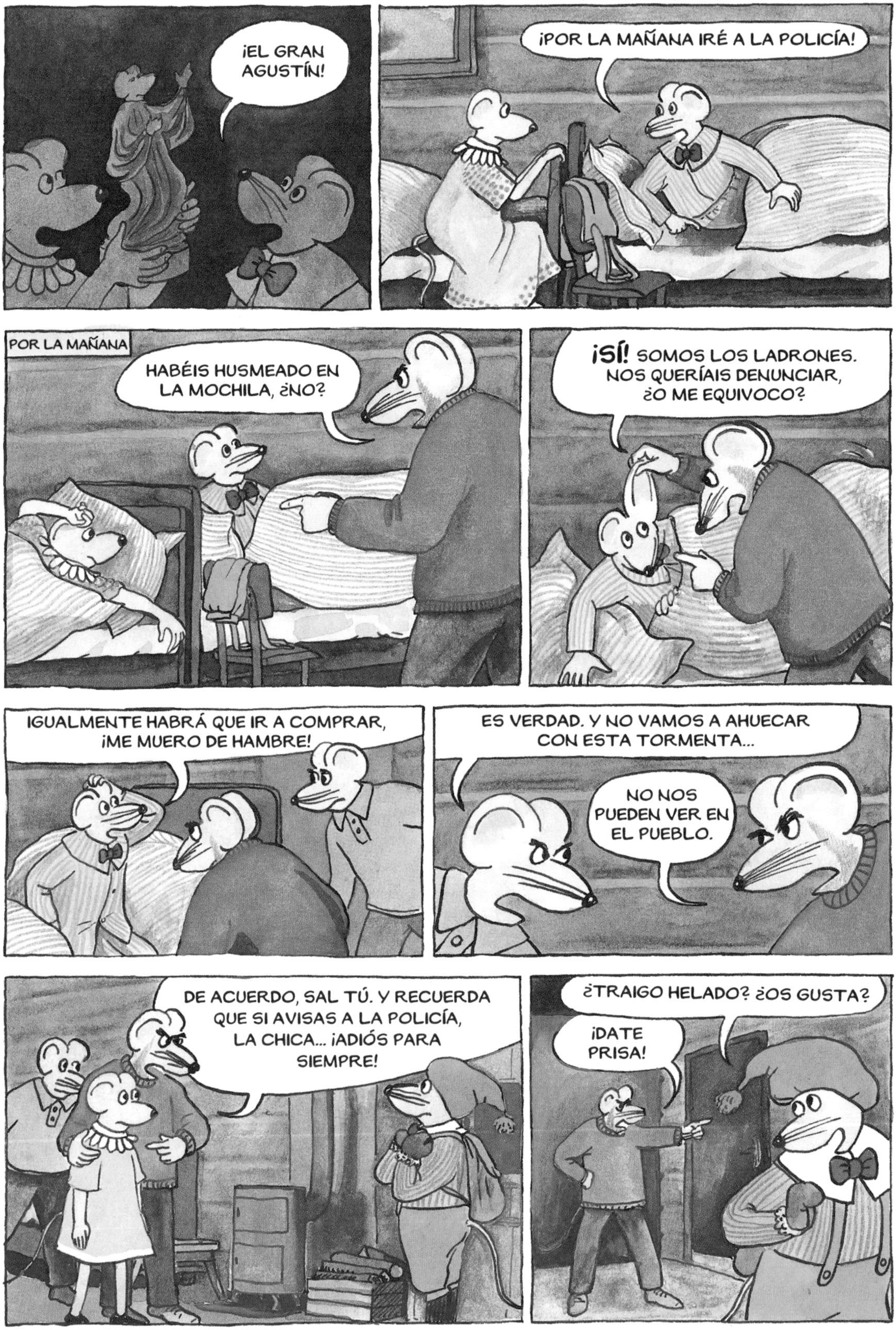
¡EL GRAN AGUSTÍN!
¡POR LA MAÑANA IRÉ A LA POLICÍA!
POR LA MAÑANA
HABÉIS HUSMEADO EN LA MOCHILA, ¿NO?
¡SÍ! SOMOS LOS LADRONES. NOS QUERÍAIS DENUNCIAR, ¿O ME EQUIVOCO?
IGUALMENTE HABRÁ QUE IR A COMPRAR, ¡ME MUERO DE HAMBRE!
ES VERDAD. Y NO VAMOS A AHUECAR CON ESTA TORMENTA...
NO NOS PUEDEN VER EN EL PUEBLO.
DE ACUERDO, SAL TÚ. Y RECUERDA QUE SI AVISAS A LA POLICÍA, LA CHICA... ¡ADIÓS PARA SIEMPRE!
¿TRAIGO HELADO? ¿OS GUSTA?
¡DATE PRISA!

AFUERA HACÍA UN TIEMPO DE MIL DEMONIOS...

EN LA CABAÑA ESPERARON UN BUEN RATO.

SI NOS DENUNCIA, ¡VERÁS!

¡ESCONDE LA PISTOLA, GILBERTO!

... HASTA QUE AL FIN...

NI SIQUIERA HE LLEGADO AL PUEBLO. ME HE RESBALADO Y ESTOY HELADO...

SUERTE QUE TENEMOS LA ESTUFA...

ANITA, VEN, VAMOS A PARTIR LEÑA...

¡RÁPIDO! HE IDO A LOS MANANTIALES, ¡LA POLICÍA LLEGARÁ PRONTO!

¡DE PRISA! ¡TENEMOS QUE DESAPARECER!

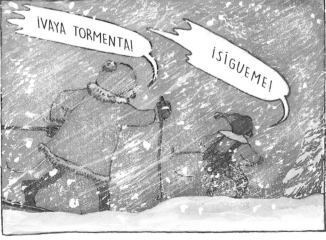

¡VAYA TORMENTA!

¡SÍGUEME!

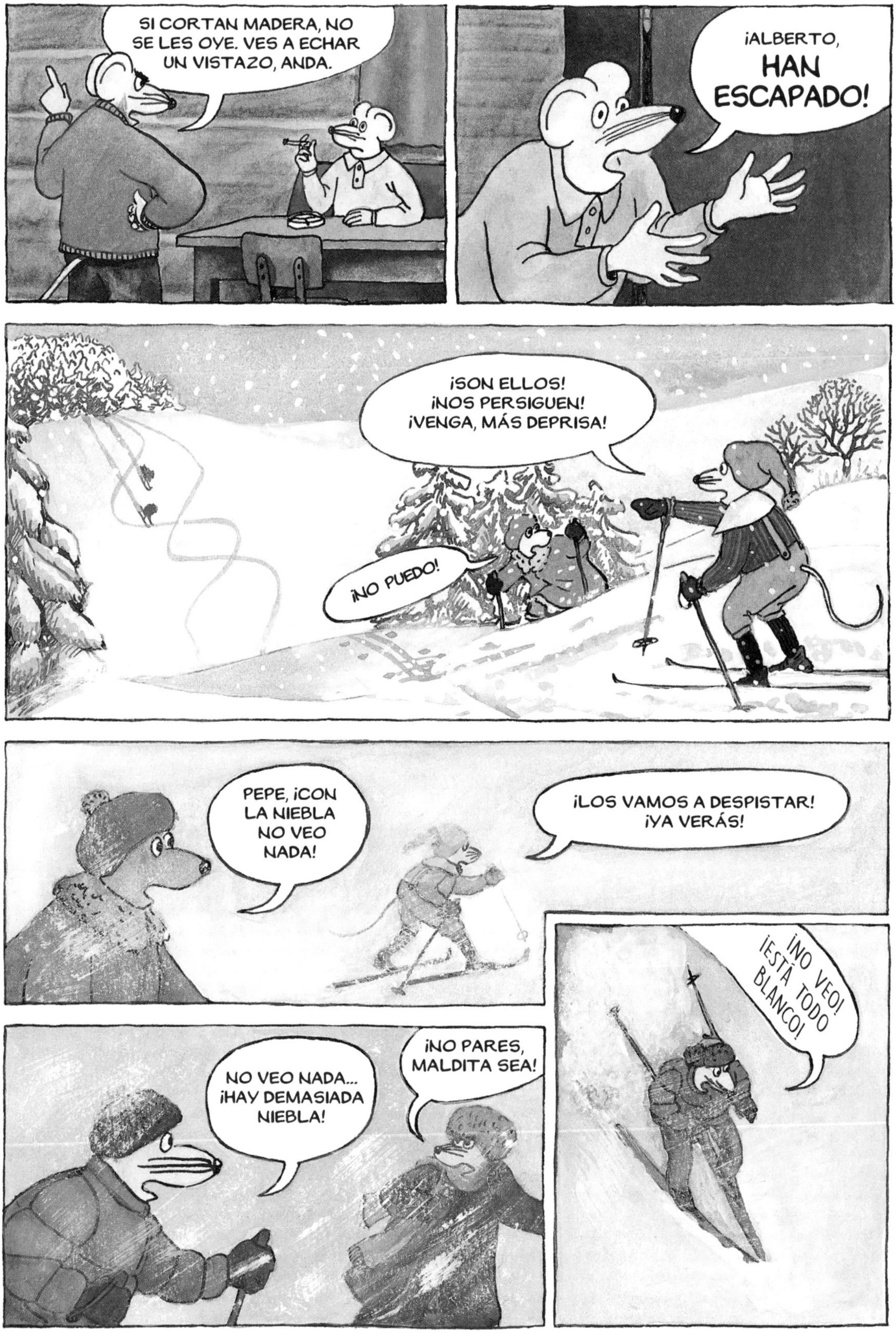

SI CORTAN MADERA, NO SE LES OYE. VES A ECHAR UN VISTAZO, ANDA.
¡ALBERTO, HAN ESCAPADO!
¡SON ELLOS! ¡NOS PERSIGUEN! ¡VENGA, MÁS DEPRISA!
¡NO PUEDO!
PEPE, ¡CON LA NIEBLA NO VEO NADA!
¡LOS VAMOS A DESPISTAR! ¡YA VERÁS!
NO VEO NADA... ¡HAY DEMASIADA NIEBLA!
¡NO PARES, MALDITA SEA!
¡NO VEO! ¡ESTÁ TODO BLANCO!

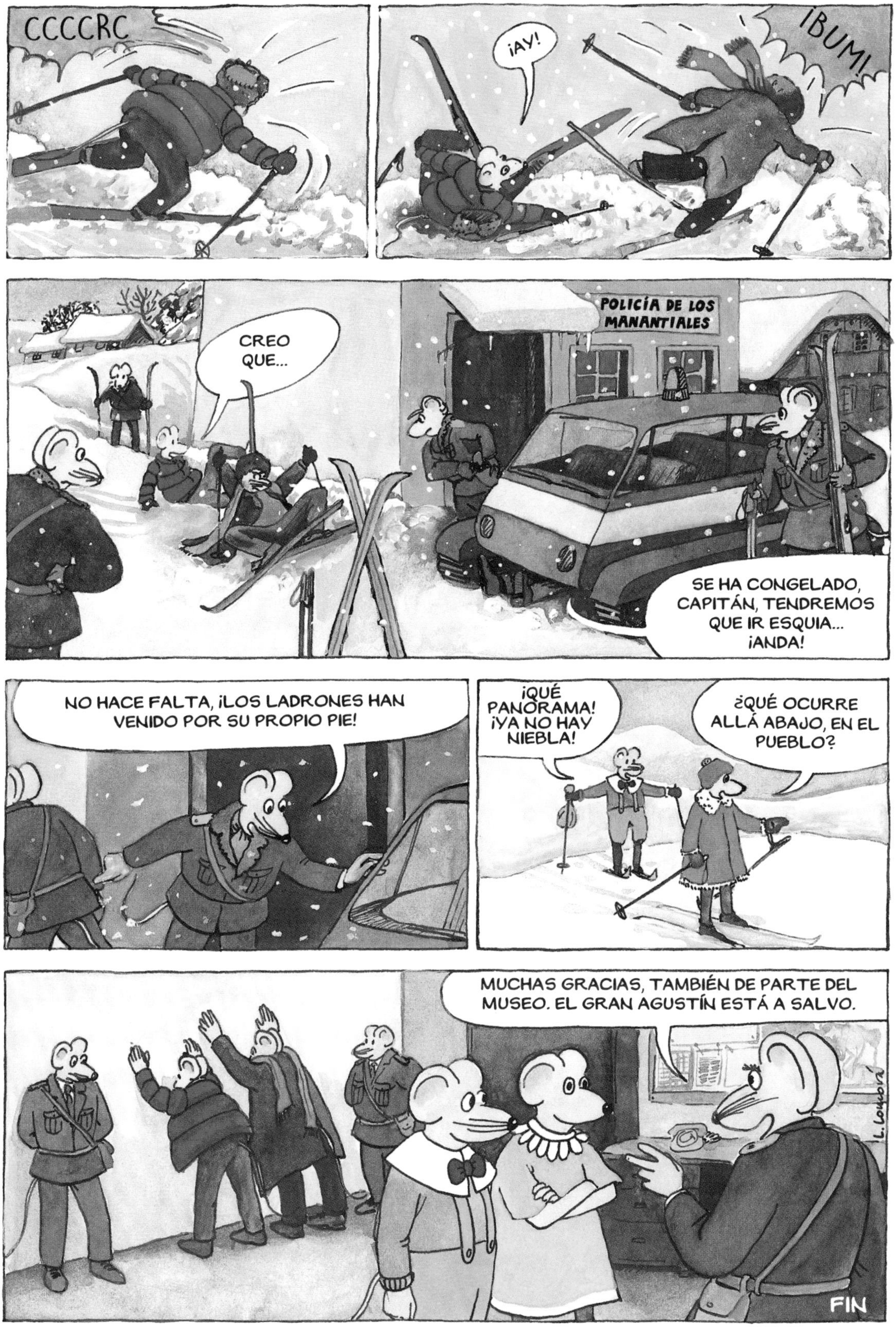
CCCCRC
¡AY!
¡BUM!
CREO QUE...
POLICÍA DE LOS MANANTIALES
SE HA CONGELADO, CAPITÁN, TENDREMOS QUE IR ESQUIA... ¡ANDA!
NO HACE FALTA, ¡LOS LADRONES HAN VENIDO POR SU PROPIO PIE!
¡QUÉ PANORAMA! ¡YA NO HAY NIEBLA!
¿QUÉ OCURRE ALLÁ ABAJO, EN EL PUEBLO?
MUCHAS GRACIAS, TAMBIÉN DE PARTE DEL MUSEO. EL GRAN AGUSTÍN ESTÁ A SALVO.
L. LOUCOVÁ
FIN

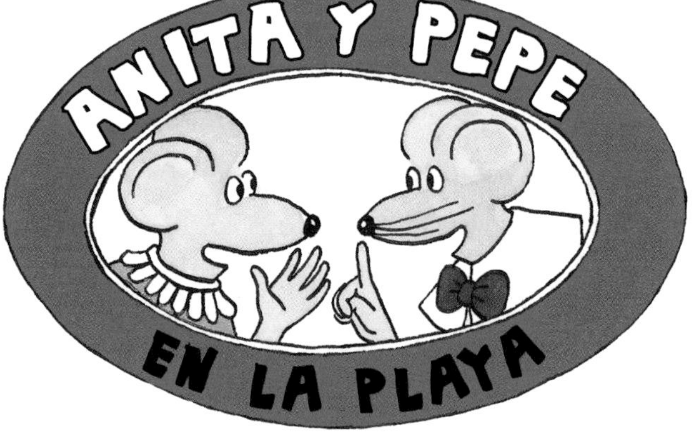
ANITA Y PEPE
EN LA PLAYA

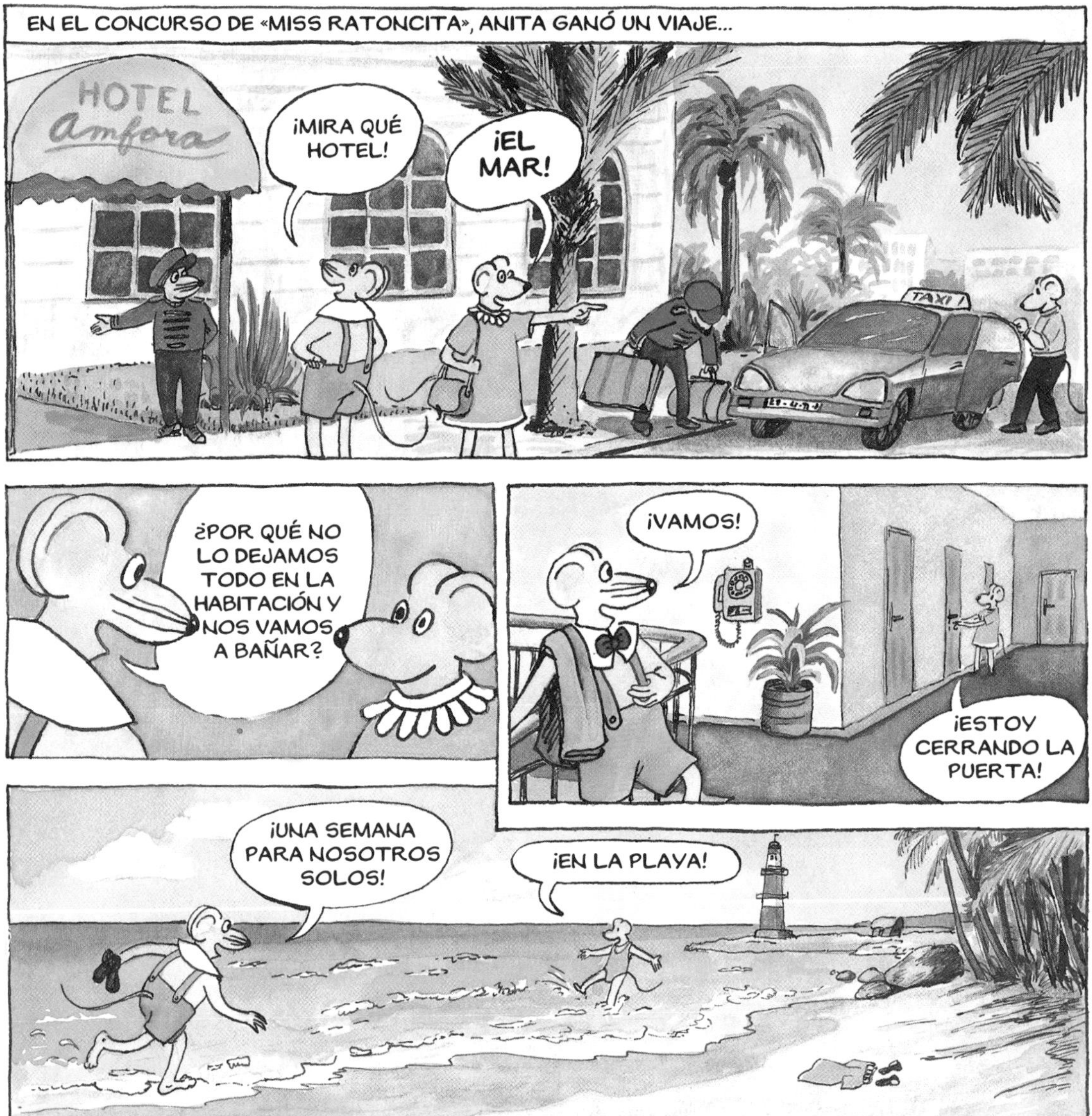
EN EL CONCURSO DE «MISS RATONCITA», ANITA GANÓ UN VIAJE...
HOTEL amfora
¡MIRA QUÉ HOTEL!
¡EL MAR!
TAXI
¿POR QUÉ NO LO DEJAMOS TODO EN LA HABITACIÓN Y NOS VAMOS A BAÑAR?
¡VAMOS!
¡ESTOY CERRANDO LA PUERTA!
¡UNA SEMANA PARA NOSOTROS SOLOS!
¡EN LA PLAYA!

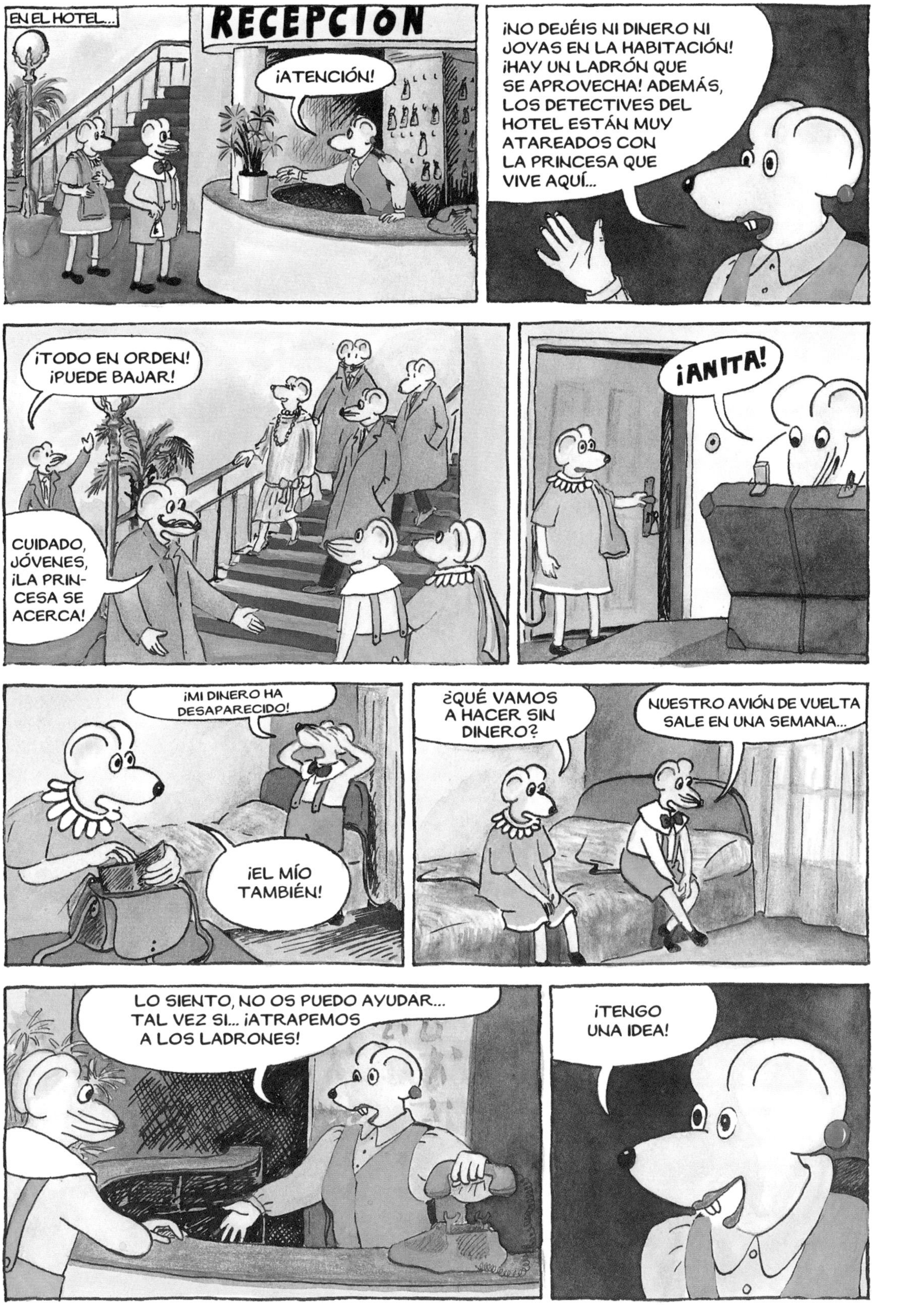
EN EL HOTEL...
RECEPCIÓN
¡ATENCIÓN!
¡NO DEJÉIS NI DINERO NI JOYAS EN LA HABITACIÓN! ¡HAY UN LADRÓN QUE SE APROVECHA! ADEMÁS, LOS DETECTIVES DEL HOTEL ESTÁN MUY ATAREADOS CON LA PRINCESA QUE VIVE AQUÍ...
¡TODO EN ORDEN! ¡PUEDE BAJAR!
CUIDADO, JÓVENES, ¡LA PRINCESA SE ACERCA!
¡ANITA!
¡MI DINERO HA DESAPARECIDO!
¡EL MÍO TAMBIÉN!
¿QUÉ VAMOS A HACER SIN DINERO?
NUESTRO AVIÓN DE VUELTA SALE EN UNA SEMANA...
LO SIENTO, NO OS PUEDO AYUDAR... TAL VEZ SI... ¡ATRAPEMOS A LOS LADRONES!
¡TENGO UNA IDEA!

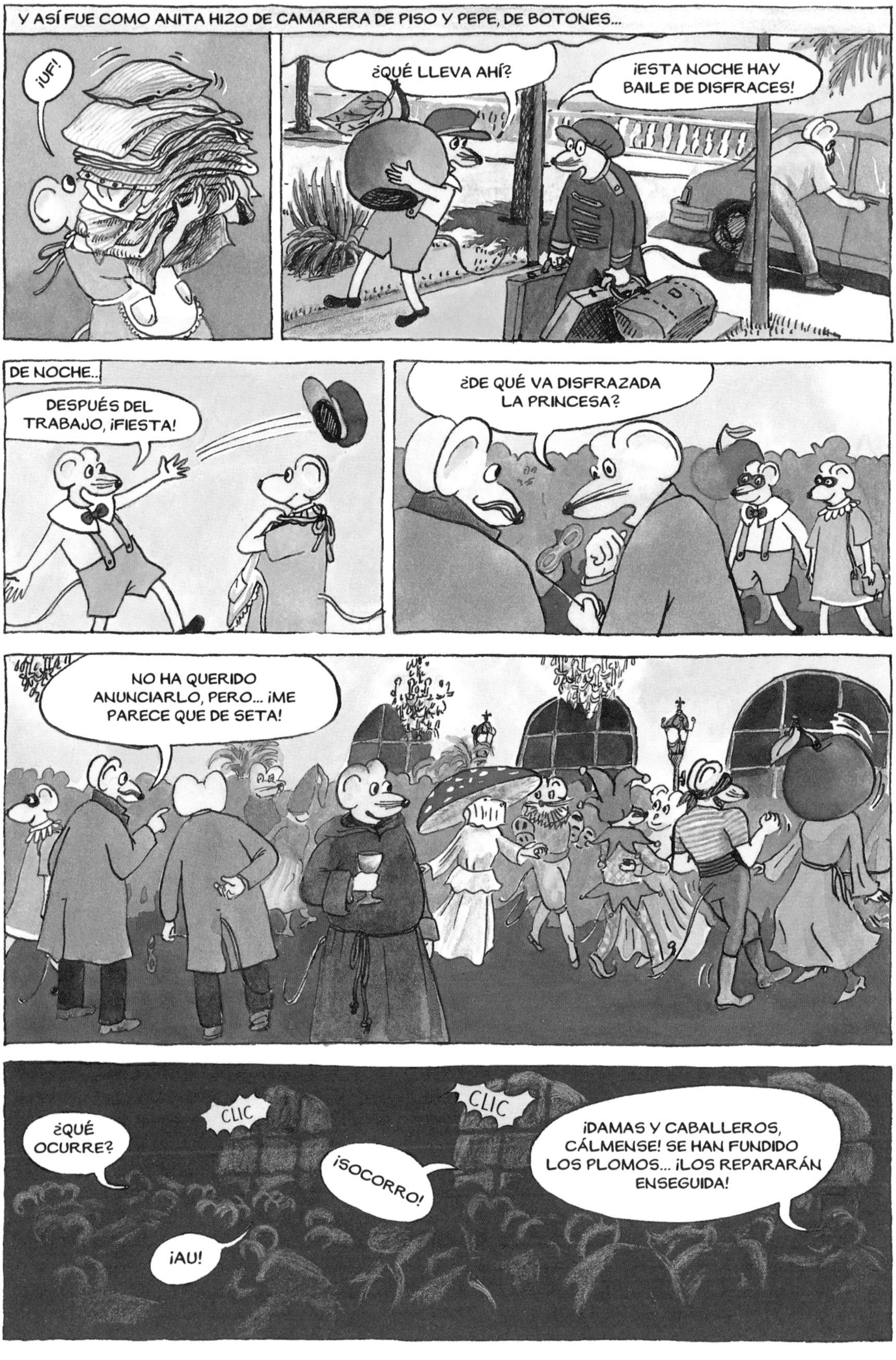

Y ASÍ FUE COMO ANITA HIZO DE CAMARERA DE PISO Y PEPE, DE BOTONES...
¡UF!
¿QUÉ LLEVA AHÍ?
¡ESTA NOCHE HAY BAILE DE DISFRACES!
DE NOCHE...
DESPUÉS DEL TRABAJO, ¡FIESTA!
¿DE QUÉ VA DISFRAZADA LA PRINCESA?
NO HA QUERIDO ANUNCIARLO, PERO... ¡ME PARECE QUE DE SETA!
CLIC
CLIC
¿QUÉ OCURRE?
¡SOCORRO!
¡DAMAS Y CABALLEROS, CÁLMENSE! SE HAN FUNDIDO LOS PLOMOS... ¡LOS REPARARÁN ENSEGUIDA!
¡AU!

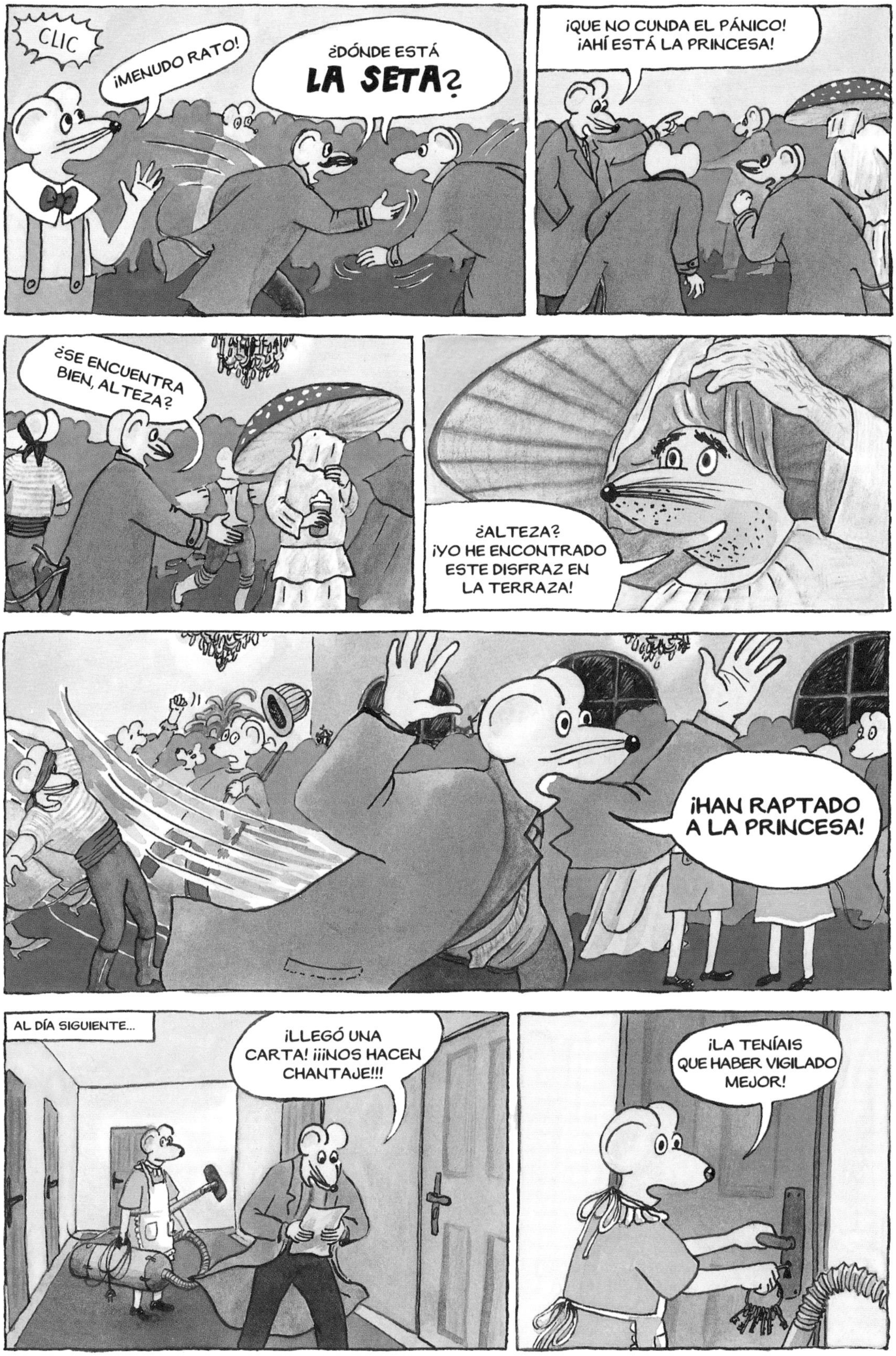
CLIC
¡MENUDO RATO!
¿DÓNDE ESTÁ LA SETA?
¡QUE NO CUNDA EL PÁNICO! ¡AHÍ ESTÁ LA PRINCESA!
¿SE ENCUENTRA BIEN, ALTEZA?
¿ALTEZA? ¡YO HE ENCONTRADO ESTE DISFRAZ EN LA TERRAZA!
¡HAN RAPTADO A LA PRINCESA!
AL DÍA SIGUIENTE...
¡LLEGÓ UNA CARTA! ¡¡¡NOS HACEN CHANTAJE!!!
¡LA TENÍAIS QUE HABER VIGILADO MEJOR!

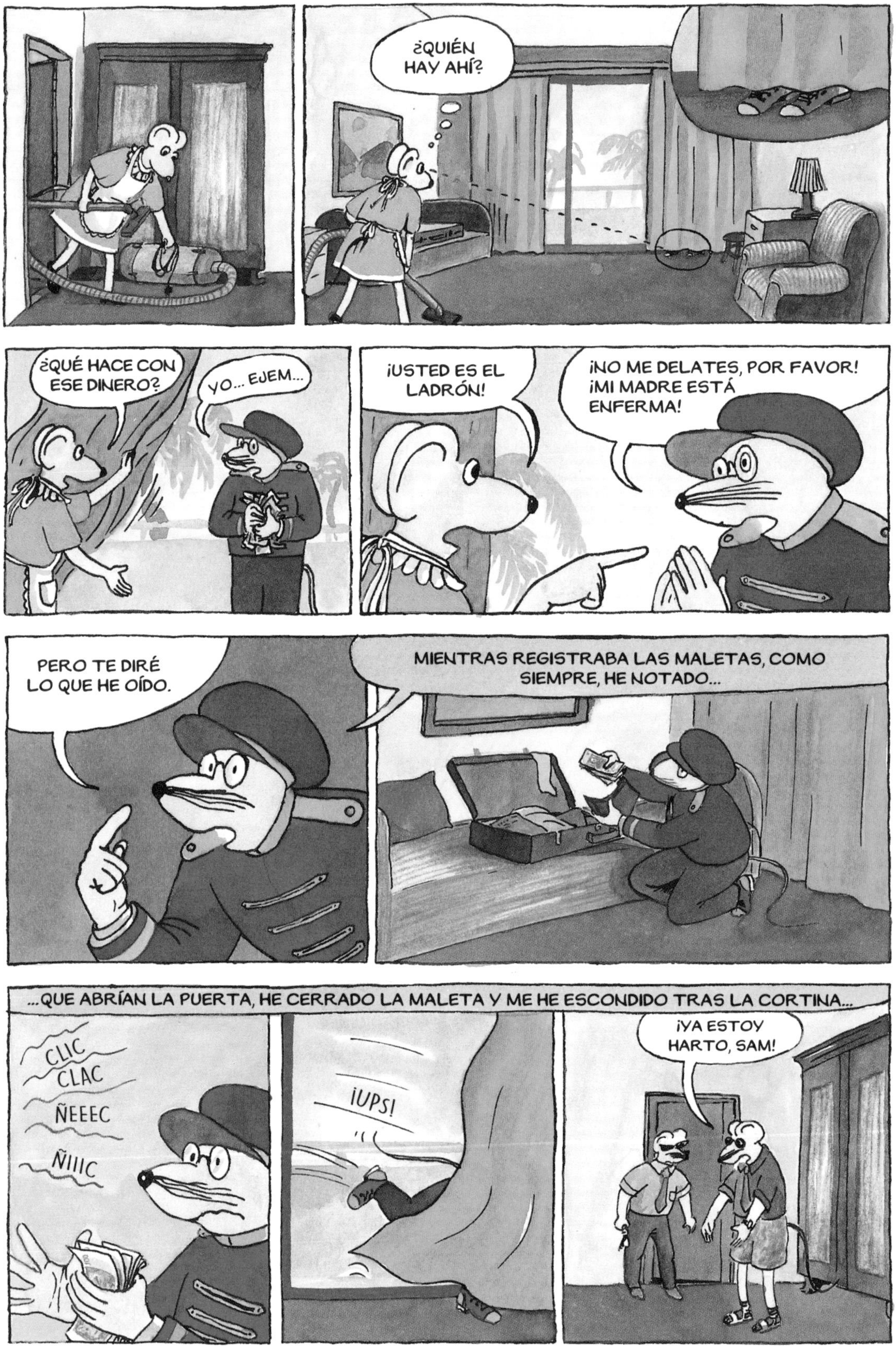
¿QUIÉN HAY AHÍ?
¿QUÉ HACE CON ESE DINERO?
YO... EJEM...
¡USTED ES EL LADRÓN!
¡NO ME DELATES, POR FAVOR! ¡MI MADRE ESTÁ ENFERMA!
PERO TE DIRÉ LO QUE HE OÍDO.
MIENTRAS REGISTRABA LAS MALETAS, COMO SIEMPRE, HE NOTADO...
...QUE ABRÍAN LA PUERTA, HE CERRADO LA MALETA Y ME HE ESCONDIDO TRAS LA CORTINA...
CLIC
CLAC
ÑEEEC
ÑIIIC
¡UPS!
¡YA ESTOY HARTO, SAM!

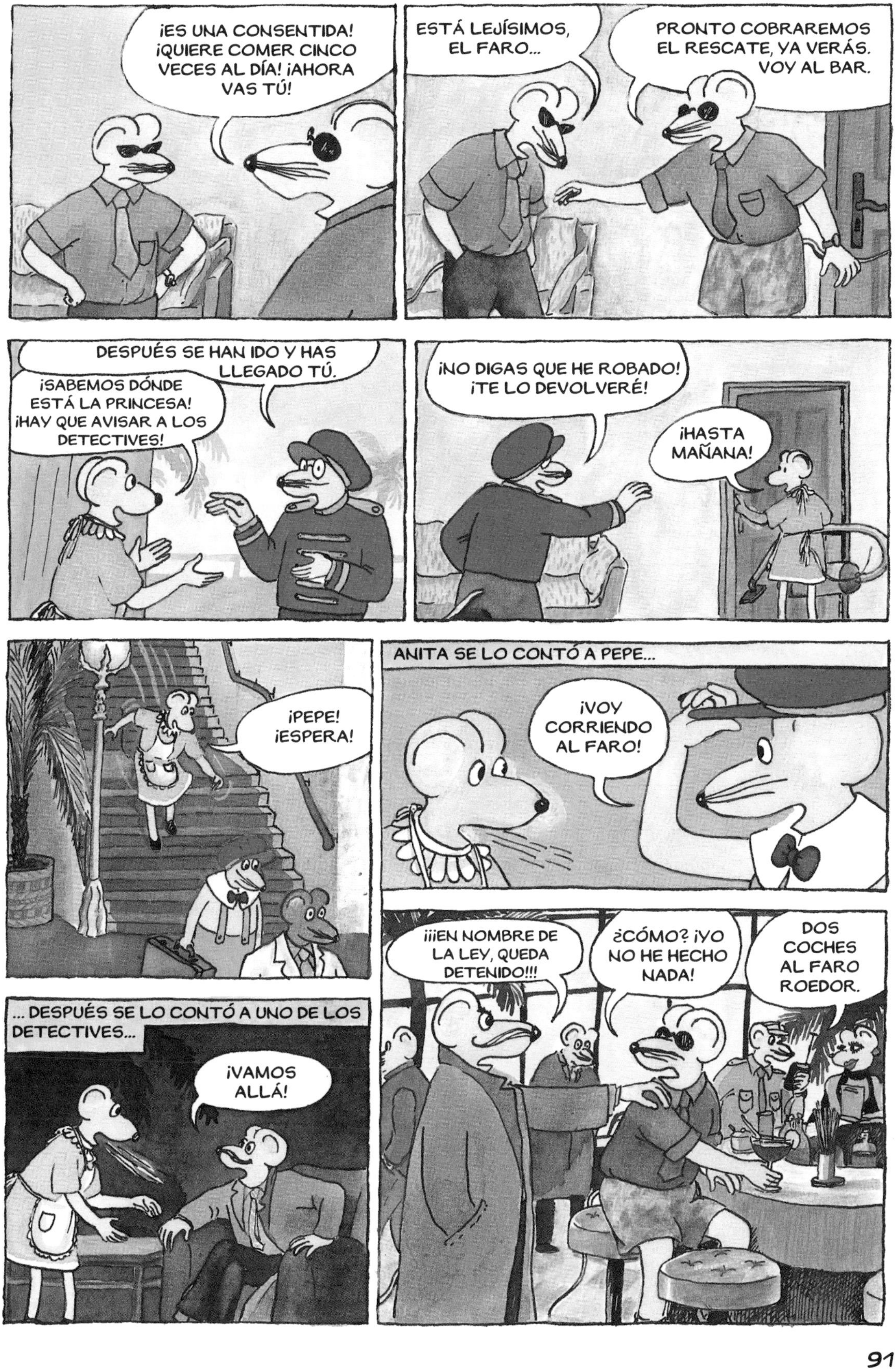
¡ES UNA CONSENTIDA! ¡QUIERE COMER CINCO VECES AL DÍA! ¡AHORA VAS TÚ!
ESTÁ LEJÍSIMOS, EL FARO...
PRONTO COBRAREMOS EL RESCATE, YA VERÁS. VOY AL BAR.
DESPUÉS SE HAN IDO Y HAS LLEGADO TÚ.
¡SABEMOS DÓNDE ESTÁ LA PRINCESA! ¡HAY QUE AVISAR A LOS DETECTIVES!
¡NO DIGAS QUE HE ROBADO! ¡TE LO DEVOLVERÉ!
¡HASTA MAÑANA!
¡PEPE! ¡ESPERA!
ANITA SE LO CONTÓ A PEPE...
¡VOY CORRIENDO AL FARO!
... DESPUÉS SE LO CONTÓ A UNO DE LOS DETECTIVES...
¡VAMOS ALLÁ!
¡¡¡EN NOMBRE DE LA LEY, QUEDA DETENIDO!!!
¿CÓMO? ¡YO NO HE HECHO NADA!
DOS COCHES AL FARO ROEDOR.

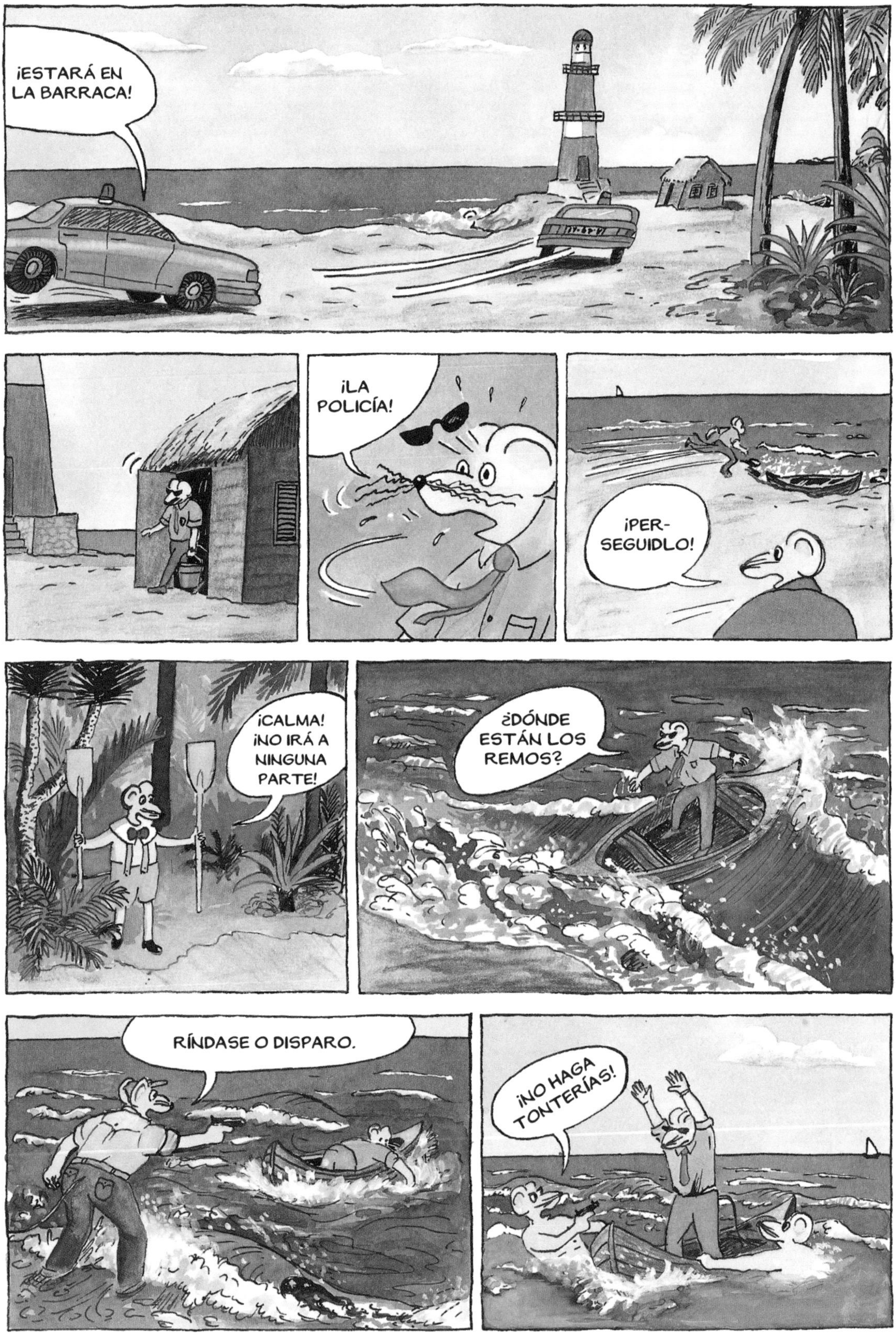
¡ESTARÁ EN LA BARRACA!
¡LA POLICÍA!
¡PER-SEGUIDLO!
¡CALMA! ¡NO IRÁ A NINGUNA PARTE!
¿DÓNDE ESTÁN LOS REMOS?
RÍNDASE O DISPARO.
¡NO HAGA TONTERÍAS!

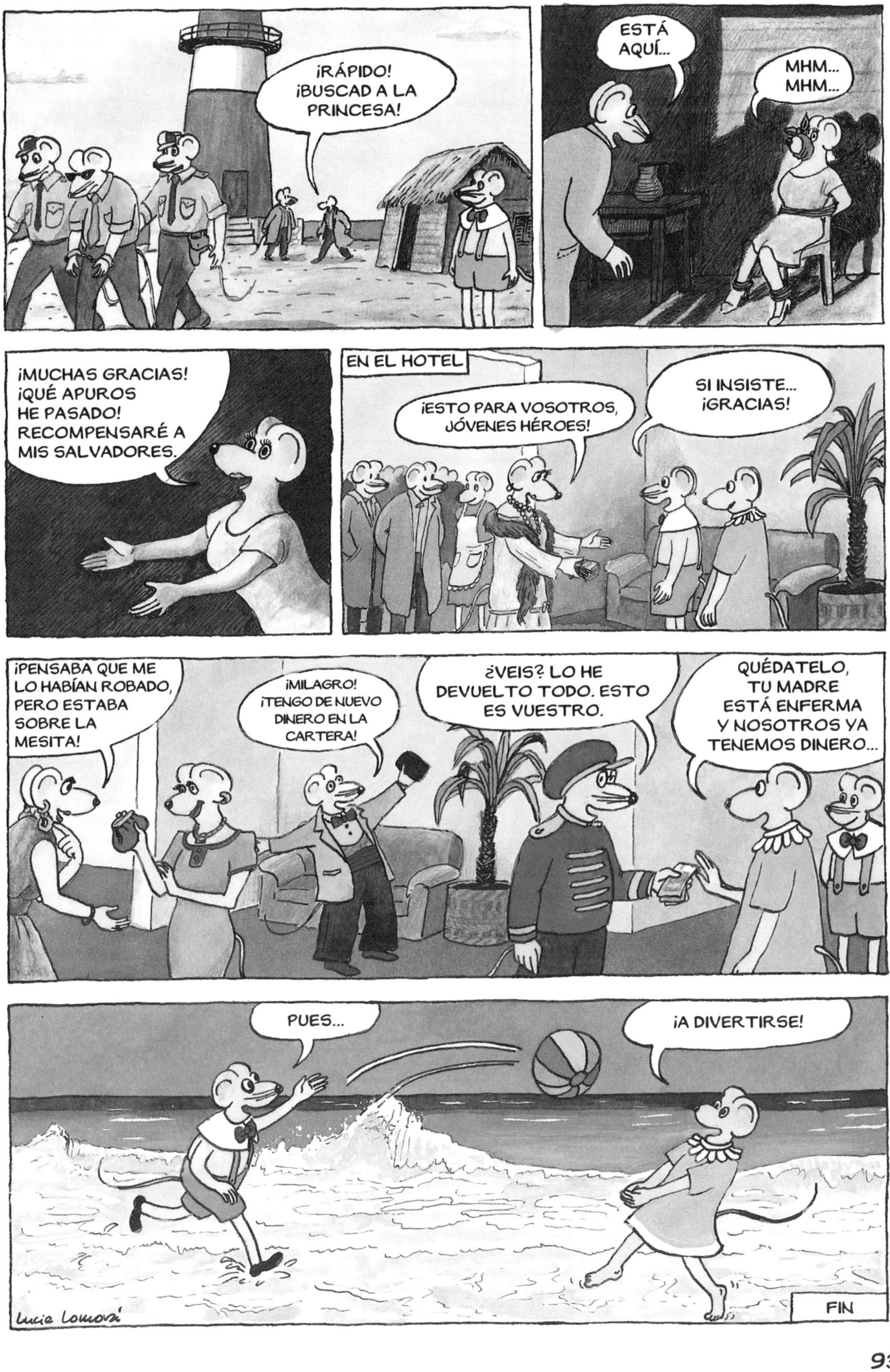
¡RÁPIDO!
¡BUSCAD A LA PRINCESA!
ESTÁ AQUÍ...
MHM... MHM...
¡MUCHAS GRACIAS! ¡QUÉ APUROS HE PASADO! RECOMPENSARÉ A MIS SALVADORES.
EN EL HOTEL
¡ESTO PARA VOSOTROS, JÓVENES HÉROES!
SI INSISTE... ¡GRACIAS!
¡PENSABA QUE ME LO HABÍAN ROBADO, PERO ESTABA SOBRE LA MESITA!
¡MILAGRO! ¡TENGO DE NUEVO DINERO EN LA CARTERA!
¿VEIS? LO HE DEVUELTO TODO. ESTO ES VUESTRO.
QUÉDATELO, TU MADRE ESTÁ ENFERMA Y NOSOTROS YA TENEMOS DINERO...
PUES...
¡A DIVERTIRSE!
FIN
Lucie Lomová

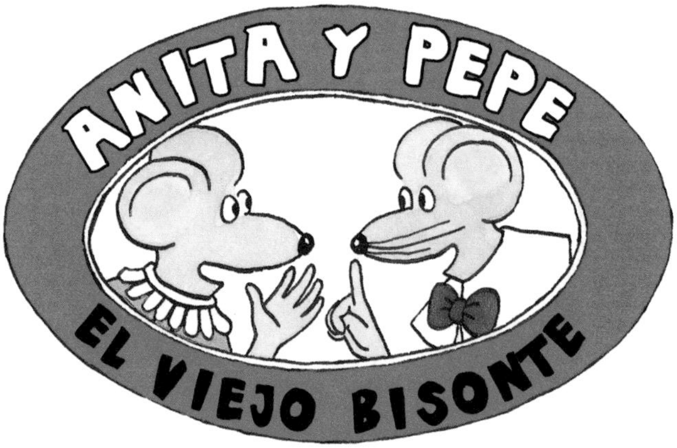
ANITA Y PEPE
EL VIEJO BISONTE

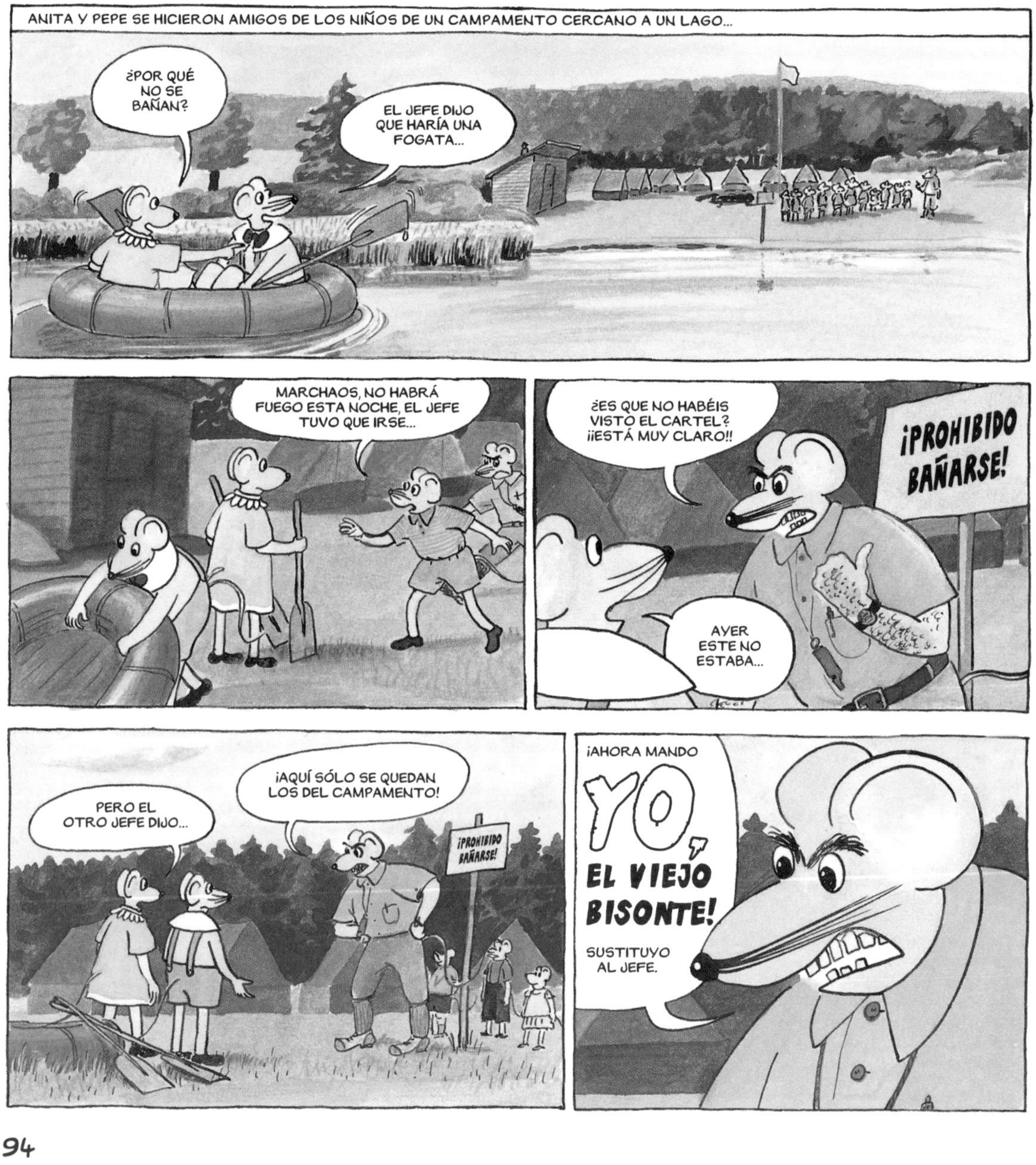
ANITA Y PEPE SE HICIERON AMIGOS DE LOS NIÑOS DE UN CAMPAMENTO CERCANO A UN LAGO...
¿POR QUÉ NO SE BAÑAN?
EL JEFE DIJO QUE HARÍA UNA FOGATA...
MARCHAOS, NO HABRÁ FUEGO ESTA NOCHE, EL JEFE TUVO QUE IRSE...
¿ES QUE NO HABÉIS VISTO EL CARTEL? ¡¡ESTÁ MUY CLARO!!
¡PROHIBIDO BAÑARSE!
AYER ESTE NO ESTABA...
PERO EL OTRO JEFE DIJO...
¡AQUÍ SÓLO SE QUEDAN LOS DEL CAMPAMENTO!
¡PROHIBIDO BAÑARSE!
¡AHORA MANDO YO, EL VIEJO BISONTE!
SUSTITUYO AL JEFE.

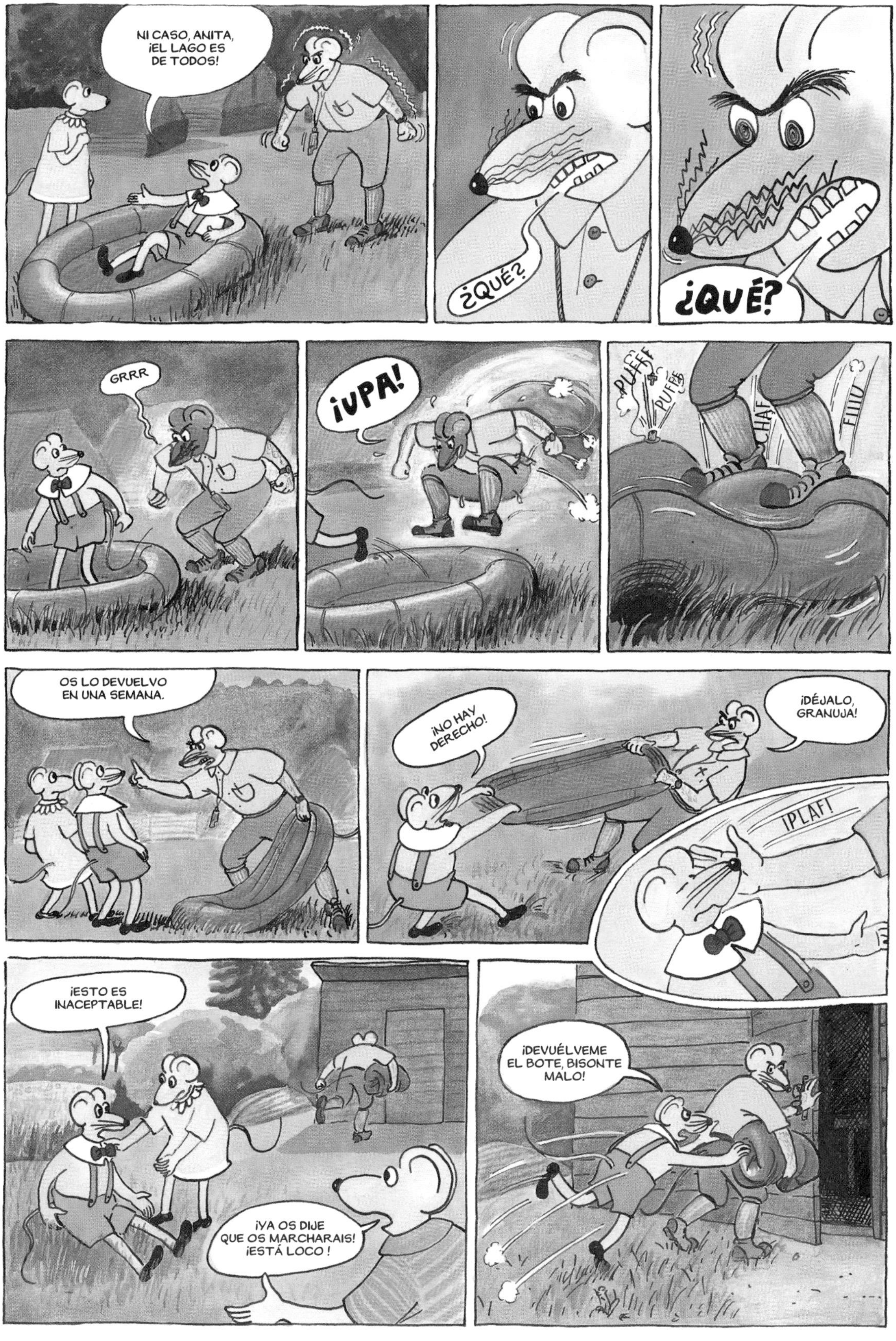
NI CASO, ANITA, ¡EL LAGO ES DE TODOS!
¿QUÉ?
¿QUÉ?
GRRR
¡UPA!
PUFFF
PUFFF
CHAF
FIIIU
OS LO DEVUELVO EN UNA SEMANA.
¡NO HAY DERECHO!
¡DÉJALO, GRANUJA!
¡PLAF!
¡ESTO ES INACEPTABLE!
¡YA OS DIJE QUE OS MARCHARAIS! ¡ESTÁ LOCO !
¡DEVUÉLVEME EL BOTE, BISONTE MALO!

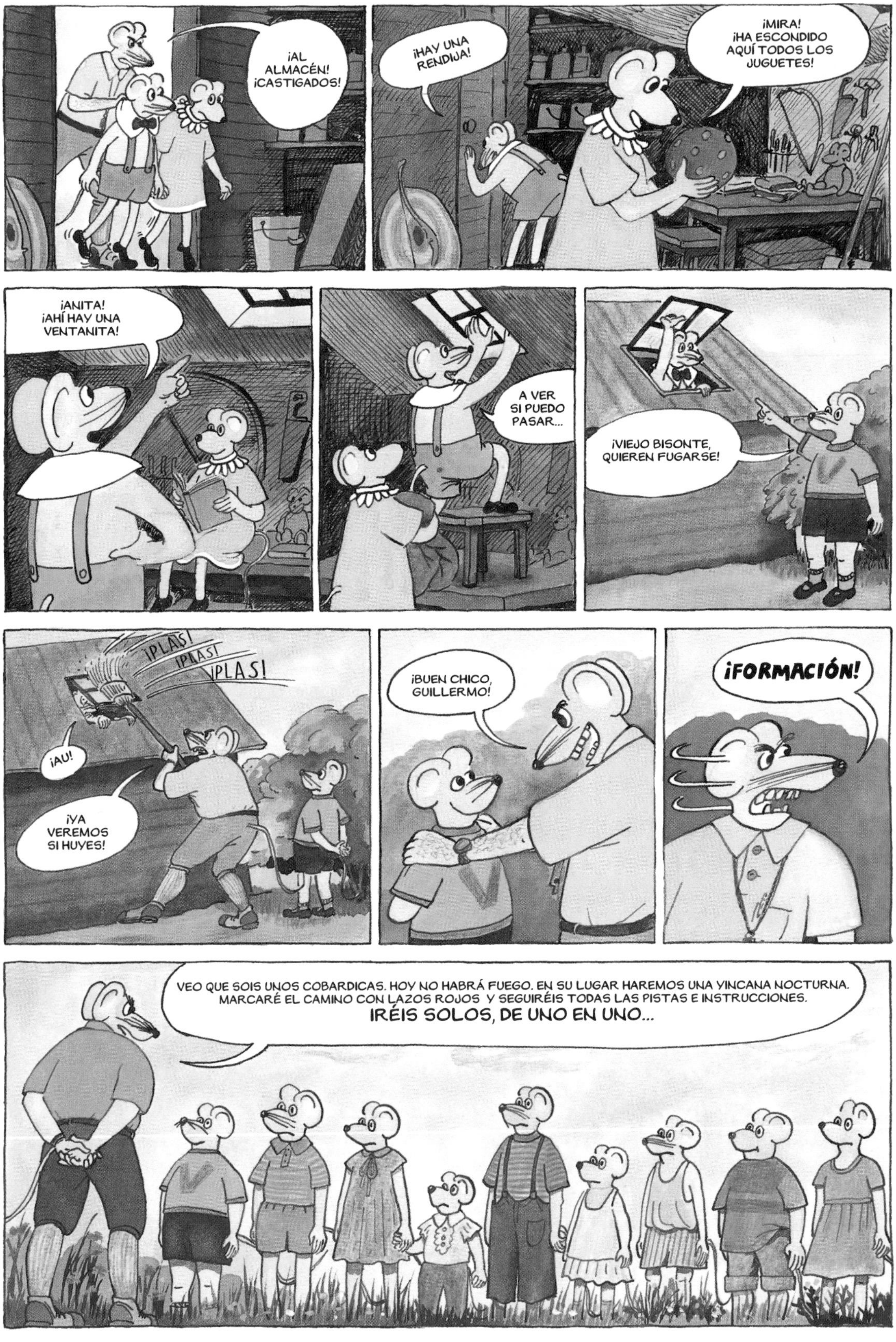
¡AL ALMACÉN! ¡CASTIGADOS!
¡HAY UNA RENDIJA!
¡MIRA! ¡HA ESCONDIDO AQUÍ TODOS LOS JUGUETES!
¡ANITA! ¡AHÍ HAY UNA VENTANITA!
A VER SI PUEDO PASAR...
¡VIEJO BISONTE, QUIEREN FUGARSE!
¡PLAS! ¡PLAS! ¡PLAS!
¡AU!
¡YA VEREMOS SI HUYES!
¡BUEN CHICO, GUILLERMO!
¡FORMACIÓN!
VEO QUE SOIS UNOS COBARDICAS. HOY NO HABRÁ FUEGO. EN SU LUGAR HAREMOS UNA YINCANA NOCTURNA. MARCARÉ EL CAMINO CON LAZOS ROJOS Y SEGUIRÉIS TODAS LAS PISTAS E INSTRUCCIONES.
IRÉIS SOLOS, DE UNO EN UNO...

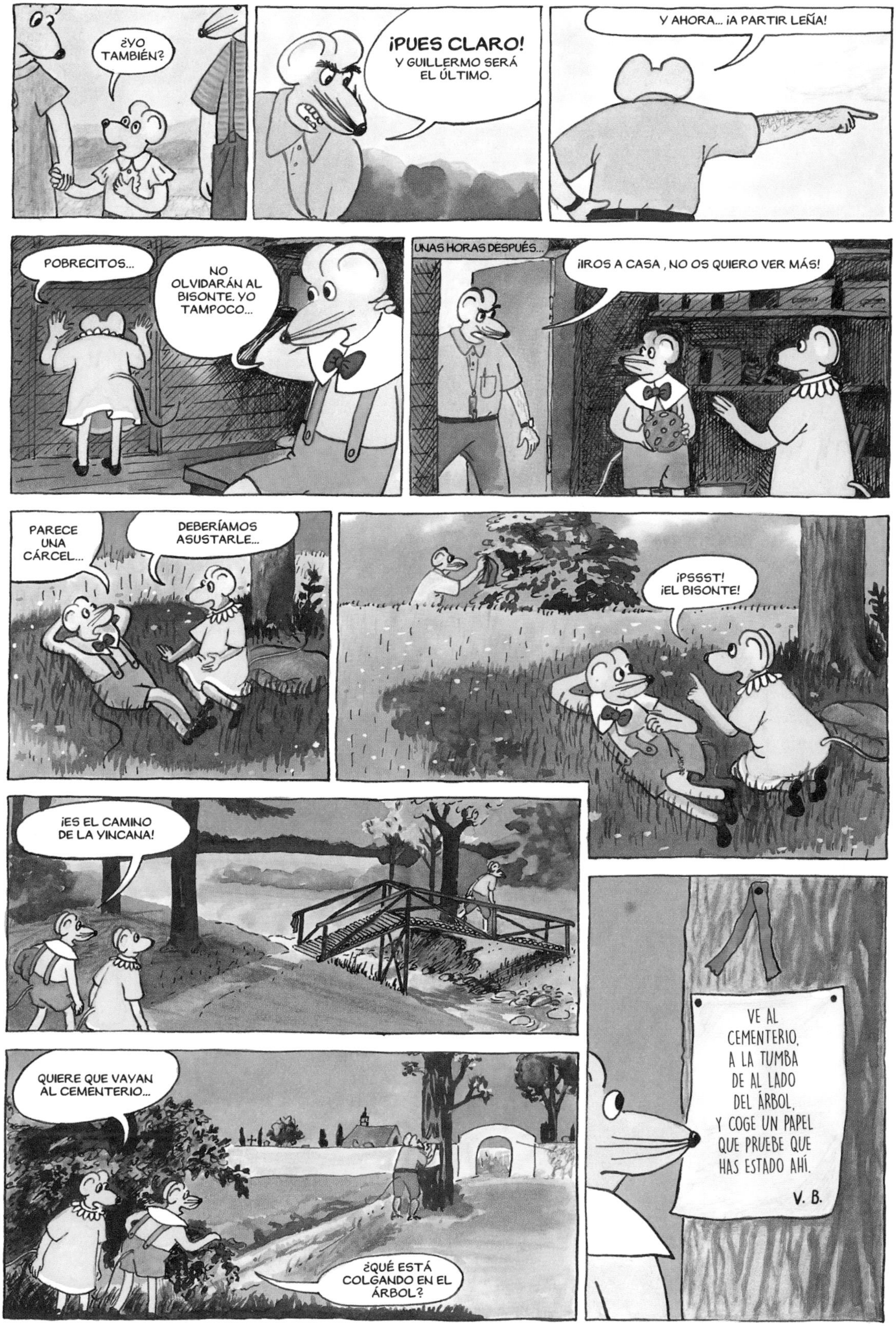
¿YO TAMBIÉN?
¡PUES CLARO!
Y GUILLERMO SERÁ EL ÚLTIMO.
Y AHORA... ¡A PARTIR LEÑA!
POBRECITOS...
NO OLVIDARÁN AL BISONTE. YO TAMPOCO...
UNAS HORAS DESPUÉS...
¡IROS A CASA , NO OS QUIERO VER MÁS!
PARECE UNA CÁRCEL...
DEBERÍAMOS ASUSTARLE...
¡PSSST! ¡EL BISONTE!
¡ES EL CAMINO DE LA YINCANA!
QUIERE QUE VAYAN AL CEMENTERIO...
¿QUÉ ESTÁ COLGANDO EN EL ÁRBOL?
VE AL CEMENTERIO, A LA TUMBA DE AL LADO DEL ÁRBOL, Y COGE UN PAPEL QUE PRUEBE QUE HAS ESTADO AHÍ.
V. B.

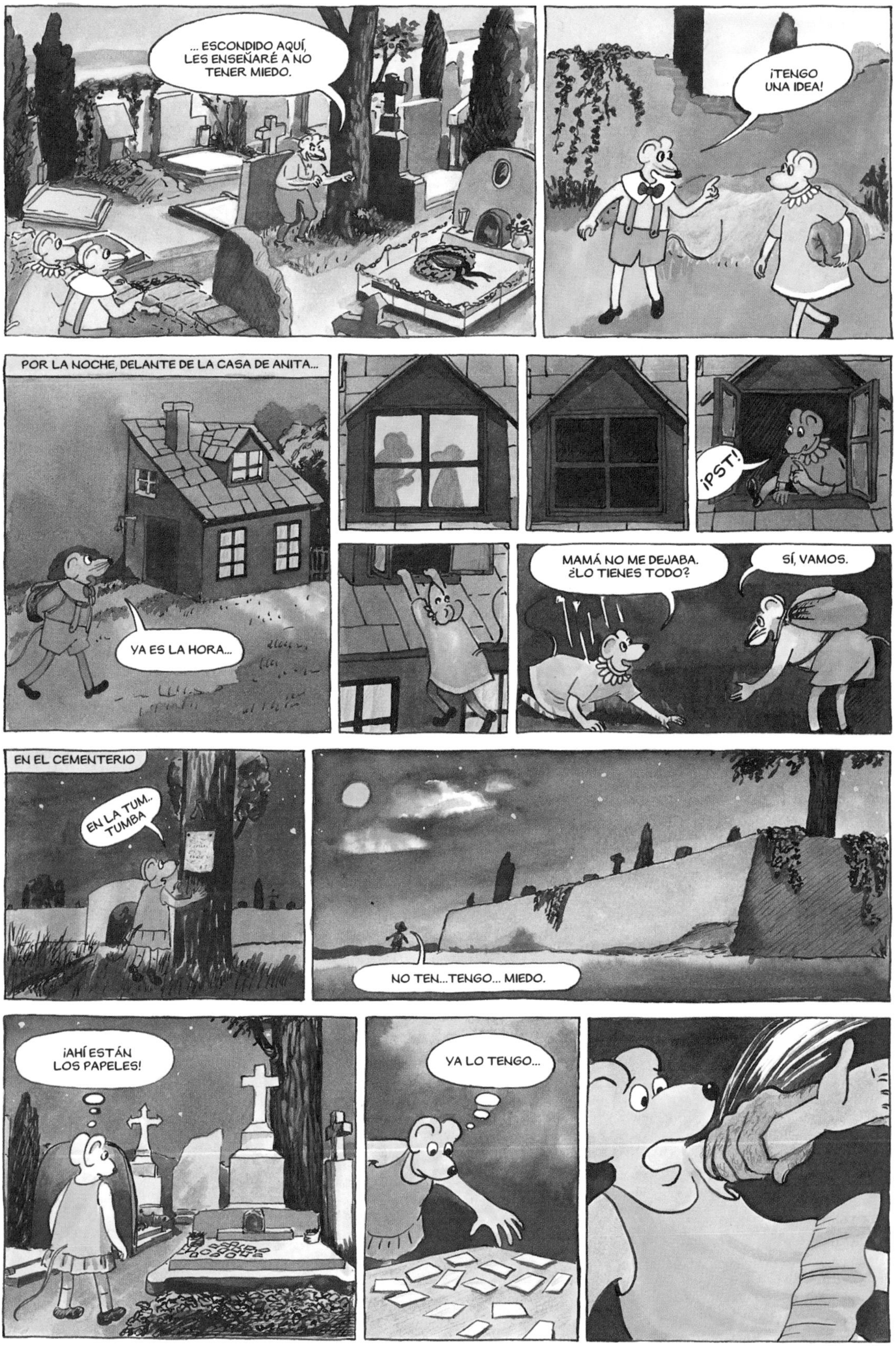
... ESCONDIDO AQUÍ, LES ENSEÑARÉ A NO TENER MIEDO.
¡TENGO UNA IDEA!
POR LA NOCHE, DELANTE DE LA CASA DE ANITA...
YA ES LA HORA...
¡PST!
MAMÁ NO ME DEJABA. ¿LO TIENES TODO?
SÍ, VAMOS.
EN EL CEMENTERIO
EN LA TUM.. TUMBA
NO TEN...TENGO... MIEDO.
¡AHÍ ESTÁN LOS PAPELES!
YA LO TENGO...

¿TE HAS ASUSTADO, MIEDOSA? SOY YO, EL BISONTE.

AHORA VUELVE AL CAMPAMENTO Y ¡A LOS DEMÁS, NI MU!

EL VIEJO BISONTE LOS ASUSTÓ A TODOS. BUENO, A TODOS NO...

NO TENGAS MIEDO, GUILLERMO, ¡VEN, COGE EL PAPEL!

DE REPENTE...

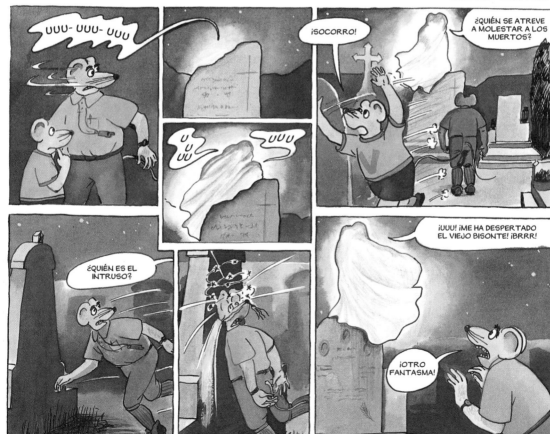

UUU- UUU- UUU

¡SOCORRO!

¿QUIÉN SE ATREVE A MOLESTAR A LOS MUERTOS?

U U UUU UU

¿QUIÉN ES EL INTRUSO?

¡UUU! ¡ME HA DESPERTADO EL VIEJO BISONTE! ¡BRRR!

¡OTRO FANTASMA!

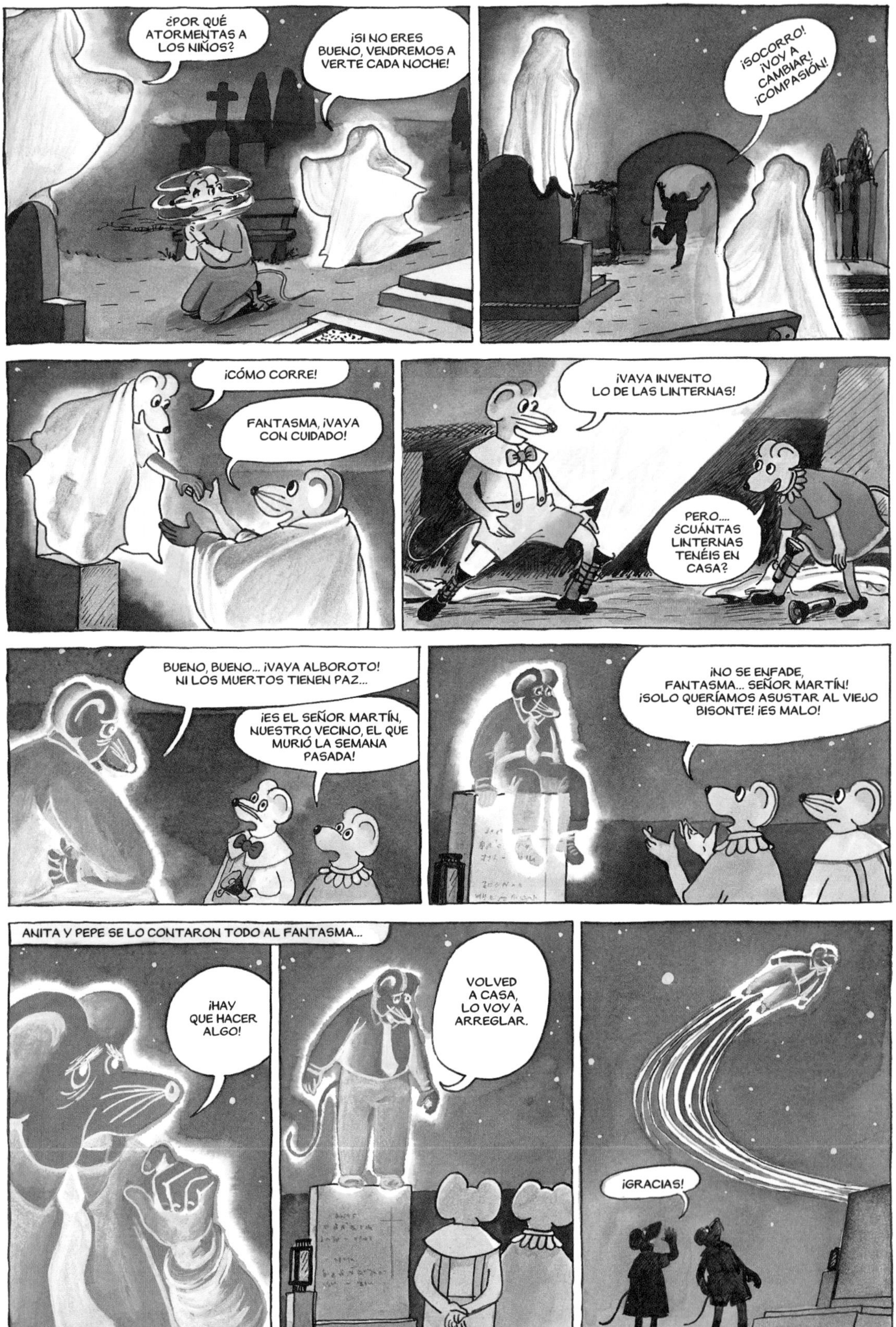
¿POR QUÉ ATORMENTAS A LOS NIÑOS?
¡SI NO ERES BUENO, VENDREMOS A VERTE CADA NOCHE!
¡SOCORRO! ¡VOY A CAMBIAR! ¡COMPASIÓN!
¡CÓMO CORRE!
FANTASMA, ¡VAYA CON CUIDADO!
¡VAYA INVENTO LO DE LAS LINTERNAS!
PERO.... ¿CUÁNTAS LINTERNAS TENÉIS EN CASA?
BUENO, BUENO... ¡VAYA ALBOROTO! NI LOS MUERTOS TIENEN PAZ...
¡ES EL SEÑOR MARTÍN, NUESTRO VECINO, EL QUE MURIÓ LA SEMANA PASADA!
¡NO SE ENFADE, FANTASMA... SEÑOR MARTÍN! ¡SOLO QUERÍAMOS ASUSTAR AL VIEJO BISONTE! ¡ES MALO!
ANITA Y PEPE SE LO CONTARON TODO AL FANTASMA...
¡HAY QUE HACER ALGO!
VOLVED A CASA, LO VOY A ARREGLAR.
¡GRACIAS!

EN EL CAMPAMENTO, EL VIEJO BISONTE YA SE VA A ACOSTAR...

¡A LAS SEIS EMPEZARÁ LA DISCIPLINA! ¡JA!

¡QUÉ PESADILLA! SUERTE QUE ERA SOLO UN SUEÑO. A VER SI PUEDO DORMIRME OTRA VEZ...

¡LOS FANTASMAS NO EXISTEN!

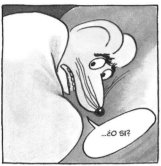

...¿O SI?

¡NO TIENES BASTANTE? ¡DEJA EN PAZ A LOS NIÑOS!

A LAS NUEVE DE LA MAÑANA...

TODAVÍA DUERMEN. HA DADO RESULTADO...

¿UN PASTELITO?

¡BRUM! ¡BRUM! ¡BRUM!

¡EL JEFE VUELVE!

CREO QUE TRATAS DEMASIADO BIEN A LOS NIÑOS. ¡JA JA JA!

AL ANOCHECER

NUESTRO VIEJO BISONTE ES UN HOMBRE VALIENTE, NOS MANDA AL CEMENTERIO A PASAR MUCHO MIEDO, YUYÚ AÚ YUYÚ.

FIN

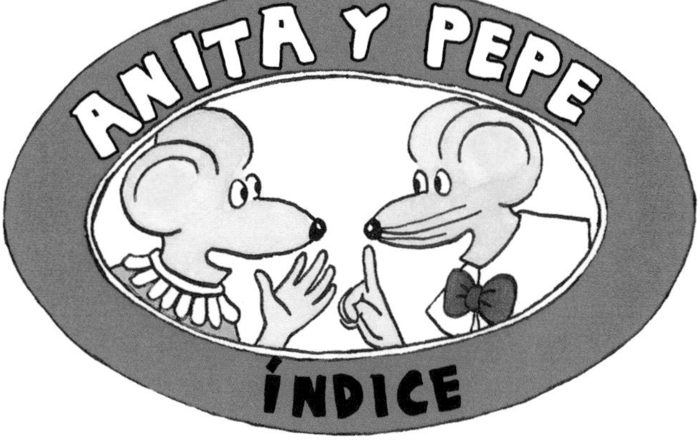
ANITA Y PEPE
ÍNDICE

Papel certificado por el Forest Stewardship Council®

Título original: *Anča a Pepík 1*

Primera edición: marzo de 2019

© 1989, 2007, Lucie Lomová y Ivana Lomová,
por el guión y dibujo de la primera historia
© 2004, 2016, Lucie Lomová,
por el guión y dibujo del resto de historias
© 2019, Penguin Random House Grupo Editorial, S.A.U.
Travessera de Gràcia, 47-49. 08021 Barcelona
© 2019, Núria Mirabet i Cucala, por la traducción

Printed in Spain – Impreso en España

ISBN: 978-84-17511-16-6
Depósito legal: B-480-2019

Compuesto en M.I. Maquetación, S.L.

Impreso en Egedsa
Sabadell (Barcelona)

RK 1 1 1 6 6

Penguin
Random House
Grupo Editorial

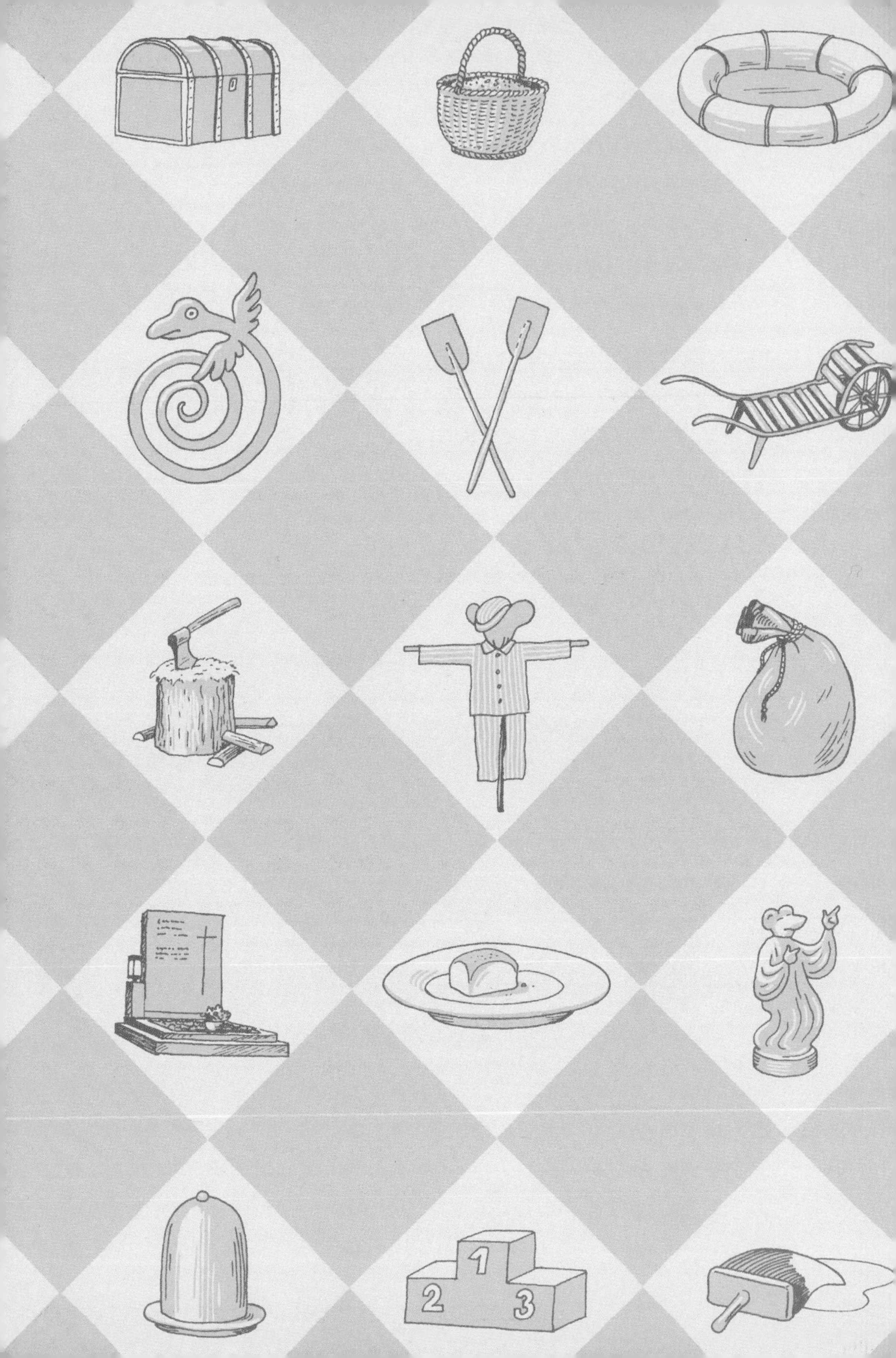
1
2
3